U0123673

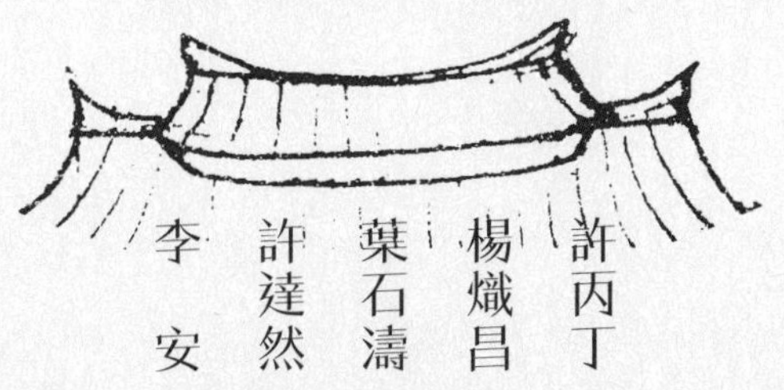

林皇德 策劃

國立臺南第一高級中學105級科學班 著

舊城區

文學路線分布圖

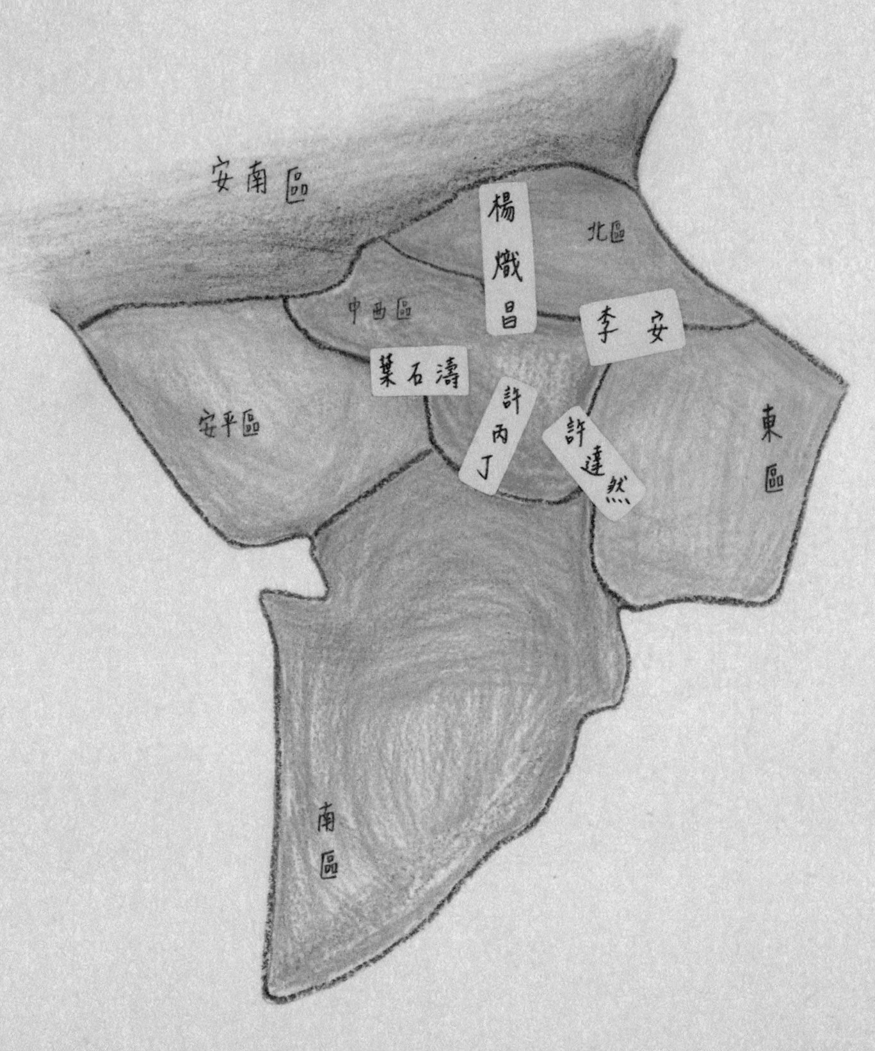
安南區
楊熾昌
北區
中西區
李安
葉石濤
許丙丁
許達然
安平區
東區
南區

推薦序

貪看花色，我走了文學這路徑

王浩一（作家）

臺北的活動提早結束，沒有留戀，我又搭上高鐵返回臺南。暖暖的三月天，無事，覺得多賺了一個明亮的平日下午。早餐僅僅一杯咖啡，午餐也跳過去，下午三點的臺南街頭，我想，該找一爿小店，享受沒人的「寂寞但是幸福」下午餐，去哪？

不急著找東西吃，既然春光明媚，那應該先去拍攝正盛開的苦楝，林森路的，五妃街的，西門路的……最後往知事官邸古蹟前去，安靜的小街有一株苦楝老樹佇立在街頭，滿樹薄紫，那是臺灣的春天顏色。花色娉婷，三點半的時間剛好，陽光斜斜照射在背景建築的立面上，百年的紅磚建築閃閃發亮，掩映著眼前的老樹紫花，顯得夢幻。拍了幾張滿意的照片，也貪看了一陣花樹美景，我往不遠處的韋家麵店走去，那是導演李安每次返回臺南，總會去重溫舊時的美食記憶的小麵館。

《府城文學地圖》年輕的作者群，有一組人跟隨著李安的文學地圖，他們也在書上記錄著這家麵館。今午，獨享了陽光和春風，我緩緩踅到這裡。麵端來了，一口咬下，芝麻香肉臊香順著麵條入胃，餓蟲都醒了。咀嚼中，這群高中生的採訪腳步與筆下的描述，曾經閱讀的美味感覺都回來了，文字的文學香氣也都回來了，他們所說著李安的青春記憶也統統回來了。這一碗麵，讓我有了提筆落點的信心，寫寫他們：

這一群年輕的作者，是臺南一中的「科學班」學生，十七歲，非文科的高二生，準備升高三。他們能完成這些書寫，明星學校所有的背景條件似乎充足，卻又不可思議。話說兩年前，我擔任了這個科學班口試甄選委員，應徵的孩子都是國三的應屆畢業生，也是臺南各個國中裡，理化數學的佼佼者，總共有六十位男生女生進入最後篩選階段，預定錄取三十名。我是四組甄選團隊中的一員，知道這些孩子們都很優秀，而我的工作是剔除「人工天才」，盡量選入懂得生活、能自理壓力的學生，希望能引入「除了理化數學之外」的潛力學生……甄選後，我不知道這一班的學習狀況……直到，他們在導師林皇德的帶領之下，交出了這本令人咋舌的「功課」：《府城文學地圖》。

府城文學地圖，其實就是作家們在這座城市的「生命現場」，透過探索與偵查，理出作家與城市之間的親密關聯，哪些地點曾經豐富了作家的過去歲月？哪些城市角落曾經留下了作家的心靈注腳？這些小作家們追逐著前輩的身影，架構一幅幅文學與生命，城市與生活的「不朽關係」。

當精神的質與知識的量成就了「不朽」，所以，有了蘇軾文學地圖、巴黎文學地圖，也有了唐詩地圖、印象派畫作地圖等等。這兩本《府城文學地圖》總共收錄了十一位臺南作家，記錄他們的在地生活、記憶、光影，甚至美食的氣味，也標記了這座城市的豐富深厚。

整個書寫的過程大致是這樣的：兩年前導師林皇德，有一個單純的想像：「讓這群孩子多一點文學薰陶，也多認識自己的城市」，怎麼做？對於剛入學的菜鳥新生交付「府城文學地圖計畫」，有些趣味，甚至好玩，這些學生還來不及思索與抵抗之下，分別「認養」十一位臺南作家，那是興奮的。

他們開始尋找不同作者的作品，圖書館的資料嚴重不足，書店也無陳列，甚至Google的資訊也少得可憐，學生們意識到「事情大條了」。大家內心開始糾葛、懷疑、排斥到最後「認命了」。一些絕版的書冊，一些失佚的掌故，甚至開始尋訪鄉賢耆老，先是像偵探，也像記者，「辛苦但是神奇地」找足了所有資料。然後，他們開始閱讀，閱讀也是一項大工程，除了文學的洗禮，也要爬梳作家字裡行間與這座城市有關的經歷，仔細標誌地點。再如拼圖般地踏查、整理、組合，最後書寫下來……

一年多的時間，班上的小作者們氣勢磅礴地寫了二十五萬字，因為內容豐富，圖像也完整。特別將內容區分兩冊，其一是舊城區，其二是大臺南區。

《府城文學地圖1舊城區》：收錄許丙丁、楊熾昌、葉石濤、許達然、李安等五位作家的文學踏查路線。

《府城文學地圖2大臺南區》：收錄沈光文、楊逵、吳新榮、陳秀喜、阿盛、蔡素芬等六位作家的文學踏查路線。

「這是個適合人們做夢、幹活、戀愛、結婚，悠然過日子的好地方。」這是葉石濤生活在臺南的心得，近年來也成了「慢臺南」旅遊標語。而葉石濤也說「作家是夢獸」，書裡的十一位作家在這座舊城的書寫起飛的夢想，這座舊城也得以更美好。今天，我們得以在此悠然翻閱，謝謝這群年輕的小夢獸……在我們貪看城市的花樹當下，多了文學的優雅。

走讀推薦（排序依來稿先後）

文學地圖中有路，路裡看見地景，美麗的臺灣，我的家鄉，在臺南，文學，美。謝謝本校國文科林皇德老師翻轉教育、用心創新，指導一〇五級科學班同學書寫《府城文學地圖》。翻騰的心血成江成海，打開的書本翠綠青蔥。敬愛的皇德老師，謝謝您的專業付出與引領，是教育工作者的榜樣；親愛的竹園岡優秀青年，恭喜你們在「從A到+A的竹園Life」願景中，卓越成長。《府城文學地圖》的出版，是一〇四學年度大學學測國文科文章分析考題的參考答案：為何人可以透過書寫而不朽？書寫對寫作者個人的價值和意義？

國立臺南第一高級中學校長　張添唐

教師，是班級的領導者，也是學生們的教練，而當學生站在舞台上時，老師則成為最好的觀眾。科學班在他班同學的眼中只是一群科學怪人的組合。當初挑選國文教師擔任這個班的導師，就是希望給學生多一些人文氣息。只是沒想到在國文老師的帶領之下，科學班的學生書寫出了連他們自己也不敢相信的文學作品；更沒料到的是當這本書出來之後，更鼓勵了其他班級的學生，現在他們躍躍欲試也想出版自己的作品。

這樣的教學方式，不僅讓學生能夠認識自己的故鄉、了解過往的歷史，更重要的意義是教導學生：不要被自己的想像能力所侷限住。

國立臺南第一高級中學科學班主任　何興中

臺南一中國文老師林皇德帶領學生，以一年時間完成涵蓋古今十一名臺南作家的《府城文學地圖》，不僅為旅遊觀光添加迷人的文學元素，我個人認為，它已經為臺灣的語文教育打開了死結，帶來希望，讓我興奮莫名！

在升學主義和因循的教材教法底下，我們的語文課變成「中華文化」古典傳統和倫理道德的講授，太多的文言詩文名篇，宛如天邊彩霞，美則美矣，卻無涉真實人生，遠離斯土斯民。

今天竟有老師的呼應，以臺灣文學館的典藏，提供南一中學生最豐富的資源，動手動腳，實地踏查，繪製故鄉的文學地圖，這是他們父祖輩幾代所無能想像的。

我對臺灣語文教學的現實原本極其悲觀，《府城文學地圖》為學生的主動和創意學習，帶來突破的可能，大人先生們，加油！我們一起前進！

國立清華大學臺灣文學所教授　陳萬益

非常敬佩南一中科學班的召集人何興中老師與國文科的林皇德老師，他們帶領科學班學生完成二十五萬字的府城文學踏查。

南一中科學班的學生不只會做實驗，更可以用美好的文字展現屬於在地的關懷。這份深情與遠見，實在太讓人讚嘆了！

透過《府城文學地圖》一書，我們可以循著地圖追蹤沈光文、楊逵、吳新榮、葉石濤、許達然、李安等名家的故土與生活。我也喜歡書中流露的日常吃食氣味，那麼真誠樸實，那麼美。

詩人　凌性傑

「歷史是我思考的街巷」，對一群游牧於科文之間的聰慧高中生，受過文學地圖的走讀訓練，經由一本書的共同完成，深究情感記憶與人文歷史是如何建構出來的。

這些生機勃發的少年，或騎著單車或慢緩步行在他的城市，穿梭往返於陽光明媚或微雨潮潤的街區巷弄，想著自己和自己以外的世界，這麼多深邃的靈魂陪伴著他，竟忍不住地笑了。只因這座悠遠的府城，經過了這些圖文的細心丈量，永遠是他生活與愛的居所。他會像一個做夢的人那樣笑著，但雙腳卻牢牢站在土地上。

這套動人的書讓人衷心期待，這三十名少年將會是下一批府城文學的創作者。

臺北市立第一女子高級中學老師　陳美桂

一群理學背景的高中學生，貼近探究自身的土地，探訪文史學家口中眼中的臺南，卻更精準地表現出文化底蘊與偏好，跳脫出傳統的政商經濟取向。

文學的感動是抽象的，而地圖中的臺南府城田野卻是真實的。我們得以在這想像與真實之間漫遊，輻射出更多的人文地理學意義，與多重閱讀的可能。所有的文本選擇就是一種地方認同（place identities），認同後的地景建構衍生更多樣的文本，這與真實完全無關，這是超真實的超連結。定義了文創，不只是吃吃喝喝，而是在土地空間營造可能出現的家鄉認同與感動，這就是文創空間地景的凍結與感動的交會。這張地圖一直被美好的繪製建構與想像著，從過去到未來！

國立臺北教育大學文化創意產業經營學系副教授　邱詠婷

收到台南一中一〇五級科學班完成的《府城文學地圖》簽名本，翻著翻著，看到臺南的孩子、臺灣的孩子以全然的心意愛自己的土地，並且合力用文字、攝影完成了一本書，我居然掉了眼淚。

做編輯、出版多年了，這本書的心意和完成，那麼深刻地打動我！看著書上一個個簽名，我的感動像收到林文月老師、蔣勳老師、Derek Walcott 簽名書那樣的感覺。

我領受這種感覺，像是，海上生明月。

謝謝這些年輕的朋友！一個即將老去的編輯人如我，又生起了少年大衛般勇敢的心。

詩人　許悔之

二〇一五年四月一日，帶著《府城文學地圖》，搭上澎湖飛往臺南的飛機，近中午，我已佇足在沈光文設帳講學處。坐在紀念碑旁的涼亭裡，我心裡想著，是什麼樣的教學熱情和教育理想，能讓臺南一中的林皇德老師帶著三十位科學班學生，在善化、佳里、七股等地方進行田野調查、攝影與記錄，同時，蒐集大量文獻資料進行比對、整理與構思？我想，在上課的同時，還要指導學生進行書寫創作、師生討論、排版校對等工作，一定讓這群師生們付出了極大的時間、心力與精神，才得以完成此書，他們不僅實現了為故鄉留下一些東西的夢想，更為教育工作者提供新的教學典範。

我在沈光文的文學之路，展開前所未有的文學旅行，更在實地走訪的過程中，堅定自己在教學場域的信念與勇氣，謝謝《府城文學地圖》，讓我看見教育的無限可能。

國立澎湖科技大學通識教育中心副教授　鍾怡慧

一群十幾歲的高中生，在學校，選擇了科學做為升學的標的；人生中的第一本書，卻從府城的文學尋根之旅出發。成人們會認為十幾歲的體悟尚嫌青澀，然而他們對「文學地景」的踏查力無比敏銳。大臺南區選擇由明清大儒沈光文展開，鄉野之於他是哺育認同之所；小說家楊逵的鄉野，是勤奮的勞動地圖；散文家吳新榮視鄉野為形塑大同社會的母體；詩人陳秀喜擁抱的鄉野，滋養了人間之愛；小說家阿盛腳下的鄉野，頑強抵抗現代化的潮流；小說家蔡素芬觸目所及的鄉野是心靈的回歸。

對舊城區文學地景的踏查，這群高中生寫手們鑽進了巷弄：民間文學作家許丙丁筆下的巷弄，是眾神爭奪的舞臺；詩人楊熾昌眼前的巷弄，宛如脫離現實的甬道；小說家葉石濤把巷弄寫成了世間百態的展示館；散文家許達然穿梭的巷弄，是寫實與浪漫迴旋的幽谷；電影導演李安在巷弄，看見了一個個豐富的象徵。

這群大孩子爬梳的不僅是「文學」，還有他們青春正盛下，透過這一場書寫活動，對生命存在的價值的發問。這才是本書最可貴的精神！

國立高雄應用科技大學文化創意產業研究所助理教授　楊雅玲

憂鬱的臺南詩人水蔭萍曾寫道：「從肉體和精神滑落下來的思惟／越過海峽，向天空挑戰，在蒼白的／夜風中向青春的墓碑／飛去。」現在有一群熱血的臺南青年，用腳走踏詩人控訴的「毀壞的城市」，他們發現文字記錄了悲憤與歡笑，他們揭開作家私密的日常與吃食。一群科學班的學子，向大師致敬，告訴我們：因為有這麼多偉大與多元的文學心靈，城市才能以母親的包容與慈愛力量，穿越時代動盪的痛楚，滋養出甜美與精彩的一景一物。

國立東華大學華文文學系主任　須文蔚

序

走讀城市的浪漫與寫實

林皇德

姐姐過世的時候，我還是五年級的小學生。喪禮完成後，她的牌位便一直供奉在佳里善行寺。有一段時期裡，爸媽每天都會在我和妹妹上學之前，把我們帶到善行寺，向神主上香祭悼。

當時的善行寺已是散發著古樸的味道。柱子上的紅漆略微脫落，牆上的壁畫以石灰打底，也已受潮，總是使我的制服沾上了粉白的痕跡。屋頂的橫樑是原木架構，微微帶有朽蝕的跡象。那時的我跪下來時，額頭只到供桌的高度。依序向觀音菩薩、祖師爺、地藏王菩薩、天公及佛祖參拜後，便拿香向姐姐祭拜。那木製的小小的神主，隱藏在佛祖身後晦暗的陰影中。在眾多的牌位裡，我總是踮著腳尖，雙眼仔細搜尋，卻仍然很難找到姐姐的神主。但我想，每一分心中的默念與祝福，都一定能夠抵達天聽。

站在善行寺的廟埕中往右前方望去，可以看見鄰近有一棟樓房，造型很獨特，多邊的形狀不像一般街上方方正正的房屋。牆上總是爬滿了綠色的藤蔓，顯得極為清幽。我常幻想著裡頭居住的人會是什麼樣子，可能是穿西裝打領帶的紳士，可能是飽讀詩書的老人家。

後來雖然搬離了佳里，每年的春節、中秋和忌日仍然會回到善行寺向姐姐上香。看著寺廟一年比一年老舊，柱子上的紅漆已脫落殆盡，牆上的壁畫也早就一片模糊，心中淺淺一嘆。年復一年造訪這座寺廟，它對於我而言，象徵著對姐姐的思念，以及對時光飛逝的感慨。

直到閱讀了吳新榮的作品，這座善行寺在我心中的面貌，才開始產生了劇烈的變化。原來，吳新榮的妻子毛雪芬的喪禮也在此地舉行。《亡妻記》裡細細地刻劃喪禮的過程與吳新榮的思念之苦。每一頁，他總是以著飽滿的情感由衷地呼喊著：「雪芬喲！」每一聲呼喚都來自最深層的內心，滲著暖熱的血液的溫度。而我在廟埕中所望見的，爬滿了藤蔓的建築，原來就是吳新榮居處小雅園的故址。吳新榮曾在此地與青風會的朋友們一起寄寓理想，與臺灣文藝聯盟的同伴們一起暢談文學。一瞬間，在我的腦海中，這座善行寺彷彿得到了全新的生命，每一片磚瓦、每一根樑柱，甚至是每一塊斑駁的痕跡，全都有了豐富的意義。

曾經有一個至情至性的醫生作家，在此地送別他的至愛，和我一樣滴下眼淚，懷念她，書寫她。這裡不只是記憶中思念姐姐的地方，也是我與另一個偉大靈魂接軌的地方。

在佳里度過了十多年的時光，每天在這裡生活，在大街小巷裡穿梭，我卻好像不曾真正認識它。如果我們沒有真正張開心裡的眼睛去接觸這片土地，不論走過多少次，都無法看清楚它的面貌。

因為了解，我們才能愛得更加深刻；而想了解自己的故鄉，就必須去碰觸，去閱讀，去感受。走動踏查，可以更加認識故鄉的面貌；閱讀歷史，可以更加了解它的骨幹與血肉；但是，若想接近這塊土地最深刻的靈魂，不能沒有文學。

認識一座城市，最好的導覽員就是作家。若是你也跟著作家的腳步來到府城，你會發現，這座城市有著千變萬化的姿態。跟著許丙丁的腳步，它是神靈與人群共存的魔幻寫實；跟著楊逵的腳步，它是帶著批判色彩的現實主義；跟著葉石濤的腳步，它是帶著想像翅膀的浪漫主義；跟著楊熾昌的腳步，它是比現實更現實的超現實主義。你會訝異，在這裡生活了這麼久，卻從不曾見過這樣的府城。

《府城文學地圖》兩冊一共引介了沈光文、楊逵、吳新榮、陳秀喜、阿盛、蔡素芬、許丙丁、楊熾昌、葉石濤、許達然、李安等十一位作家，從他們的生平與著作中歸結成十一條文學踏查路線。他們或在臺南出生、成長，或曾在臺南定居，寫作的領域包含古典詩、散文、隨筆、新詩、小說、劇本；因此，每一條路線都是文學、生命與土地的交集。

書籍的篇章依據文學地圖所在的位置，區分為「舊城區」與「大臺南區」兩冊。「舊城區」包含許丙丁、楊熾昌、葉石濤、許達然、李安的文學地圖，觸及了臺南市東區、中西區、南區、北區、安平區等地；「大臺南區」則包含沈光文、楊逵、吳新榮、陳秀喜、阿盛、蔡素芬的文學地圖，觸及的地區有新化、善化、佳里、七股、將軍、北門、新營、柳營、白河、東山。每冊的排列則以作家的出生年份為次序，由古及今，在空間的地圖之外，融入了時間變遷的軌跡。

從這十一位作家身上，我們也看見了府城文學的沿革。由於以作家為線索，串連府城的文學地景，因此相同的地景可能會重複出現在不同的文學地圖上。但在不同作家筆下，同一個的地景所呈現的樣貌並不一樣。

府城的偉大作家並不只這十一位。或許，本書可以是一個起點，希望未來有更多更多的文學地圖出現，讓世人看見府城更加繽紛多彩的面貌。

這本書的作者群，是就讀於臺南一中一〇五級科學班的三十位學生，對於文化與歷史都還有很大的空間需要琢磨。實際踏上文學之路後，才發現自己的淺薄與渺小，但這並不能阻礙追尋的意志。

寫作的過程，彷彿是一趟偵探的尋尋覓覓，作家的傳記與著作是既有的線索，而在小心翼翼地探究每個細節後，拼貼出全景。我們沒有採用訪談家屬或作家本人的方法，因為想要像一個小小的崇拜者那樣，細細地握住手中僅有的片語隻字，探索著偶像的腳步，踩過他所踩過的每一寸土地。

一路上，感謝諸多貴人的指引，謝謝善化區賴哲顯老師對於沈光文文學地圖的協助，謝謝新化區康文榮老師對於楊逵文學地圖的指導，謝謝過程中每一位給予協助的先進。謝謝臺南一中張添唐校長、何興中主任的鼎力支持，讓這本書得以順利完成並且出版。此外，也感謝臺南一中一〇三級攝影社黃彥霖同學協助照片的拍攝，讓府城的美麗可以更生動的呈現出來。

謹以這本書，獻給我們最愛的府城臺南——這塊我們學習與成長的土地。

府城文學地圖 1舊城區 目錄

順道一遊

北區、東區、南區、中西區、安平區

東區、中西區、安平區

中西區、東區、北區

文學之路

文學地景

北區、東區、中西區、安平區

順道一遊

《小封神》說臺灣神

許丙丁

臺南秀才細述眾神百相

文字：駱佳駿、洪家威、郭宇軒／攝影：黃彥霖、洪家威、郭宇軒、駱佳駿／繪圖：郭哲毓、陳逸婷、駱佳駿

許丙丁小傳

許丙丁（一九〇〇～一九七七），臺南人。是詩人、畫家、文學家、劇本作家，也是音樂家、作詞家、政治家，多才多藝，有「臺南秀才」之封號。

許丙丁幼時在大天后宮旁的私塾讀書，也曾經受過日本教育。課餘之時，他喜歡在鄉里流連，穿梭巷弄之間，聽地方上老一輩講述人生經驗、歷史故事或民間傳奇。他也常在廟宇旁邊聽「講古潭仔」說書，每個地方神怪的傳說故事透過說書人的傳述展演，在巷子裡、廟埕旁，一代接一代地流傳，近乎是一部民間典故的總集，也深深烙印在許丙丁的想像與回憶之中。

一九三〇年，《三六九小報》創刊，這是一本每月逢三、六、九日出版，集結小說、雜文、詩詞，正統與通俗文學於一體的刊物。許丙丁常為小報撰稿作畫，也就是在這份刊物上，他連載了以臺語漢字書寫的章回小說《小封神》。《小封神》讓臺南市著名廟宇的神明擁有了人的喜怒哀樂，彷彿是一部臺灣的《伊利亞德》，邀請讀者共同參與一場眾神的狂歡會。

許丙丁也寫歌、寫詞。他是南管音樂的愛好者，「桐吟詩社」有他留下的足跡。〈牛犁歌〉、〈思想起〉、〈六月茉莉〉是他對本土音樂詮釋留下的傳奇。歌謠〈菅芒花〉用字典雅，以花朵意象道盡命運坎坷的臺灣人印象。

戰後，許丙丁曾轉向政壇，以市議員的身分為民服務並整理典籍，為保存臺灣本土文化而奉獻。他也不曾停止創作，《廖添丁再世》與《實話偵探密帖》以小說形式，記錄了他早年警察生涯的精采。

許丙丁讓我們看見了文學在學術措辭與工整字句之外的另一面價值：屬於群眾的、鄉里的，與地方共享喜怒哀樂、與庶民共享感情的文學。臺灣在地圖中被畫上了不同的顏色，但許丙丁看到鄉土的精神，使得民間傳說的風采餘韻永不消失。

延伸閱讀暨參考書目

．《許丙丁作品集》，許丙丁（一九九六），臺南市：臺南市立文化中心。

．《小封神》，許丙丁著，陳憲國、邱文錫譯（一九九六），臺北縣：樟樹出版社。

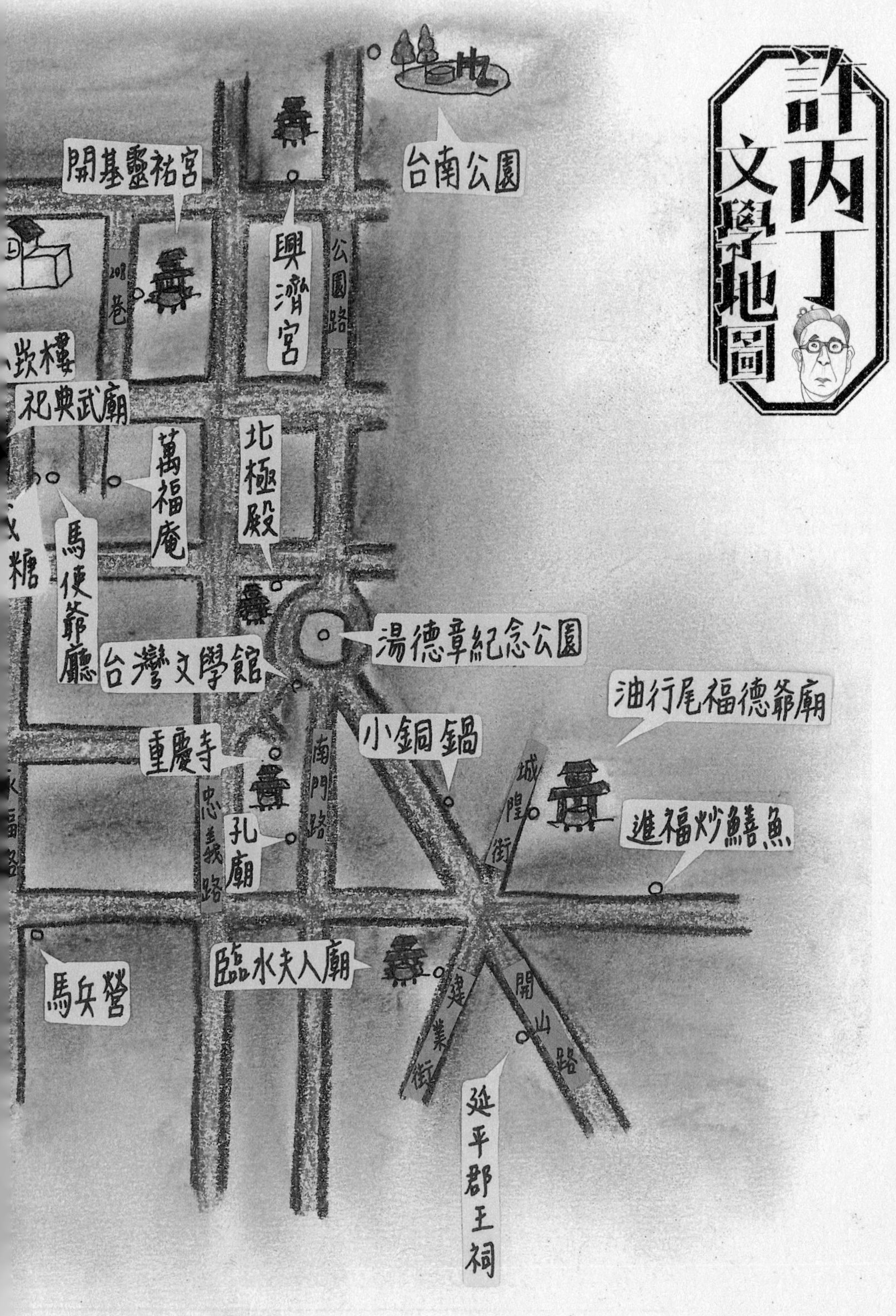

許丙丁文學地圖
台南公園
開基靈祐宮
興濟宮
公園路
208巷
崁樓
祀典武廟
萬福庵
北極殿
馬使爺廳
湯德章紀念公園
台灣文學館
油行尾福德爺廟
小銅鍋
重慶寺
南門路
城隍街
進福炒鱔魚
孔廟
忠義路
臨水夫人廟
馬兵營
建業街
開山路
延平郡王祠

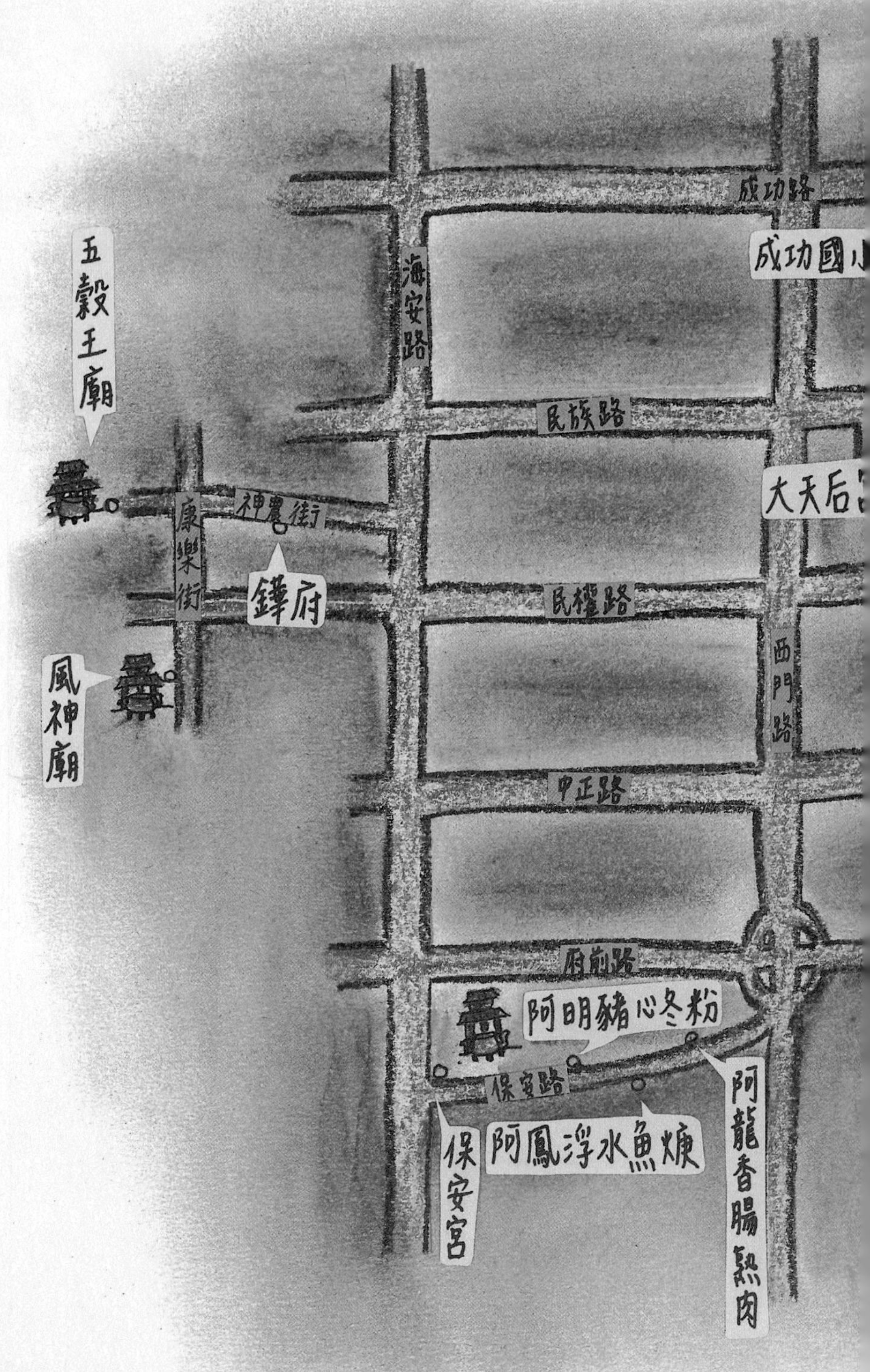

成功路
成功國小
海安路
五穀王廟
民族路
大天后宮
康樂街
神農街
鋒府
民權路
風神廟
西門路
中正路
府前路
阿明豬心冬粉
保安路
阿鳳浮水魚羹
保安宮
阿龍香腸熟肉

參與一場眾神的狂歡會

轉進赤崁樓旁邊的小巷，人潮依舊洶湧，慕名而來的旅客在小吃店前圍聚著，有的拿出專業的單眼相機拍照，有的低頭滑手機打卡，排隊的人們熱烈地談論著旅程上新奇的發現。在他們的眼裡，世界是一幅五光十色的抽象畫，紅、青、黑、黃、藍的豔麗油彩星羅棋布，佔據了全幅畫布，一點空隙也未曾留下，猶如大城市鬧區夜色裡的霓虹。

再往前走一點，接近小巷的末端，人潮漸漸稀疏，喧囂一下子被拋在身後，成了遙遠山谷間的回聲。跟前，一座小廟悄悄來到了視野之中，青紅相間的屋頂有雙龍蟠踞，屋脊兩端是華美的魚吐水，一旁小小的石柱兀立，刻寫著「開基靈祐宮」。

一九三一年裡的某一天，開基靈祐宮前眾聲嘈雜，一位婦女率領了一群姐妹前來，莫名呼喊著要看魁星爺被吊的情景，一時眾人議論紛紛，心裡充滿好奇，一邊張望，一邊期待著難得一見的奇景乍現眼前。

原來，他們都是看了許丙丁在《三六九小報》上連載的〈小封神〉，以為魁星被小上帝擒來靈祐宮前，準備逼問他拿走的五百元下落何在。

奇異的新聞，在這府城臺南，卻未必是全然的荒誕不經。因為臺南正是一個眾神喧囂的世界，神明並未遠離人間，而是與庶民緊密結合。人潮匯流的市集、商圈、小吃，都依附著廟宇而存在，都在神明的注視之下開展。神靈的領域與人民的生活交錯疊合，譜寫著魔幻而寫實的篇章。許丙丁的《小封神》為我們描繪了一個人神合一的天地，這或許不是神話傳說，而是府城生活的真實。

跨過民族路，來到另一條小巷，這裡有著葫蘆巷、算命街的別稱，一邊是林立的算命館和住家，另一邊則是知名的兩座大廟：天后宮和祀典武廟。府城的傳奇總在這縱橫交錯的巷弄間流傳著，如同大江大河的支流細水，在肥沃的土地上密密交織。

百年前，天后宮旁講古潭仔迷人的說書，吸引著許丙丁小小的心靈。大紅色的廟牆邊，就是說書的場所，這裡連遮陽篷都沒有，有的只是幾張破舊的木凳、渴望的聽眾。說書的潭仔年過五十，身材削瘦。老花眼鏡後，一雙小小的眼睛靈活轉動，勾動人們的注意力；一頂破帽子，就是他的金字招牌。小小的木桌後，僅僅一個人、一張嘴、一雙手，卻彷彿劈開了遙遠的宇宙鴻蒙，帶著人們一同敲響了未知世界的大門。

許丙丁回憶潭仔說書的情景：

當他說《濟公傳》，說到「那濟公口中唸唸有詞，喝聲疾⋯⋯」的時候，他馬上站起來，表達濟公的情態，將自己所戴的破帽子擲出，繞座跳行；恰巧他的骨骼面貌又和濟公的神態一樣，演得有聲有色，使行人側耳駐足，百聽不厭。

夜色初臨，巷弄也顯得幽微，說書人遠古的餘音在微風中似乎變得更加悠然。出了小巷，沿著民權路直走，跨過海安路，穿過接官亭石坊，就是風神廟。華燈初上，在國際知名的照明設計師周鍊的巧手改造下，樸拙而斑駁的古廟剎時成了寶盒裡初綻的夜明之珠。

就在此地，李天王請來魯班打造封神廟，眾神會聚，論功行賞。一時廟宇張燈結綵，鑼鼓喧天，展開了一場華麗的派對。熱鬧過後，眾神各自歸位，人世一如散去的筵席，回復平常。風神廟裡，諸神端坐，雷公、電母分立兩旁，似乎是剛從天際執勤歸來，還帶著一絲疲累，微微喘著氣。

賈西亞・馬奎斯小時候跟外婆住在一起，在那

大紅色的廟牆旁就是許丙丁聽潭仔說書的地方。（攝影：黃彥霖）

個大宅院裡，還住著許多幽靈。窗外有鬼魂在吹口哨，屋內某個角落裡，死去的姨婆還待在那裡。在外婆眼中，這個房子十分擁擠，幾代以來的幽靈仍流連不去，但她並不恐懼，而是極其自然地和他們一同生活著。這樣的環境，誕生了賈西亞·馬奎斯筆下的魔幻寫實。

老臺南眼中的府城，也是如此熱鬧而擁擠。那些神明其實並不遙遠，每天跟我們生活在一起。在現實的世界裡，老臺南永遠為身邊的神明留下了屬於他們的位置。

或許，正是這樣的府城，誕生了許丙丁的《小封神》。他從各地的鬼神典故裡取材，透過才華洋溢的腦海想像，編織出一則則大神小神互相傾軋的幽默故事；在嬉笑中對民間傳說賦予了新的、詼諧的人格，在劇情發展互動中寄託了對臺灣庶民文化的觀察與批判。

在《小封神》裡，我們共同參與了一場眾神的狂歡會。這些神明來自於隔壁的小廟，來自於生活的風俗，與我們有著相同的心跳、相同的喜怒哀樂。

開基靈祐宮

臺南市中西區民族路二段 208 巷 8 號

從前有個屠戶因自覺殺生無數，累積的罪孽太過深重，有一天禁不起良心的譴責，拿起一把屠刀便往自己腹裡刺去。幽魂飛上了天，來到了南天門前，那天值日的南天門守將，正是昔日陪同唐三藏往西天取經的豬八戒。殺豬的遇上豬哥神，屠戶被打得鼻青臉腫。所幸南天門土地公看見了，趕緊將他帶到玉皇大帝面前。玉皇大帝見他知錯能改，封他為玄天小上帝，享受人間香火，並有康、趙兩元帥伴隨。

玄天小上帝來到臺南之後，發現當地已經有一位大上帝，小上帝只能避居在陋巷中的小廟裡。不久，接連幾天的狂風大雨，吹得廟宇殘破不堪，香火又不如大上帝鼎盛，把小上帝與兩位元帥逼入絕境。眼看就要餓死廟中，小上帝不得已摘下了頭上的通天冠，要康、趙兩元帥到街上的當舖抵押，換

些錢應急，果真順利換得了五百元。

兩人回小上帝廟途中經過了媽祖宮，用這五百元與千里眼、順風耳賭了幾把，竟然把所有錢輸得精光。

兩位元帥知道闖了禍，於是向小上帝撒了個謊，說那青面獠牙的千里眼將錢全數搶去。小上帝氣憤之下，到了媽祖宮前找千里眼算帳。找不到千里眼，卻把文昌祠的魁星誤認，將他抓回小上帝廟，五花大綁吊在廟前榕樹上示眾。

而這個錯吊魁星的意外，也造就了故事中眾神祇之間的混戰。

故事中可憐的小上帝居住的廟宇便是開基靈祐宮，位於現今赤崁樓的東北方，主祀的正是許丙丁《小封神》中的小上帝：玄天上帝。走進廟裡便可以看見玄天上帝金色的面容，以及頭上仍然戴著的華麗金冠。

開基靈祐宮創建的時間據傳可上溯至一六七一

開基靈祐宮原建的時間據傳可上溯至一六七一年，原本的位置在成功國小（原為明治公學校）的運動場內。

年，原本的位置在成功國小（原為明治公學校）的運動場內，清領時期多次整修。一九三二年因為明治公學校擴建，所以拆除重建，保留了原來的三川門，而將廟宇朝向的方位倒轉，成為坐東向西的格局。二次大戰期間廟宇建築遭受轟炸而毀損，一九四八年重修，之後陸續亦有修建，才成了今天的模樣。

民間傳說玄天上帝是明鄭的守護之神，清廷治臺時刻意打壓，貶為屠宰業的主神，這也就是《小封神》裡小上帝原先是殺豬屠戶的典故來源。日治時期更加貶抑民間信仰，靈祐宮的香火慘淡淒涼，而有「典冠冕維生」的譏諷，這也是許丙丁寫在《小封神》裡，典當通天冠的劇情。

開基靈祐宮裡，主祀的玄天上帝端坐在正中央，頭戴華麗金冠，衣著裝飾繁複，已沒有《小封神》中落魄的樣子。玄天上帝的左右兩側就是紅面的康元帥及黑面的趙元帥，英姿勃發的神情也不似許丙丁筆下的拙貌。牆上繪有三十六官將的壁畫，出自府城名家蔡草如之手，畫藝精湛，維妙維肖。

許丙丁用那生花的妙筆和靈活的想像力，使得原本沒有生命的神像彷彿活了過來。這樣生動的文筆，或許只有在《小封神》中才能見到它的魅力。

北極殿

臺南市中西區民權路二段89號

話說那屠戶因為知過能改，得到玉皇大帝憐憫，被封為玄天上帝。不過世上有悲情人，天上亦有苦情神。玄天上帝一路往府城而來，不料當地已有一個大上帝。

北極殿大上帝黑面金身，玄天上帝是北方之神，北方在五行中屬水，對應五色中的黑色，所以廟裡的殿柱都以黑色為主。

這座威風凜凜的大上帝廟就是北極殿，與開基靈祐宮同樣，主祀玄天上帝。大上帝黑面金身，與小上帝的金面黑衣正好形成強烈的對比。

不過兩間廟宇也有相同的地方。玄天上帝是北方之神，北方在五行中屬水，對應五色中的黑色，所以廟裡的殿柱都以黑色為主。

北極殿的信徒們相信廟裡的香火是鄭成功帶來臺灣的。它所在的位置以前稱作「鷲嶺」，名列「鳳凰七丘」之中，是臺南舊城區內地勢最高的地方。

明治四十四年（一九一一年）日本政府為了闢建道路而拆除了前方的廟埕。民國五十三年（一九六四年）拓寬馬路時又將前殿拆毀。

今日的北極殿前方緊臨民權路，兩側包夾在樓房之間，顯得有些窘迫，不復昔日風采。但廟前仍留有臺階，讓人們可以想像當年它位居高嶺，臨視四方的氣概。

大天后宮

臺南市中西區永福路二段227巷18號

媽祖是海上的守護神，時時刻刻伴隨在她身邊的是千里眼與順風耳，用那眼觀四面、耳聽八方的能力偵查海上的一切。而在《小封神》中，康、趙兩位元帥拿著通天冠典當而來的五百元，從大天后宮前經過，正好看見廟前聚集了一大群人。原來是千里眼、順風耳與群眾們正呼盧喝雉的賭博著。兩位元帥心想：用這五百元賭個幾把，如果僥倖得勝了，說不定還能一舉脫離困境。於是加入賭局，把五百元全押注下去，卻一口氣輸盡。

為了有所交代，兩位元帥騙小上帝說是千里眼搶走了五百元，小上帝氣沖沖地走到了大天后宮前，卻找不到千里眼。原來千里眼早已遠遠地看見他，趕緊躲到廟裡不肯出來。這時魁星恰巧經過，他雖然是個書生，卻和千里眼同樣長得青面獠牙，於是無辜的魁星便被綁回小上帝廟前吊著。

大天后宮裡的媽祖與順風耳，洞察著人間的萬物。

在故事的最後，掌教老師李老君在賞功罰罪時，罪魁禍首的千里眼與順風耳被懲罰永久身帶捆仙索，且不得安坐。因此走進廟裡，可以看見他們仍然帶著捆仙索，佇立在廟前張目指耳。

整件事情的發生，就在俗稱「臺南大媽祖廟」的大天后宮，臺灣第一座官建的媽祖廟。一般廟宇門上皆繪有門神，而大天后宮為了顯示天后的尊貴，沒有畫上門神，改以門釘替代。媽祖宮的庭前便是千里眼與順風耳聚賭的地方，而現在的千里眼與順風耳，則是在天后的面前，繼續洞察著人間的萬物。

臺南孔廟

臺南市中西區南門路2號

08：30～17：30

明鄭時期，陳永華建議鄭經在承天府設立孔廟祭祀孔子，並設置學校講學授道，於是建造了今日的孔廟。這是臺灣第一所學校，故匾額上題著「全臺首學」四個金字，是全臺孔廟中獨一無二的榮耀。宮殿般的孔廟深處，大成殿供奉著孔子牌位，走進殿裡便感受得到莊嚴的氣息。殿前的月臺在夜裡迎接著月光，是祭孔大典時六佾舞表演的地方。

在《小封神》中，為了拯救無辜被吊的魁星，府城的文人們齊聚在明倫堂裡，並請來孔老夫子當主席，協議該如何救出魁星。眾文人們你一言、我一語，談論的內容咬文嚼字，卻遲遲無法下定論。有人主和，有人主戰，正當雙方爭論不休時，孔子提議：「和、戰的意見都是參半，待我明天，找

宮殿般的孔廟深處，大成殿供奉著孔子牌位，走進殿裡便感受得到莊嚴的氣息。（攝影：黃彥霖）

武聖，請他做一場和事佬……」一眾文人聽了皆表贊同，於是聚集在明倫堂的人群才漸漸散去。

除了孔子，孔廟也配祀四聖，東西廡中陳列歷代先賢先儒的牌位，其中包含許多我們耳熟能詳的賢人，齊聚一堂自然十分熱鬧。但在《小封神》明倫堂的這場會議，卻因為都是懦弱的書生，在混戰之中無法發揮力量，只能在協調之下請求關聖帝君的幫助，這或許是許丙丁以古諷今的手法，對當代知識份子提出諷刺和警誡。

祀典武廟

臺南市中西區永福路二段 229 號

俗稱「大關帝廟」的祀典武廟奉祀的是關聖帝君，在三國故事中，與劉備、張飛結義的關羽表現出忠義雙全的形象，被民間尊稱為武聖。紅面的關公不但代表著忠勇，更令人感受到威嚴。

在《小封神》中，武聖被請託前往拯救魁星

祀典武廟主祀關公，氣宇軒昂的關公神像旁配祀忠心耿耿的周倉和關平。

時，重義如山的他不假思索便接下這份任務，立刻命令馬使爺把他的赤兔馬上了馬鞍，驅馬前往小上帝廟。到了小上帝廟後，看見魁星已經被吊得骨瘦如柴，趕緊向小上帝解釋那吊在樹上的不是千里眼，而是文昌閣的魁星。小上帝聽了，雖然心裡明白是自己的錯，但事到如今卻騎虎難下，只得將錯就錯，回答道：「我自上任以來，薪水不給分文，又調派到這樣不三不四的地方，使我典質通天冠，難道我的銀子，可以白白任他搶去不成嗎？此事我斷難從命……」武聖聽見小上帝如此強詞奪理，把原本的桃花面都漲紅了，指責小上帝太不講理，小上帝卻固執地不聽相勸，氣得武聖騎上赤兔馬，快馬加鞭回歸武廟去了。

祀典武廟是一棟坐北朝南的建築，據說在明永曆年間就已經興建，明鄭時期人們稱呼它「大關帝廟」，清朝康熙年間經過了三次的重修與改建，才造就了現在的規模。民間對關公的崇敬十分普遍，但全臺只有這座是官方祀典的武廟。

祀典武廟主祀關公，氣宇軒昂的關公神像旁配祀忠心耿耿的周倉和關平。主殿後的「三代殿」祭祀武聖三代祖先，「觀音廳」則奉祀佛教的觀音菩薩與十八羅漢。此外，還設有祭祀文昌帝君的西社、祀奉月下老人的月老祠與配置廂房的小花園。

在這場鬧劇中，小上帝執迷不悟氣走了武聖，使得原本是桃花面的關公氣得滿臉通紅，據說這就是關公紅面的由來。雖然我們不知道關公是不是因此而紅面，但是《小封神》這部作品，的確讓我們看見神話故事中幽默風趣的一面。

興濟宮

臺南市北區成功路 86 號

話說在小上帝氣走武聖之後，那天的三更時分便有一陣濃煙籠罩小上帝廟。不幸巡更的托塔天王李靖還來不及迴避，就被這股毒氣薰得昏迷倒地。這股毒氣的來源是龜靈聖母用混元槌施展的法術，而她的目的正是救出魁星。隔天早上，小上帝發現大事不妙，不但昨夜巡更的李天王昏迷在地，吊在樹上的魁星也已經被救走。因為著急李天王的中毒，小上帝趕緊命令康、趙元帥去興濟宮找吳真人求藥方解毒。

到了興濟宮，兩位元帥看見來廟中治病的人多得數不清，整座廟宇擁擠不堪。好不容易擠到廟裡，就看見許多人燒香膜拜，口中都唸唸有詞，然後從籤筒中搖出一枝竹籤，竹籤寫著號碼，就用這個號碼去索取一張藥方。看見這樣的景象，兩位元帥不禁感嘆世間的庸醫誤人，倘若行醫不按藥方，頭痛醫腳、腳痛醫頭，豈不是草菅人命？

儘管如此，受了小上帝的命令，兩位元帥不得已還是燒香求籤，就在禱告時，他們問吳真人該如何解李天王中的毒，吳真人卻叫他們去藥王廟求西藥方，才可快快痊癒。於是兩位元帥求到西藥方後，從李天王的口中餵入，果真立刻恢復身強體壯。

書中的吳真人，便是興濟宮奉祀的保生大帝。而興濟宮旁有祭祀觀音菩薩的大觀音亭，兩間廟宇比鄰而建，故現在許多人都會把兩廟合稱為「大觀音亭興濟宮」。

相傳在明鄭時期，鄭成功麾下軍民在府城的尖山南坡興建了「觀音宮」，祭祀觀世音菩薩；不久，來自泉州同安的軍士又在旁邊建造了大道公廟，奉祀保生大帝。保生大帝是民間傳說中的神醫，在早

興濟宮中的藥籤。在早期醫療不發達的庶民社會裡具有極大的影響力，廟裡的藥籤更被當成是生病時的救命良方。

期醫療不發達的庶民社會裡具有極大的影響力，廟裡的藥籤更被當成是生病時的救命良方。

在神話故事中，保生大帝本是救人無數的神醫，同時也是能醫治百病的神仙，但在《小封神》中卻被描寫成以求籤開藥方的庸醫。或許這是許丙丁諷刺百姓這種迷信求神，而不知求醫的行為吧！

臺南公園

臺南市北區公園路 356 號

龜靈聖母用混元槌放出毒霧罩住小上帝廟，成功救出魁星後，因為達成任務而沾沾自喜。另一方面小上帝因為李天王無辜受罪，魁星又已被救走，心中憤恨難耐，於是上了天庭，找了李天王的兒子李哪吒來報父仇。年輕好勝的李哪吒，立刻駕著他的風火輪下凡間來找龜靈聖母算帳。沒想到才剛抵達臺南市，繁榮的景象就映入眼簾。而更令李哪吒驚訝的是，街頭上不管男女老少，都騎著二輪的腳踏車穿梭來回。李哪吒以為師傅傳授給他的風火輪是獨一無二的，現在卻人人皆有，嚇得他趕緊跑回天府，找他師兄雷震子代他報仇。

雷震子張開他的風雷雙翼，一路飛到了大北門上空，恰好遇到美國飛行家史密斯在臺南舉行飛行表演，飛機在雲朵中忽上忽下地穿梭，不時還使出特技動作。雷震子看見飛機，心想這樣的龐然大物竟然也能飛，難怪李哪吒師弟會被嚇走。但身為雷公的雷震子不甘示弱，努力地拍動雙翼，想要追上飛機，沒想到卻越追越落後。最後他使盡全力，終於趕上飛機，但也弄得氣喘吁吁。儘管雷震子心中對飛機還有些氣憤，但是一想到今天是來幫助小上帝，便再次揮動雙翼，往小上帝廟去了。

現在的臺南公園，大北門只剩下遺址碑佇立著，但是燕潭的湖面依然映照出美麗的景色。

雷震子與飛機比速度的地方便是當時的大北門，而現在大北門已經拆除，改建為臺南公園。原本的大北門，有燕潭與文元溪做為護城河，也設有甕城，是清領時期臺灣府城的大門之一。現在的臺南公園，大北門只剩下遺址碑佇立著，但是燕潭的湖面依然映照出美麗的景色。抬頭仰望天空，也許一架飛機飛過時，會看見雷公努力的追趕；而在公園外圍的自行車道上，不時也能看見當初嚇走李哪吒的腳踏車。從故事中，我們可以看出人類發展的文明，甚至是比神仙的仙術還要進步的，顯然科技的日新月異不只人類讚嘆，連神仙都會為之驚訝。

赤崁樓

臺南市中西區民族路二段212號

08：30～22：00

荷據時期，荷蘭人在赤崁地方建造了普羅民遮城，也就是現今的赤崁樓。

赤崁樓最著名的九隻贔屭，是由受損的大南門改移至赤崁樓內放置的。（攝影：黃彥霖）

在《小封神》故事中，雷震子下到凡間要找龜靈聖母算帳，於是他們兩位神仙相約在大南門前決鬥。龜靈聖母找了九位龜族好友，並肩作戰，但是終究敵不過雷震子的神通廣大，戰不過數回合便慘敗。雷震子將他的黃金棍化成九枝打下，又將三山五嶽的岩石移來壓這九隻龜。大南門前原本有九隻石龜，之後卻因大南門受損而改移至赤崁樓內放置，成為赤崁樓最著名的九隻贔屭。

赤崁樓中，有一間文昌閣，閣中就有故事中魁星的塑像。書中描述到魁星經過數日的吊掛，已經變成「卍」字形手彎腳曲的模樣，閣中的魁星塑像的確也是著彎起腳、曲著手的動作。當時魁星就是由文昌閣出發，經過媽祖宮前被抓走，而成為了無辜的受害者。

魁星信仰的起源已不可考。根據顧炎武在《日知錄》卷三十二所云，「魁」是北斗七星的第一顆星，而「奎」是西方白虎七宿的第一宿，並不一樣。「奎」是文章之府，所以人們設立廟宇來祀奉；而「魁」是北斗之首，後來就借用指首、第一、排頭的意思。科舉榜中的前五名，民間就稱之為「五魁」。人們或許把「奎」跟「魁」的意思搞混，所以認為魁星主管文章，又有考試中魁首的象徵，然後根據「魁」的字形想像了一個鬼臉鬼身腳踢北斗的造型，成為了民間流傳的魁星爺。

保安宮

臺南市中西區保安路 90 號

在雷震子與龜靈聖母的這場混戰中，龜靈聖母帶領的九隻烏龜不但被打得落花流水，還被石頭壓得動彈不得，而龜靈聖母自己也身受重傷。在混亂當中，龜靈聖母忍痛逃走。好不容易找到安身之

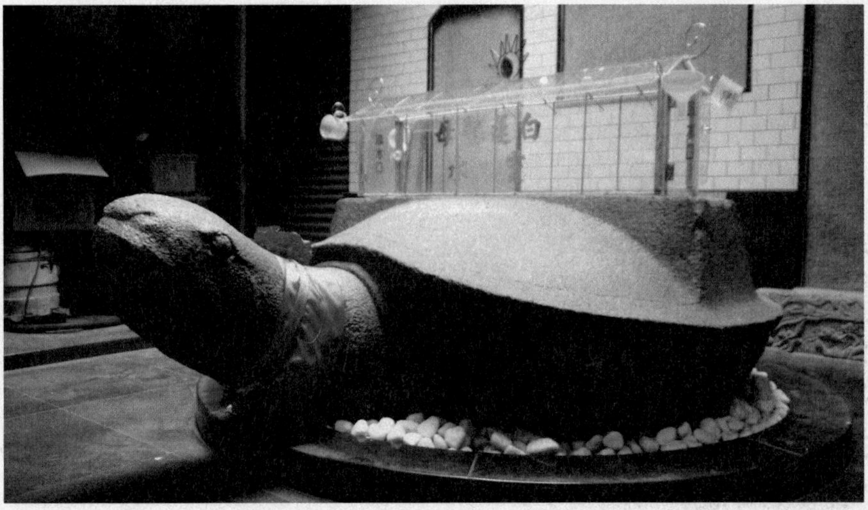

保安宮內被尊為白蓮聖母的石龜，背部凹槽盛著聖水，供信徒膜拜。

處，卻又遭受其他龜族欺壓，傷心之下，龜靈聖母寫了兩封遺書，一封交給鹿角大仙，一封交給金魚大仙，之後便投海自盡。

乾隆五十三年（一七八八年），福康安平定林爽文事件有功，皇帝頒賜了十隻贔屭以及記功碑。不料在運輸過程中，其中一隻贔屭落海，無處可尋，剩下的九隻被送往府城，成為今日赤崁樓的九隻贔屭。

百年之後，落海的石龜在一九一一年被人發現並撈起。據說石龜吸收了日月精華，已經具有靈性，所以奉祀在保安宮，當成神明被膜拜，而這在故事中就是龜靈聖母投海之後的化身。

保安宮後殿主祀的便是這隻具有靈性的石龜。不但因為靈驗而被封為「白蓮聖母」，原本應該安放石碑的背部凹槽也不再背負石碑，而是盛著聖水，供信徒膜拜。

五穀王廟中主祀的神農大帝，故又稱神農殿、藥王廟。

五穀王廟（藥王廟）

臺南市中西區金華路四段86號

龜靈聖母寫的兩封遺書傳到了鹿角大仙與金魚大仙手上，這兩位魔家兄弟驚覺這是龜靈聖母的絕筆。平時吃穿依靠龜靈聖母的兩位妖魔，頓時失去了經濟支柱，於是他們帶著兩位手下，找雷震子報仇。這四位妖魔與一位神仙相約在五穀王廟前決鬥，雙方激戰之中，意外把五穀王廟打得殘破不堪，驚動了正在開會的五穀王，而開會的內容正是如何提高農民的生活品質。五穀王出了廟一看，發現打壞廟宇的是妖魔其中之一，拿起武器便加入戰局。兩位神仙合作，妖魔怎麼抵擋得住？戰不過數回合便節節敗退，最後逃之夭夭。

雷震子為了感謝五穀王出手相助，詢問有何處可以幫得上忙？五穀王回答，他掌管人間食糧，現今卻有不少人暴殄天物，為此他深感困擾。雷震子一聽，便馬上答應：以後若是有人暴殄天物，就用天雷將他打死。之後兩位神仙便互相拜辭。

五穀王就是五穀王廟中主祀的神農大帝，故五穀王廟又稱神農殿、藥王廟。神農帝原本是三皇之中教人農耕種植的傳說人物，同時也有神農嚐百草，最後毒發身亡的傳說故事，現在則被尊為神農大帝。故事中提到五穀王廟被打得殘破不堪，是因為自日治時期開始便缺乏修葺，不久便任其荒廢成殘破的模樣，終致倒塌。

現在所見的五穀王廟，則是倒塌之後於一九五四年重建的樣貌。當中奉祀的神農帝掌管人間的五穀食糧，也與雷公密切的合作，所以千萬不要暴殄天物，以免遭受天雷之災。

臨水夫人廟

臺南市中西區建業街 16 號

在鹿角大仙與金魚大仙被雷震子、五穀王聯手擊退之後，報復心仍不死，決定借到四樣法寶，擺出天羅地網鹿角陣。鹿角大仙命令金魚大仙去借的第一樣法寶，便是臨水夫人的乾坤斗。金魚大仙來到了臨水夫人廟，發現廟裡婦女無論老少，都持著幾枝香向臨水夫人祈禱早生貴子。金魚大仙靈機一動，對臨水夫人與眾婆姐說：「產兒限制主委李靖在臺南廣收會員，因此乾坤斗先借我們兄弟倆擺陣，妳們想想此會如果成立，那麼妳們的飯碗恐怕也不保了。」臨水夫人騙得團團轉，二話不說便把乾坤斗借給他了。這借出去的乾坤斗，險些有借無還，在眾神與妖魔手上搶來搶去。所幸最後在土地公調停之下，乾坤斗物歸原主，再次回到了臨水夫人手上。

臨水夫人廟奉祀的神仙們，被稱為「婦幼的守護神」。

臺南市中西區的臨水夫人廟除了奉祀臨水夫人陳靖姑之外，還奉祀林紗娘、李三娘，以及三十六婆姐、註生娘娘等神仙。如果想要生產順利就要拜臨水夫人，想要生子則拜註生娘娘或送子觀音。臨水夫人保佑產婦生產順利，小孩平安長大。小孩從出生一直到「做十六歲」的儀式，都和臨水夫人脫離不了關係，被稱為「婦幼的守護神」。

重慶寺

臺南市中西區中正路 5 巷 2 號

金魚大仙騙走了乾坤斗後，接著要借的法寶就是重慶寺內的色迷醋矸。金魚大仙才一走到廟前，就聞到廟裡飄散出陣陣的酸味。廟裡祈求的婦人無不攪動報司爺面前的醋矸，使得廟中酸氣四溢。醋矸前有報司爺守候，無法隨意靠近。思索許久之後，金魚大仙忽然靈機一動，化身成一位絕世美女，跪在報司爺面前磕頭。長得兇惡的報司爺雖然見慣美貌，卻還是第一次見到這般沉魚落雁的美女，一時色迷心竅，金魚大仙便趁報司爺不注意時，將色迷醋矸偷出重慶寺。

這位報司爺便是現在重慶寺內的速報司，據說感情不順遂的男女，只要向速報司祈禱並攪動醋矸內的醋水，感情問題就能改善。因此無論是男女感情生變、夫妻吵架，或是外遇等問題，都會去「攪醋矸」，以得到解決的方法。劉家謀在《海音詩》中提到：「撮合偏饒祕術多，蓮花座下簇青娥；不圖色相全空後，猶捨慈航渡愛河。」指的就是攪醋矸這件事。

重慶寺古時是佛教寺廟，現今同時開放給藏傳密宗做為道場，也引進了民間信仰的神明，可以說一間「三合一」的寺廟，因此有許多不同教派的信眾來此參拜。

據說感情不順遂的男女，只要向速報司祈禱並攪動醋矸內的醋水，感情問題就能改善。

萬福庵

臺南市中西區民族路二段317巷5號

大鬧天宮的孫悟空來到了臺南之後，定居在萬福庵中。生性愛人奉承的他在臺南的嬰兒上作法，使其染上哭鬧的毛病。父母準備香花茶果，到萬福庵祈禱大聖高抬貴手，自然可以痊癒。這孫悟空在臺南過著作威作福的日子，直到有一天，前來參拜的人潮漸漸稀少，甚至消失。孫悟空用他的火眼金睛一看，發現周遭已經被鹿角大仙擺下的鹿角陣包圍了。這時的小上帝一幫神仙，也被鹿角陣困得動彈不得。孫悟空帶領一班猴兄弟，前往破陣。不出數十分鐘，陣中的法寶有些被收走、有些被摧毀，鹿角陣的烏煙瘴氣也消散殆盡。這群愛作亂的潑猴，破了鹿角陣，意外地成為了拯救眾仙的功臣。

萬福庵前老榕樹，樹瘤的形狀像是攀爬的猴群。

現在的萬福庵，是一間主祀齊天大聖的二樓式寺廟。因為萬福庵經過大規模改建，只剩廟前的萬福庵照牆保存原本風貌。萬福庵的廟埕前，有一棵百年老榕樹，樹瘤的形狀像是攀爬的猴群。傳聞中描述「得著大聖靈氣，漸漸結成樹瘤，影成猴小群」，也顯示出這是一棵大聖顯靈的神樹。而那些與大聖一同破陣的猴子，或許早已回歸了萬福庵，化作這棵神樹上的樹瘤了。

馬兵營故址

臺南市中西區府前路一段 307 號

鹿角大仙的鹿角陣不但被破，法寶之一的乾坤斗還被齊天大聖收走，於是聯合臨水夫人向齊天大聖追討乾坤斗。

李天王一得知此事，立刻找來安海街土地公介入協調，協議雙方明日中午將乾坤斗歸還原主。沒想到鹿角大仙不甘事件和平化解，又找來馬扁禪師變身成十二婆姐之一的火燒婆姐，半路攔截土地公，將乾坤斗奪回。

這馬扁禪師在馬兵營駐紮，守著乾坤斗，等候大聖赴戰。雙方激戰數十回合未分勝負，大聖借來定慧珠與照妖鏡等法寶，馬扁禪師才現出他的原形，變回一頭青牛。經過這次爭奪戰，乾坤斗才總算物歸原主。

馬兵營是馬扁禪師駐紮的地點，但馬兵營已不復存在，在原臺南地方法院門口，矗立著馬兵營遺

馬兵營遺址碑矗立在原臺南地方法院門口。圖中的臺南地方法院也正進行大規模的整修。

油行尾福德爺廟主祀福德正神，配祀施琅。

址碑，約略地標示出當時馬兵營的位置。精心雕琢的樑柱，使得原臺南地方法院這一棟建築更加壯麗。但是這裡除了故事中的血腥廝殺外，原臺南地方法院也是在西來庵事件中，宣判數百名犯人死刑的場所。馬兵營是這一帶古時的名稱，如同許多其他臺灣的地名，「營」一字來自於明鄭時期鄭成功軍隊在此駐紮軍營的名稱。那時的軍隊與軍營皆已沒了蹤影，而臺南地方法院也正進行大規模的整修，若干時日後就會以嶄新的風采迎接群眾。

油行尾福德爺廟

臺南市中西區城隍街 42 號

為了爭奪乾坤斗，雙方戰爭一觸即發，這時候出面調停、化解紛爭的是安海街土地公。

他是安海街的老大，身兼油行尾的地保，地方出現了紛爭，便受請託當了一場和事佬，避免了一觸即發的戰鬥。

沒料到在土地公歸還乾坤斗的路上，馬扁禪師變幻成火燒婆姐搶走了乾坤斗，又造成一場亂鬥，慶幸最後事件平息，乾坤斗也回到臨水夫人手上。

太上老君在馬扁禪師現出原形後來到眾神面前，解決眾神的煩惱，並對有罪的施以刑罰，有功的另行加賞。至於土地公呢？太上老君看他年近古稀，又膝下無子，特別幫他安排了一場婚禮，新娘便是火燒婆姐。眾神之間的恩怨情仇，就在故事最後的這場熱鬧婚禮中圓滿結束。

油行尾福德爺廟主祀的福德正神便是故事中的土地公，管轄的範圍除了油行尾一帶外，還有一個稱為「六合境」的範圍。「境」是指土地的疆界，在這裡廟宇的信仰轄域就成為「境」的範圍；而「聯境」就是由數個「境」所結合成的組織，除了能夠團結民間的力量，也能維護地方的安全。六合境自古崇仰鄭成功，而油行尾福德爺廟配祀的施琅卻是鄭氏王朝的終結者，這兩人共同守護地方，正顯示出了民間信仰廣大的包容性。

風神廟

臺南市中西區民權路三段143巷8號

李天王見了太上老君，便上前詢問該如何解決小上帝的煩惱。太上老君此行正是奉了玉旨而來，要對眾神賞功罰罪一番，有罪的神仙接受懲罰，有功的眾仙則可以在臺南選擇一處建造封神廟。李天王詢問了十方土地，選擇了一處風水極佳之地，便請來魯班於良辰吉日動工，不出數日，就把一座封神廟造得堂皇華麗。

風

風神廟是全臺唯一一間主祀風神的廟宇，同時祭祀著雷公與電母。

土地公與火燒婆姐的婚禮盛宴上，封神廟張燈結綵、鑼鼓喧天，眾神仙無不前來道喜，慶賀新婚。宴會結束後，神歸龕，佛歸廟，猴王回歸萬福庵，眾仙也回到自己的處所。神仙與妖魔間的你爭我鬥，也如同散去的筵席，無聲地平息。

封神廟後來改名為風神廟。風神廟是全臺唯一一間主祀風神的廟宇，同時祭祀著雷公與電母，一青一紅的水神與火神造型亦相當特殊。原本寺廟建設規模頗大，但在日治時期因為開闢道路而遭大規模拆毀，今日僅存小廟一間。故事中魯班建造得美輪美奐的廟宇，規模已大不如前。風神廟的建造是為了祈求神明保佑海上的船隻一路順風、往來平安，因此在廟中也看得到「風調雨順」、「國泰民安」等題字。

改名為風神廟的「封神廟」，與《小封神》的書名相呼應著。最後在這間廟的盛大婚禮與眾仙齊聚一堂的熱鬧情景中，不但所有鬥爭的紛擾煙消雲散，也為故事寫下了完美的結局。

延平郡王祠

臺南市中西區開山路 152 號

08：30 ～ 17：30

延平郡王祠是全國最早，也最著名的鄭成功祠。原先它只是一個百姓私下紀念鄭成功的小廟，在清領時期因為擔心官方查禁，所以稱作開山王廟，以隱喻的方式崇敬這位開臺聖王。而後許多治臺官員聯合上奏，請求朝廷追諡鄭成功，建立專祠，於是在光緒年間整建，成為官方祀奉鄭成功的祠堂。

日治時期，此地改為開山神社，增加了日式的拜殿與鳥居。一九六三年，建築主體改為鋼筋水泥建築，而日式的鳥居也被拆掉了最上方的橫樑，改為國民黨的黨徽。但鳥居橫樑並未損毀，現在則放置在一旁的「鄭成功文物館」邊，猛一看還以為是供民眾休息的石椅。

祠堂分為照壁、供奉鄭成功的正殿、崇祀太妃與寧靖王的後殿，以及東西廡。厚重的琉璃綠瓦，襯著低矮的紅色牆身，配合祠外延平公園的池榭垂柳，令人發思古之幽情。

延平郡王祠中珍貴文物豐富，尤其為數眾多的清代楹聯，包括原廟創建者沈葆禎手書，筆力雄渾、意義雋永，仍極具歷史價值。位於祠旁的「鄭成功文物館」收藏著許多臺南文物，說明臺灣與大陸的地緣關係，以及先民生活的演進過程。館藏包含史前文物、臺南歷史文物、先賢的畫像或遺墨，以及舊日百姓的日常用品，如街牌、眠床、地契、銀票等，讓人深入了解先人生活景況。

金華府

臺南市中西區神農街 71 號

金華府創建於清道光十年（一八三〇年），最初由北勢街許姓境民共七十餘人合力捐款興建。同治十三年（一八七四年）由於神威顯赫，信眾日漸增多，乃由信眾許修德捐資，購買現址之對面房屋，移請奉祀。光緒十四年（一八八八年）、日大正二年（一九一三年）又有地方士紳、保正出資整修。現貌則大抵是一九四六年許嘆、許永源等人發起重新整修，近年又由民間自主發起整建的模樣。

金華府保存了簡單古樸的廟宇風貌，是府城僅存少數

神農街

坐落在傳統街道上，以街屋形式興建的宮廟，主祀文衡聖帝（關帝爺）、李府千歲、馬府千歲、黃府千歲、中壇元帥。

今日神農街位於信義街以東的部分，以前稱作北勢街，就保留了當年五條港經濟型態下，百姓生活起居的痕跡。在街上散步時，可以看到當時的標準商店建築，一樓當作買賣的店面，二樓用來儲藏貨物。為了方便貨物運送，二樓鮮少搭建陽臺，好像說著古代巨賈行郊來往不息的繁榮盛況。

從海安路走進神農街，入口處的牆面就可以看到一位老人與華麗神轎的繪畫，那就是永川大轎與它的創辦人王永川。堅持使用樟木，採傳統接合「榫卯」，加上華麗繁複的雕刻技法手工打造的神轎，是民間藝術的極致。

來到小街中段，伸手打開一扇木製拉門，就是進行佛粧工藝的西佛國，從修光和開面，到打底、安金身和彩繪，都在一盞微弱的燈光下進行著，雕刻佛像的歷程就是一種修行。

街尾藥王廟前的木子民居，是樹與人類居所共生之處，一樓的展示架上陳列著老闆手作的木製工藝品，在在都是胸懷自然的生活態度。

小銅鍋牛排

臺南市中西區開山路 61 號
11：30 ～ 15：00
17：30 ～ 22：00
週二店休

一條小街，百種風情，夜色裡，你可以細細地踱步，慢慢地回味。

開山路上有一棟白色城堡般的建築，潔靜的牆面、連綿的拱窗，好像是在歐洲鋪石道路上才能邂逅的建築，但仔細一看，卻又有著中式裝飾的特色，這便是小銅鍋牛排。

這棟歐風的洋房其實是老房子所改建的，店裡高高的天井引進明亮的日光，輕輕柔柔地灑在優雅的絨毯上。寬闊的吧臺給予廚師充裕的揮灑空間。

小銅鍋的名稱來自製作舒芙蕾的用具，而舒芙蕾也是這裡最著名的點心。這是一道費工費時的甜點，剛烤好的舒芙蕾散發著濃濃的奶蛋香，微焦的表面灑上一層雪花般的糖粉，十分誘人。但得及時品嚐，不然舒芙蕾冷卻崩塌之後，就像十二點鐘響回復平淡的灰姑娘，失去了一切的華麗。

美味的西式牛排是小銅鍋的正宗大菜，堅持義法風味，每一分

火候都講究。牛排外層先用大火煎過，封鎖住肉汁，再細細料理，成就外表金褐、內在粉紅的最佳狀態。

進福炒鱔魚

臺南市中西區府前路一段 46 號

11：00 ～ 02：00

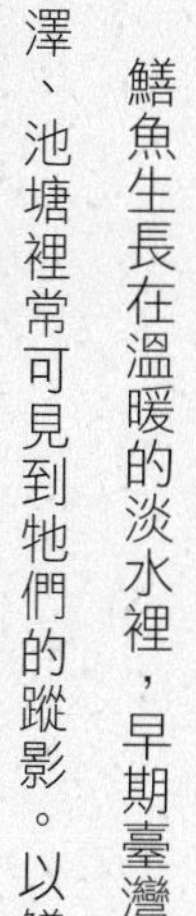

鱔魚生長在溫暖的淡水裡，早期臺灣的河流、稻田、水澤、池塘裡常可見到牠們的蹤影。以鱔魚入菜，在中國東南各省都可見到，著名的寧式鱔糊、梁溪脆鱔、生炒蝴蝶片等，都是江浙一帶的名菜。而鱔魚意麵則是臺灣特有的料理。

進福炒鱔魚的店面是一棟極具特色的舊式洋樓，二樓樓面浮雕著一對鱔魚旋繞成圓的符號，頗有太極的意象。招牌的三道料理就是炒鱔魚、麻油腰子跟清燙魷魚。內行人喜歡點乾炒鱔魚意麵，沒有多餘的勾芡湯汁，更能吃得出快炒的滋味。鱔魚片切得又厚又大塊，在大火中翻滾

燻燒後，增添了脆度。搭配清燙的意麵，加上脆口的豌豆莢，多種不同的口感交織，唇齒間的趣味不斷。而調味仍然是熟悉的酸甜醬燒，經過快炒的濃縮，味道更加厚實。

府城花生糖

臺南市中西區永福路二段 229 號（祀典武廟）前廣場

約 13：00 ～ 17：00

在祀典武廟的馬使爺廳前，有一輛傳統的攤車，車身烏黑，簡單的招牌寫著「府城花生糖」幾個大字。即使是古都臺南，這樣的古早味濃厚的攤車也所剩無幾。點了一份花生糖後，才開始以純手工製作。阿伯拿起琥珀色的花生糖磚，放在炭火上烘燒，灰白的煙伴隨著火光冒出，將糖磚燻上了炭燒的香氣。趁著糖磚還有餘溫之際，移至輾壓臺上，一手轉動輪盤，兩個大輪軸將花生輾成細碎的粉末狀，瞬間，花生的香氣迸散而出。臺式的口味會捲上香菜享用，衝突卻又和諧。

這裡的花生糖最宜現場食用，一經久放，風味與老闆的心血便隨著時間一點一滴耗盡。得趁著花生糖還有餘溫，糖膠柔軟溫潤不黏牙，炭燒的燻香仍在，而新輾的花生香氣正濃烈時放入口中，才是最佳時機。想滿足這點口腹之慾，也要懂得掌握天時地利。

阿龍香腸熟肉

臺南市中西區保安路 34 號

11：00 ～ 19：00

臺灣小吃中有一種攤位叫做「黑白切」，意思就是隨意切。店家必須準備豐富的菜色，讓顧客可以真的很隨意，不失望。

保安路上的阿龍香腸熟肉，攤位上常有的是內臟類，如豬心、豬肝、豬肺、豬舌、大腸、小腸、生腸、脆管；蔬菜類，如菜頭、苦瓜、茄子；海鮮類，如軟絲、鯊魚、魚皮、魚卵；另外就是手做料理類，如蟳丸、粉腸、香腸、糯米腸。

食材大多以川燙或水煮的手法完成。內臟和海鮮最怕腥味，只用川燙的方式料理，食材的新鮮和清潔就是決勝關鍵，不用隔夜材料，並且一樣樣親手反覆清洗，下足心力才能換來好味道。

這裡的蟳丸和粉腸都是饕客的最愛。粉腸是一種以澱粉餡拌入豬腿肉，再灌入腸衣中的料理，通常會調色成淡淡的粉紅色澤，吃的是腸衣的韌性、粉漿的Q度與豬肉的鮮味。

阿鳳浮水虱目魚焿

臺南市中西區保安路 59 號

07：30 ～ 01：00

阿鳳浮水虱目魚焿創立於一九五七年，據傳還是浮水虱目魚焿這道料理的創始店。

虱目魚是臺灣重要的養殖魚類，臺南尤為大宗。修長的身軀、銀白的色澤，在陽光下圓形的鱗片閃閃發亮，看起來神采奕奕。而肥厚的魚肚富含油脂，更是滋味鮮美。連橫的著作《臺灣通史》、《臺灣語典》及《雅堂文集》中，都有臺南沿海養殖虱目魚的記載，顯見臺南人食用虱目魚由來已久。

阿鳳浮水虱目魚焿用新鮮的虱目魚打成魚漿，魚漿混合虱目魚的碎肉和魚皮，增添不同層次的口感。這家店只賣浮水虱目魚焿，是間一品料理店，可選擇加麵或加米粉。在雪白的瓷碗裡，魚漿丸沐浴在清澈的芡汁中，彷彿晶亮的日光下游動的虱目魚，就要躍出水面。

這裡的魚丸調味較重，是臺南特有的鹹甜滋味，加上薑絲、香菜和烏醋提味，更能襯托魚的鮮美。喜歡吃重口味的人還可加上一匙店家自己特製的辣醬，風味絕對不同凡響。

阿明豬心冬粉

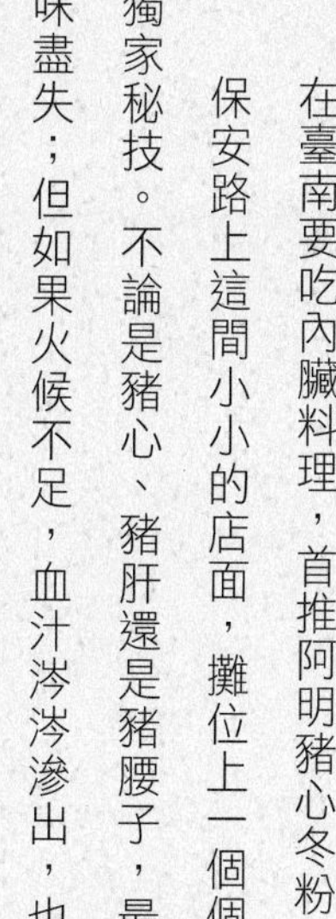

臺南市中西區保安路 72 號

18：00 ～ 02：00

漢人食用動物內臟由來已久，如周代八珍之一的「肝膋」，元末八珍的龍肝、鳳髓、豹胎等。懂得清除內臟中的雜質和腥味，留下鮮味，可說是一項吃入化境的藝術。

在臺南要吃內臟料理，首推阿明豬心冬粉。

保安路上這間小小的店面，攤位上一個個小小的金屬罐，就是老闆阿明的獨家秘技。不論是豬心、豬肝還是豬腰子，最忌諱過度烹煮，讓肉質老化，鮮味盡失；但如果火候不足，血汁涔涔滲出，也會讓食慾打折七分。而阿明的內臟料理以隔水加熱的方式烹調，保留了食材的鮮嫩，又能完全煮熟，只有粉紅誘人的色澤，沒有令人退避三舍的血光。在咀嚼中，那份無法增減任何一分的口感，化成了最美好的記憶。

在這裡，豬心、豬肝、腰子和骨髓、腦髓都可以乾吃，或者煮湯，調味僅僅麻油、酒、鹽、薑絲，原汁原味就是老闆阿明的秘方。

楊熾昌

走在時代尖端的文學家

捕住更現現實的現實

文字：吳興亞、江珝瑄、張恆維／攝影：黃彥霖、黃清淵、江珝瑄、吳興亞、張恆維／繪圖：郭哲毓、陳逸婷、駱佳駿

楊熾昌小傳

楊熾昌（一九〇八～一九九四），筆名水蔭萍、柳原喬等，出生於臺南州小北仔大銃路尾，就讀臺南第二中學校（今臺南一中）時參加雜誌社，並開始於校刊及《臺南新報》上發表作品。

一九三一年出版第一本詩集《熱帶魚》。一九三三年代理《臺南新報》文藝欄的編輯工作，大力提倡新詩寫作，並結識多位文友，隨後與林永修、李張瑞等人籌組「風車詩社」，發行《風車》詩刊，鼓吹詩壇的新風氣。

一九三六年起任職於「臺灣日日新報社」，採訪、報導外，仍持續寫作不輟。二二八事件爆發後，蒙冤入獄半年，白色恐怖時代更因好友李張瑞受迫害而一度宣布封筆。一九五三年參與創立「臺南扶輪社」，並創立社刊《赤嵌》，親自擔任主編，此後的寫作以報導民俗文化、文學、藝術，及雜文、評論為主。

一九九四年因胃疾復發，病逝於新樓醫院。

楊熾昌汲取當時世界最新的文藝思潮，是臺灣超現實主義的領航者，以前衛的詩作與文論為文壇帶來嶄新風貌，開闢了新的創作路徑，使得臺灣的新詩發展更為多元豐富。在「風車詩社」成立的二十多年後，紀弦創辦了「現代派」，提倡「橫的移植」；而後張默、洛夫和瘂弦創辦了「創世紀詩社」，使超現實主義更為人所知。

楊熾昌的文學理念與創作都走在時代尖端，以飛躍的想像突破了時間與空間的限制，改變了文學在人們心中的面容。

延伸閱讀暨參考書目

- 《水蔭萍作品集》，楊熾昌著，葉笛譯（一九九五），臺南市：臺南市立文化中心。
- 《日治時期楊熾昌及其文學研究》，黃建銘（二〇〇二），國立成功大學歷史學研究所碩士論文。
- 《臺灣現當代作家研究資料彙編05——楊熾昌》，封德屏總策畫，林淇瀁編選（二〇一一），臺南市：臺灣文學館。

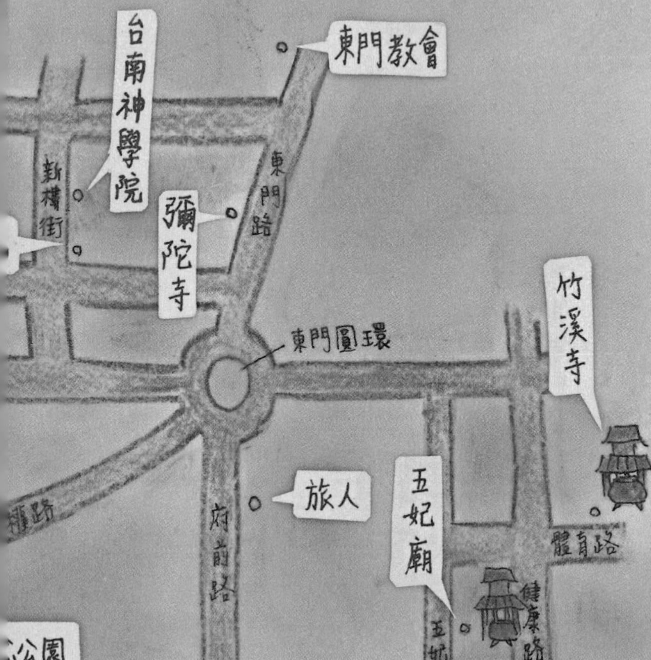

東門教會
台南神學院
新樓街
彌陀寺
東門路
東門圓環
竹溪寺
旅人
府前路
五妃廟
體育路
健康路
五妃街
公園
文學館
南門路
忠義路
大億麗緻
新光三越
（台南監獄故址）

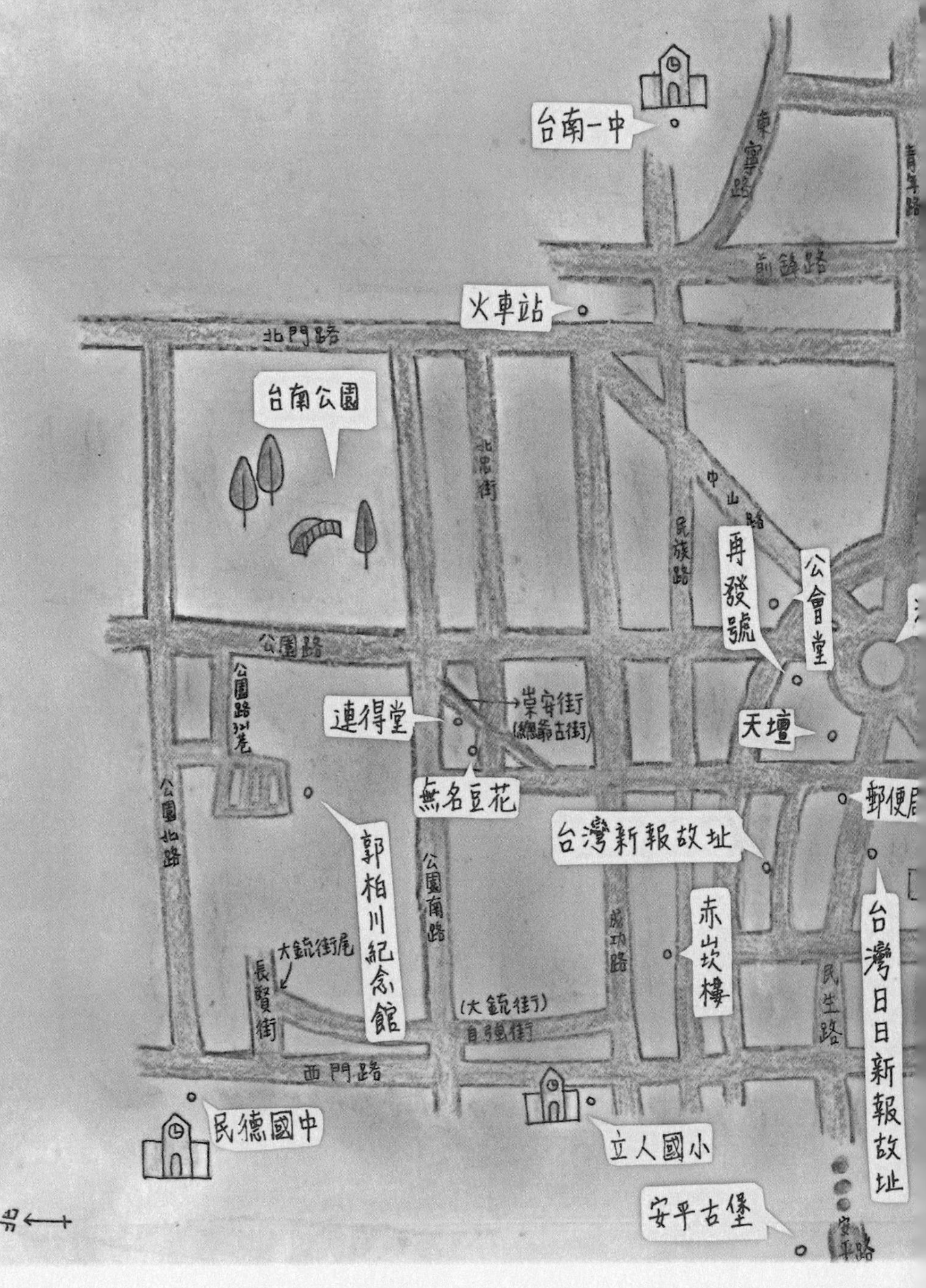
台南一中
東寧路
青年路
前鋒路
火車站
北門路
台南公園
北忠街
中山路
民族路
再發號
公會堂
公園路
公園路321巷
崇安街
(總爺古街)
連得堂
天壇
無名豆花
郵便局
台灣新報故址
公園北路
郭柏川紀念館
公園南路
成功路
赤崁樓
民生路
台灣日日新報故址
大銃街尾
長贊街
(大銃街)
自強街
西門路
民德國中
立人國小
安平古堡
安平路
北

寄一封正穿著草色的睡衣的信給遙遠的自己

垂下凝視著天空的眼光，來到了這熟悉的南市一隅：臺南一中，展開今日的漫遊。這裡是水蔭萍寫作的濫觴，古城的小山崗上、榕樹垂蔭的廣場，他讀書，奔跑，大口地呼吸，淺淺地低吟。

春天輕柔的微風搖著苦苓葉，花瓣片片飄零落地，無言的撞擊著年輕人的心靈，蕩醉著春光若草的香味，無限的喜悅浸著心頭更加深憂鬱的哀愁，望著天空的瞳孔濕透出熱情的光輝。（〈古城嘯〉）

哪裡吹來了一陣風？又會吹向哪處？我們的靈魂於這逆旅，將會如何延展？蹉跎了光陰，旅程也得延續。別了一中，輕踩著腳踏車的踏板，也踏向了水聲漂流的下一站。

趁著交通尚未忙碌，齒輪聲來到火車站。鎖好車，到附近輕鬆漫步，卻見沿著行道樹成了壯觀一排的計程車。灰白的車站、翠綠的樹葉、紅色的人行磚道與鮮黃的車陣，將街頭解離成一幅畢卡索的抽象畫，畫裡有一顆顆活生生跳動的心臟，費力地抽搐著。

四通八達的鐵軌，載來了各地的文學之友。楊熾昌曾與吳新榮、郭水潭等友人在臺南鐵道飯店與郁達夫宴談。然而，這位「亞洲現代主義文學的先驅」所提出的見解並不能滿足楊熾昌，因為楊熾昌是走在更前面的人。瞥向站後的月臺，想來這月臺肯定蓋得非常堅固，不然何以承受如此多的喜悲。

隨著自行車滑行的齒輪空轉聲，城市逐漸喧鬧了起來。沿著與鐵軌平行的北門路，再轉向公園南路，不消幾分鐘，便到了總爺老街，過去這裡是富豪大戶薈萃之地，號稱「九萬二十七千」，而今那金山銀山，都被埋在這生塵的老舊繁榮味道中。當楊熾昌住在這裡的時候，此地已然是老街古巷，二戰時期的轟炸，使他的老家也成了殘磚破瓦，映襯著新生的野花野草。

走到老街街尾，接上了忠義路直走，來到了民生路口，一棟高聳的電信大樓矗立著。在這棟現代建築誕生之前，這裡是臺南郵便局，楊熾昌的初戀情人，很可能就是在郵便局轄下的電信部門工作。戀情最終成了一曲悲歌，戀人留下了記憶裡薔薇色的皮膚，然後化成一滴眼淚，在朝陽中消散。

電信大樓後方小巷，是過去臺南新報社所在地。楊熾昌曾在報社裡負責文藝欄的編輯，認識了許多文藝同好，擴大了文學的視野，並且萌生了創辦風車詩社的念頭。報社早已不知所蹤，小巷裡有灰黑的民宅、綠草與黃土錯雜的空地、殘餘的紅磚牆與莫名的空屋。

到遙遠的陸地的信件

穿著草色的睡衣（〈雲和通風筒〉）

寄一封信給遙遠的自己，那封信或許正穿著草色的睡衣。如果我們讀不懂水蔭萍的詩，或許只是因為還未曾認識真正的自己。

來到湯德章紀念公園旁的臺灣文學館，館內交錯的廊道帶領我們通往獨特的展覽空間。牆面上懸掛著各式展覽的介紹旗幟，五顏六色、繽紛絢麗，旅人就在這片萬紫千紅的文學花海中，尋覓著楊熾昌的文學座標。

來到水蔭萍的人生終站：純白的新樓。水蔭萍在臨終之前，心裡浮現的意象是什麼呢？是文學界闖蕩的鐵漢背影，是二二八冤獄中悲愴的吶喊，還是白色恐怖中飄飛的蓬草？

沿著前鋒路往前走，轉進民族路，又回到了臺南一中。這裡是終點，也是起點。

自始至終，他都還是最初的那個樣子。回顧他的年少之作〈古城嘯〉，就會發現，在文學道上跨步行走的他，始終如一。

嗚呼！懷念的高岡，雄偉的健兒群，枯乾臺灣文化的開拓者，年輕人築巢於此古城址，望著地上的夢想與青空的群星交談，憧憬遙遠的理想鄉。（〈古城嘯〉）

是終點也是起點的竹園崗。（攝影：黃彥霖）

大銃街（自強街）

即使回溯就像是一條曲折多變的小溪，筆者仍願不厭其煩地唱下去。（〈回溯〉）

一九〇八年十一月二十九日，楊宜綠的獨子楊熾昌出生於臺南州小北仔大銃街尾。生於書香世家的楊熾昌受到身為抗日詩人的父親影響，從小接受文學藝術的薰陶，六歲時，父親便親自在家裡教他漢學。異於一般的漢學老師，父親不以《三字經》或《百家姓》當作入門教材，反而從被儒家奉為經典，難度較高的《詩經》教起。

談起楊熾昌走上文學之路的過程，《詩經》是重要的啟蒙書，為他扎下深厚的國學常識及文學基礎。楊蒼嵐回憶，有一次跟著父親楊熾昌到一座魚塭釣魚，望著平靜的水面，心情放鬆，楊熾昌突然吟誦起「青青子衿，悠悠我心」，可見《詩經》清朗的韻律長久以來一直迴盪在他的心間。

學了約一年的時間，楊宜綠發現幼時的楊熾昌不耐於背誦課文，常將小抄偷偷貼於書桌下緣，於是易子而教，請到住在東門固園的陳筱竹先生來當老師。楊熾昌跟著陳老師學習了大約半年，有次因好奇不慎弄斷陳老師的鴉片煙管，使陳老師無意繼續教書，漢學的學習也就此中斷。

雖然在這一年半中他對於漢學的學習可說是興致缺缺，卻在不知不覺中記下了不少詩篇，對未來的文學發展，潛藏著相當重要的影響。

楊熾昌八歲時在家居北郊溪河戲水抓魚，興之所至，做了一首六、七行的短詩〈小魚〉。這可能是他最早的創作之一，不料遭父親訓誡說讀書要緊，文章不必急著寫。同年，他隨著父親遠赴日本深造，寄住於東京。

走至大銃街尾，新潮與古典的交織，一如楊熾昌筆下超現實的意象。

楊熾昌在出生地的小北仔住了將近十年，後來才遷回總爺古街的老家。大銃街尾的房子是租來的，據說還是一幢鬼屋。呂興昌教授曾轉述一段趣譚：有一天黃昏，楊熾昌獨自一人待在庭院的八角亭，忽然看見一個女人，穿著白衣白裙向著他招手。他移動腳步想要靠近她，只見那白衣白裙的上頭是一張憂愁的容顏、一雙悲傷的眼神，欲言又止。女人飄忽地移動著，隱約中似乎還伴隨著嘆息聲。他回頭想要大叫，再轉身，女人已經不見了，留下荒涼空曠的庭院，以及漸隱的暮色。

現今的大銃街，是一條充滿古趣的小街。許多楊熾昌的年表都標示著大銃街尾是現在臺南市西門路民德國中對面的立人街尾。但查遍臺南市古今地圖，都找不到所謂的「立人街」，僅有一條立人路，現已改編為西門路三段。再探詢當地耆老，大銃街約當現在的自強街，而自強街的末端就結束於長賢街口。

大銃街是一條歷史超過兩百年的古街，清初時叫做「水仔尾」，因為有德慶溪潺潺流經。街道附近就是府城重要的出入口：小北門，這條交通要道兩旁商家林立，十分熱鬧。林爽文事件後，為了增強防禦，在小北門加設了大型砲臺，這才改稱大銃街。而今街上仍有古蹟開基天后宮與烏鬼井，各式古厝像是拼布一般織就一條夢幻而古舊的小徑，就像是日暮時天邊匯聚的各種色彩的雲霞。

走在大銃街上，可以見到日式木造牆面，以及閩南式磚造的老屋；有現代的住家、商店，也有古老的廟宇，新潮與古典的交織，令人恍如置身夢境之中，但卻又那麼真實。一路走到街尾，天色漸漸昏暗，街燈微微亮起，我們的腳下彷彿也響起了詩歌的節奏。

總爺古街（崇安街）

今日的崇安街，即為清朝有名的總爺街，說白了就是清代總兵爺進出市區的必經之路。不只如此，總爺街亦連接臺灣總鎮署衙門，是進出府城的重要通道之一。由許多蜿蜒而狹小的巷道組成，分歧得像是百足之蟲一般，又有蜈蚣穴之稱。這是為了便於防衛，加上典型的「街頭街尾」土地公廟，總爺街被地形和神秘的力量守護著。

目前總爺老街上已有許多房子改建成較現代化的建築，不過左右仔細一看，仍能發現有部分一層或兩層樓的日式房屋，甚至還保留著日式的拉門。

楊熾昌的老家，日治時期的住址是老松町二丁目六十五番地。楊熾昌在十歲的時候從大銃街尾的租屋處遷回總爺老家居住。後來在臺灣日日新報社當記者時，下班後仍會回到這裡看書、寫作。

戰火後，劫後餘生的這條總爺老街依舊蜿蜒著。

四家哲三在〈水蔭君訪問記〉中仔細地描繪了楊熾昌書房的模樣。他的書房就在屋子大門旁邊，房裡有兩張書桌，一張擺著《三田文學》、《文藝泛論》、《媽祖》等雜誌，還有煙灰皿、鋼筆、墨水橫躺著；另一張書桌擺放著紅燈罩的檯燈、報紙剪貼簿、原住民人偶跟陶壺，楊熾昌就在這裡寫作。椅子的背後則有一排書櫃，裡頭擺放著《莎士比亞全集》、《芥川龍之介全集》、《岩波講座》之類的書籍以及各式各樣的詩集和詩評。

苦苓花飄香。濃重的夜氣中，從窗戶跳進四月青色的風。在水靈靈的月光裡，像肥皂泡沫般膨脹起來的風景戴著白色面紗彈動著。（〈洋燈的思惟〉）

而這一切，最後都毀在一場戰火之中。二次大戰爆發時，美軍轟炸臺南，總爺的老家毀於一旦，連同楊熾昌五千多冊的藏書，以及珍貴的手稿、著作全都付之一炬。

劫後餘生的這條古街依舊蜿蜒著，在這裡生活的老人們踩著蹣跚的步履，似乎將歲月往後拉長了七、八十年。

立人國小

臺南市北區西門路三段41號

臺灣總督府統治期間，對於殖民地進行的是近代教育改革，從一八九五年七月伊澤修二奉派為臺灣國語傳習所所長後，陸續在臺各處開辦學校。隔年三月開始設國語傳習所，將此做為日語教育的主要機構，鼓勵且招募臺灣人民學習日語。一八九八年七月，總督府更頒布「臺灣公學校令」，以六年制的公學校取代原有的國語傳習所，並設有「速成科」，利用夜間或假日等空閒時間傳授日語。

楊熾昌也是受日本教育改革的其中一人。一九一六年，九歲的他進入臺南縣第二公學校就讀，開始接受日本的新式教育。入學前，他還剪掉了頭上的辮子。

臺南縣第二公學校在一八九八年創立，原先借用水仙宮的三益堂當作校舍，後來校舍不足，於

當年楊熾昌就讀的是立人國小的前身：臺南縣第二公學校。

是將女學生遷移到外新街的育嬰堂，而學校也於一九一一年遷移到現址。一九三六年校舍進行重建，隔年落成啟用，這棟美麗的建築現在仍然保留著，列為市定古蹟，不過楊熾昌就讀時，它還不存在於校園裡。

一九三八年因學校位於寶町之中而改名為寶公學校。府城另一位文學家葉石濤曾來到寶公學校擔任助教，成為學校教員。二戰後改制臺南市北區第一國民學校，隔年又改為立人國民學校，用以尊崇孫立人將軍的功績。

臺南一中

臺南市東區民族路一段一號

一九二〇年，楊熾昌滿十三歲，田健次郎恰好實施日臺共學制度，臺籍學童開始有了與日籍生共同學習競爭的機會。

楊熾昌就讀公學校四年級時，奉父親之命參加日本小學轉學考試，成為錄取的六名之一，轉入臺南第一尋常高等小學校，在第二公學校求學的四年時光也告一段落。當時校舍所在地就是現在的臺南一中。一九二一年因為學校位於竹園町而改名竹園尋常高等小學校。

日本小學校的臺籍學童不多，為了與日籍學童競爭，楊熾昌發憤圖強，果然取得優異的成績。一九二二年順利畢業，成為第二十五屆的畢業生。一九二四年，楊熾昌十五歲，考入臺南州立第二中學校，即今臺南一中前身。數十年後楊熾昌回憶道：「自十七、十八歲時，開始對文字作業興趣高，到現在，還是志向寫東西，來完成我的終身。」

中學二、三年級時，受到國副（國文正本讀本之外，編著日本文學作品的書）老師的特別指導，楊熾昌每天到吳園後方的臺南圖書館借讀東西各家名作，尤其喜歡法國文學。有這麼一扇了解世界的窗口，楊熾昌體會了世界各國文學真實的味道。

一九二八年，中學四年級的楊熾昌投稿日文詩〈古城嘯〉入選校刊《竹園》。發表後成為同學們的談論話題，瞬間成為校內的小小明星，而這首有遠大理想與抱負的詩作能引起共鳴，使楊熾昌信心倍增。之後，他便常在校刊，甚至《臺南新報》上發表作品，熱衷於文學的創作。

隔年，楊熾昌從臺南第二中學校畢業，成為第三屆畢業生八十二名的其中之一。

查閱同年的校友會雜誌，大家的志願欄形形色色，各不相同：有人寫「醫專」，有人寫「高校」，但楊熾昌的欄位卻填著「未定」兩字。雖然還沒有清楚的前途，他仍大步往未來跨去，為中學畫下了句點。

在〈古城嘯〉裡，楊熾昌立足校園，放眼未來，理想的彩雲在心中飄揚：

高聳於東南邊的東門城樓上白雲如流，呼嘯古城的風載著年輕人的理想飄過去，此受古城址包圍的木柵，暮色來臨時寮上的南國之月靜靜地運步，神秘的光照耀著校園花草、吹笛的餘韻消失在空中，在此幽靜神秘的境地中謳歌舞蹈、笑著享受人生青春人兒是多麼幸福啊！

詩文中，他豪情萬丈地鼓勵年輕人一同推動臺灣文化。有時間可以到一中校園裡看看那棵代表性的榕樹，並想想楊熾昌所寫：「綠蔭下聚集的年輕人滿懷著南國的熱情，一日又一日，一年又一年交談滿懷理想，伸展雙翼欲飛出崗上。」儘管中間夾著淙淙光陰，楊熾昌的文字拒絕被時間阻隔，至今仍激勵著每一個學子。

臺南一中校園裡代表性的大榕樹，當年的楊熾昌或許曾站在樹下，懷著一顆熱衷於文學的心。

郵便局故址

臺南市中西區民生路一段78號

中學二年級時，楊熾昌心中初戀的愛苗開始滋長。他認識了話務員今井民子，陷入熱戀之中。假日的時候，兩人常攜手到郊外散步、聊心事，甚至到深夜都還捨不得分開。但是民子的雙親並不贊成兩人交往，精神受到創傷的她，加重了原有的胸疾，身心交瘁之下，選擇自殺。楊熾昌透過民子友人的書信才得知這項不幸的消息，大為哀慟，甚至影響了他日後的創作取向。他曾說：「我和民子的愛是純潔的，所以我心靈的空虛越發沉重，成為虛無主義者，一直到最後都脫離不開這個虛無。」

後來楊熾昌將這段感傷的回憶改寫成小說〈薔薇的皮膚〉。主人翁「我」來到了臺南海濱，望著遠方的景致，回憶起他與戀人蒼子在一起的美麗時光，蒼子那薔薇色的皮膚一直縈繞在心中，無法褪去。但這段戀情並非一帆風順，一位年輕醫師也熱烈的追求蒼子。蒼子的父母滿心希望她能嫁給醫生，帶給她極大的壓力，促使她的身體越來越虛弱，最後被送進療養院中，一病不起。舉行葬禮的那一天，小說中的我恍然失神，送葬的隊伍自眼前川流而過，白色的棺木反射著熾烈的光線，刺痛他的眼睛。活著的意義開始在他心中朦朧了起來。他忽然有了體悟：「人生，只是冬眠後感覺到的疲勞吧！」

民子是一位話務員。日治時期，電話接線業務是由郵便局兼辦，所以民子上班的地方應該在臺南郵便局。臺南郵便局就位在今天民生路與忠義路交叉口，楊熾昌後來任職的臺南新報社與臺灣日日新報臺南支社，都在附近。臺南郵便局由著名的建築師松山森之助所設計，興建於一九〇九年，是一棟華美而壯觀的洋式建築，紅白交織的色彩十分豔麗，正面有雄偉的山牆與高聳的衛塔，兩側有相連的拱圈。可惜這棟美麗的建築物在一九七〇年代遭到拆除，原址目前是中華電信大樓。仰望這棟現代化的電信大廈，高樓巍然矗立，線條俐落筆直，卻令人由衷升起一股莫名的哀愁。

春天陽光像玻璃那麼明亮。遙望白雲飛舞的古城上方，在植物與日光的饗宴中，我打開畫圖工具箱，有一種精神熾熱燃燒的感覺，心情就像無限抒情的拋物線，帶給我眼淚，也帶給我歡喜。

（〈薔薇的皮膚〉）

中正路

日治時期，中正路被稱作「銀座通」，屬於末廣町，是一條筆直寬廣的商業大道，著名的林百貨矗立街頭，雕飾華麗的洋樓夾道林立，街燈、椰子樹井然有序的排列著。整潔的路面沒有一點垃圾，機動車、腳踏車和人力車穿梭不息。

街道上仍烙印著楊熾昌與友人的足跡。他跟中學好友李張瑞喜歡一起享受微風，追求「新鮮的愛戀」。書本就是他們的情人，走累了就到「森永咖啡座」或是「TOYODA」歇歇，點杯紅茶，所有的笑聲與淚水，都在酒褐色的微醺裡，釀成了詩意。

這城市的一切就像五彩的氣球，一個接一個浮現在他的腦海：薄霧中的日出、冰冷的窗格、盛開的薔薇、挺立的椰子樹、皎潔的月光、絢麗的霓虹燈、鐵橋下哭泣的女人……。蒙太奇的影像重重疊

從林百貨俯瞰中正路。日治時期，這裡被稱作「銀座通」，屬於末廣町，是一條筆直寬廣的商業大道。（攝影：黃彥霖）

疊，交織著過去與現在，象徵著意識與潛意識，拼貼出萬花筒般如真似幻的色彩。

我為了看靜物閉上眼睛……
夢中誕生的奇蹟
轉動的桃色的甘美……
春天驚慌的頭腦如夢似地——
央求著破碎的記憶。

青色輕氣球
我不斷地散步在飄浮的蔭涼下。
（〈日曜日式的散步者〉）

閉上眼睛才能看見真實。楊熾昌深深明白所謂的真實並非眼中所見的表象，埋藏在意識底層的那個自我，甚至是洩露在夢裡面的那個自我，可能才是更真實的自己。

安平古堡

臺南市安平區國勝路 82 號

08：30～17：30

楊熾昌十三歲那一年，日本作家佐藤春夫來到臺灣遊歷。當時楊熾昌的父親任職於臺南新報社，負責接待佐藤的臺南旅程，而楊熾昌也擔任了小嚮導，帶領他參觀臺南的名勝古蹟。佐藤春夫是大正文壇的知名作家，在日本名氣響亮，不亞於臺灣人所熟知的芥川龍之介。一九二〇年佐藤春夫回到家鄉排遣鬱悶的心情時，接到好友的邀約而有了遊歷臺灣的念頭。六月底，他便搭乘船舶由神戶抵達基隆，隨後的三個多月裡遊覽了臺北、臺中、日月潭、臺南及高雄等地。一九二五年，他發表了《女誡扇綺譚》及《霧社》兩部作品，其中《女誡扇綺譚》便是以遊歷臺南的見聞為基礎所創作的小說。

曾經接待佐藤春夫的經驗令楊熾昌難以忘懷，直到晚年時仍記憶猶新，並寫下了〈女誡扇渺聞〉這篇文章加以敘述。文中提到自己曾多次探查《女誡扇綺譚》故事中的場景沈氏廢屋，並且與小說的相關人物老婆婆、黃姓糧商等人晤談，還親眼見到了那把女誡扇。看來與佐藤共遊的親身經歷，與小說中的荒涼情調深深扣動楊熾昌的心弦。

《女誡扇綺譚》共包含赤嵌城址、禿頭港廢屋、戰慄、怪傑沈氏、女誡扇、終章等六個章節。小說中的「我」是一個來自日本的記者，在好友世外民的引導下，來到安平港參觀。此時的安平外港已經淤淺廢弛，一路上，房舍多成空屋，帶著一種荒廢之美。他們登上了赤嵌城，而城已毀壞，只剩殘餘的地基。站在舊城遺址向外眺望，只見一片荒涼景象，遙遠處是混濁的海域。世外民提起此地曾是臺灣第一大港，引起了無限嗟嘆。

接著他們來到了接臨安平的禿頭港，參觀了一間廢屋，雖然殘破，但仍可看出曾是大戶人家的格局。此時，二樓突然傳出一陣說話聲，彷彿是一名女子以泉州話說著：「安怎哩！安怎無較早來呢？」

離開廢屋之後，他們才從一名老婦口中得知，原來此地是過去富商沈氏的宅第，沈家擁有五十艘海上船舶，經營貿易，富甲一方，女兒也許配給富家子弟。就在一夜之間，沈家船隊遇到颶風，全部沉沒，沈家一夕破敗，男女主人相繼病死，千金小姐也發瘋了。人們總是在荒廢的沈家二樓看到千金小姐失神的模樣，嘴裡一直喃喃自語。最後，有人發現她穿著新娘裝躺在床上死去，屍體也已潰爛。方才兩人在沈家廢屋聽到的聲音，就是千金小姐的鬼魂作祟。

但主角並不相信這種荒誕之事，因此再度來到廢屋查探，並撿到了一把女用的扇子。不久，傳出有人在廢屋中上吊自盡的消息。屍體會被發現，是因為一個黃姓糧商的女兒夢見那個死去的年輕人走進了一間不可思議的房子。主角於是前往黃家調查。一進入黃家，立刻有隻鸚鵡以泉州話說著：「汝來呀，請坐！」而後主角發現，原來是黃家小姐的婢女與這名年輕人相愛，兩人常在廢屋中約會，但黃姓糧商強迫要將婢女許配給一個日本人，年輕人絕望之下自殺。廢屋二樓傳來的女子低吟，應該就是黃家婢女等待情郎時發出的聲音。幾天後，這名婢女吞服了大量的罌粟子，也跟著殉情了。

小說裡的赤嵌城就是今天的安平古堡。安平古堡所在之地，安平古堡所在之地，遠在十七世紀，荷蘭人就已興建了熱蘭遮城，做為重要的海防基地。鄭成功登陸臺灣後，與荷蘭軍隊在此地發生激

楊熾昌與佐藤春夫來安平古堡參觀時，所看到的應該是新建的紅磚平臺與日式海關宿舍。（攝影：黃彥霖）

烈的血戰，最後成功擊退荷蘭人。清領時期在此地成立軍裝局，因疏於整修，逐漸荒廢。一八七三年受到英國軍艦的砲擊，炸毀了大部分的城牆。而後沈葆禎興建億載金城時，又搬走了大量的磚材。楊熾昌與佐藤春夫來此地參觀時，所看到的應該是新建的紅磚平臺與日式海關宿舍，原有的熱蘭遮城，只剩下一片爬滿樹藤的城牆，與幾處殘留的城座遺蹟。而今日的地標瞭望臺則是一九七五年重新整修後的模樣，佐藤春夫自然是無由親睹的。

望著這片殘存的古牆，與樹根樹藤交錯共生，灰白的蚵灰泥面掩不住暗紅色的古磚，雄偉中帶有滄海桑田的感慨；正如《女誡扇綺譚》的故事裡，有歷經百年興衰的家族歷史，也有哀傷而綺麗的愛情奇譚。現實的一切總是如此，既華麗得令人目眩神迷，又蒼涼得令人有恍如隔世的錯覺。

簽名在敗北的地表上的人們

吹著口哨，空洞的貝殼
唱著古老的歷史、土地、住家和
樹木，都愛馨香的瞑想
秋蝶飛揚的夕暮喲！
對於唱船歌的芝姬
故鄉的哀嘆是蒼白的（〈毀壞的城市〉）

臺南新報社故址

民權路、民生路、忠義路與永福路之間

日治時期臺灣的四大報是《臺灣新民報》、《臺灣日日新報》、《臺灣新聞》和《臺南新報》，其中的文藝欄是有志寫作者的切磋園地。楊熾昌在中學以後就常常投稿《臺南新報》，發表創作，文藝欄這一方小小的苗圃，滋養了他的文學靈魂。

一九三二年，楊熾昌與林招治女士攜手步入禮堂，完成終身大事。妻子十分支持他的寫作熱忱，在結婚前曾說，如果楊熾昌因為投身創作而淪為乞丐，她願意為他背草袋。婚後不到一個禮拜，楊熾昌隨即在《臺南新報》發表組詩〈短詩〉，包含了〈白色的黎明〉、〈戀人〉、〈黎明〉、〈秋的韻味〉、〈冬〉、〈皎潔的夜空〉、〈睡著的女子〉、〈夢〉等篇章，可說是創作不懈。

一九三三年，《臺南新報》文藝欄的主編紺谷淑藻郎與女作家發生緋聞，被迫離職，臨走前推薦

臺南新報社址就位在今日民權路、民生路、忠義路與永福路所圍成的地帶之中。

楊熾昌接替他的工作，於是楊熾昌從投稿者變成了邀稿及審稿者，轉而耕耘這片曾經滋養他的園地。

在他的主持下，《臺南新報》文藝欄刊載了詩、小說、文論、也有攝影作品，並且報導最新的文壇消息。除了臺灣作家之外，連日本知名作家武者小路實篤及川端康成的作品都有刊載，可見楊熾昌的用心。

臺南新報社的社址位在本町三丁目二三四番，過去曾是抗日士紳陳子鏞位在府城的宅第。陳子鏞抗日失敗，渡海避難時，日人侵佔了這棟豪宅，而後成了臺南新報社。

對照日治時期的地圖，臺南新報社址就位在今日民權路、民生路、忠義路與永福路所圍成的地帶之中，與古蹟陳德聚堂相鄰，沿著永福路二段一五八巷往裡走，就可抵達。小小的巷子裡鋪設著彩色地磚，搭配鄰近住家黃色的圍籬與綠色的牆面，古樸中帶有繽紛的絢麗。小巷裡還有一塊荒廢的空地，長滿了雜草；一幢空屋外圍繞著破碎的紅磚牆，幾條電線突兀地自天空橫越而過，分不清哪一塊才是昔日的臺南新報社。

臺灣文學館

臺南市中西區中正路1號

週五、週六　09：00～21：00

週日、週二、週三、週四　09：00～18：00

週一休館

國立臺灣文學館是臺灣第一座國家級的文學博物館，具有蒐藏、保存、研究、展覽及推廣教育等功能。館內有八件典藏品被列為國家重要古物，包含清代文人洪棄生《寄鶴齋集》等三部手稿本、「臺灣文藝聯盟」木匾、張深切的《徒步旅行的名人題字錄》、楊逵的〈模範村〉手稿、平澤平七編修的《臺灣的歌謠及名著故事》，再來就是楊熾昌所主編的《風車》詩刊第三號。

楊熾昌在擔任《臺南新報》文藝欄的編輯時，認識了許多志同道合的投稿者，一九三三年，他把這些愛好文藝的伙伴召集起來，成立了風車詩社，並出版《風車》詩刊。初期的社員還有李張瑞、張良典、林永修、島元鐵平、戶田房子、岸麗子等人。

為什麼取名叫風車，據呂興昌教授的訪談，原因有三個：第一是受到法國風車劇場的影響；第二是在鹽分地帶看到一架架的風車，心生嚮往；第三則是希望如風車一般為臺灣文壇鼓動新的風氣。

《風車》詩刊一共出版了四期，前三期由楊熾昌主編，每期只印行七十五本，目前僅剩第三期還保留了下來。臺灣文學館典藏的風車第三號，有橘紅色的封面，鋼板刻印，十二開本，以冥紙的材料印製，十分前衛。標題以法文書寫，刊載了楊熾昌、李張瑞、林修二等三人的作品共八篇，插畫由福井敬一繪製，全書共三十八頁。

楊熾昌在《風車》第三號中發表了〈燃燒的頭髮──為了詩的祭典〉這篇文論，讓我們更加了解他的文學觀。

捕住比現實還要現實的東西。那是黑手套的手。然而我們對這個「超越現實的現實」的東西，只能通過超現實主義者的作品才能接觸。

（〈燃燒的頭髮──為了詩的祭典〉）

一般人常常覺得超現實的作品很深奧難懂，很不切實際。最大的原因很可能是：我們還沒有真正認識自己。佛洛伊德的理論問世之後，人們恍然發

國立臺灣文學館是臺灣第一座國家級的文學博物館，具有蒐藏、保存、研究、展覽及推廣教育等功能。（攝影：黃彥霖）

覺，原來自己對於自我本身竟是這麼陌生。當我們以為意識到的現實就是自我的全部時，佛洛伊德卻宣稱在意識底層還有我們難以感知的潛意識。超現實其實並不遙遠，它正試圖突破想像力的最大限度，去捕捉那個我們從未真正認識的自己。

我有時夢見菸斗裡結了深藍豆實，夢見雲雀把巢築在貝殼裡。

（〈檳榔子的音樂——吃鉈豆的詩〉）

雲雀在空中飛翔，貝殼則靜倚海濱沙灘，一個在天，一個在地，看似毫不相關，但這樣超現實的結合構成了美好的意象，深化了詩的意境，反映了內在更深層的心理。而這一切對於人來說，是再現實也不過的了。

走進臺灣文學館，廊道上一環又一環的拱圈層層交疊，黃燦燦的燈光反映在灰白的地磚上，投射出迷離的光澤。跨過這層層的關卡，我們彷彿緊握著前人厚實的手掌，走向了一個嶄新的境地。出口處那個自己的形象，也正一點一滴變得清晰。

臺灣日日新報社故址

臺南市中西區民生路一段，永福路與忠義路口之間西南側段

作家之外，楊熾昌的另一個身分是記者。對他而言，當作家是夢，當記者則帶有一些現實的色

臺灣日日新報臺南支社的故址，現在已成了婚紗店與婚禮用品店聚集的地方。

彩。曾想進軍日本詩壇的楊熾昌，一度想起父親的遺言：「當作家的夢消失後，要活的路就是要當新聞記者。」這番話鋪展開了他的記者路。

一九三五年楊熾昌去應徵臺北某報社的記者，順利通過了筆試，進入複試。擔任口試委員的報社幹部詢問了巴爾札克的文學論，遭到楊熾昌質疑：「採用外勤記者，來個文學論到底是怎麼一回事？」於是當場破口大罵，結果自然是沒錄取。報社主筆聽聞之後，卻認為楊熾昌才是真正能大成的記者，立刻寄來錄取通知，但他還是拒絕了。

三個月後，他參加了臺灣日日新報社的記者甄選，在四十七名應甄者中脫穎而出，進入口試。面試的委員是一位滿臉鬍鬚的部長，他的第一個問題是：「喝酒嗎？」接著又問：「酒量多少？」楊熾昌在疑惑之間回答：「酒差不多三合。」十多天後，就收到錄取通知了。

一九三六年，為了照顧年邁的母親，楊熾昌調回臺灣日日新報臺南支社工作，社址是錦町二丁目七十七番地，就在今天臺南市中西區民生路一段，介於永福路與忠義路口，西南側的房屋之中。

楊熾昌曾風趣地將記者比擬為藝妲。他們的工作乍看都是豪華而有樂趣的；他們的工作時間都是夜晚，常常通宵達旦，日夜顛倒；他們都必須周旋於經濟大亨和政治人物之間，在權力縫隙中打滾；他們到了相當年齡後，常常洗手不幹，轉行或自行開業。

記者需要一雙明亮的眼睛、一雙勤跑各地的腳、一枝堅毅不移的筆，以及一種強韌的性格。長年的記者生涯，對楊熾昌產生了很大的影響。

> 這個記者生活的背景，不管是好、是壞，確立了我的人生觀，組成一個藝術世界，形成我獨自的眼光的景觀。（〈記者生活閒談〉）

而他的人生觀裡，最重要的應該就是一份反抗精神。「每當看到人性的不自然就感受抵抗。」在臺灣日日新報社任職期間，他以一顆無畏之心，披露臺南新報室谷部長與第二信用合作社主事勾結的弊端，揭發西本願寺和尚及彌陀寺住持的醜行，報導迫使川村州知事調職的事件；除此之外，也用心採訪藝文界人士，曾赴佳里採訪醫師作家吳新榮。

報導新聞事件之餘，楊熾昌詩人的筆仍未停歇，持續在《臺灣日日新報》發表新詩、小說和雜文。一九三九年六月，他在半夜裡忽然發燒到四十．六度，勉強睜開病中之眼，房裡的一切似乎都染上了異樣的色彩，似真似幻。

於是，詩想的雨滴翩然降落，他寫下了〈橫臥的草——病床的靈敏度〉組詩，發表在七月八日及二十日的《臺灣日日新報》上。

熱花
和深藍的夜色一起搖蕩
夢
在意識和超意識的循環中
風化的追想
貝殼的抽象……
上升的熱氣的彩帶
變成無數的歌
面貌冷酷地變形……

倒臥在病床上，疲倦的雙眼、迷亂的意識，使得眼前的一切似乎都成了幻影，追想、貝殼、彩帶與歌，和夜色一起搖搖晃晃，變化著各種不同的面貌。

臺灣日日新報臺南支社的故址，現在已成了婚紗店與婚禮用品店聚集的地方。曾經是忙碌的記者出出入入的新聞匯集中心，現在則是新人穿著華麗的禮服，帶著幸福的笑容，成雙成對攜手同行。這巨大的形態變化，也好像是幻影一般，飄飄搖搖，令人捉摸不定。

彌陀寺

臺南市東區東門路 133 號

這是一座隱藏在東門陸橋旁的古剎，初建於明鄭時期。高高的陸橋遮去了它幾分風采，但還比不上光陰為它帶來的變遷。二戰過後受到盟軍的轟炸，後經一九七〇年代的改建，現今已沒有昔日的閩南風貌。走進彌陀寺，可以看見供奉哼哈二將的三開間，三寶佛端坐的大雄寶殿、歷代開山祖師的地藏殿、千手觀音的圓通寶殿，這歷史悠久的寺廟給我們留下了一種莊重的印象。

不過，楊熾昌對這間寺廟卻曾經有過負面的報導。年輕好勝的他，把記者當作一件具挑戰性且需賭上生活的職業，他自己如此自我定位：

> 這就是挺身於報導成為對大眾的摯愛，要從把對現狀的不滿，把對改革的精力導向一定渠道的組織論的要點，來定位自己。（〈記者生活閒談〉）

如同偵探一般，他深入調查許多社會的黑暗事件，追蹤貪贓枉法的始末，為了解真相甚至不把一切權勢放在眼裡。曾揭發過的事件很多，其中之一就是「臺南彌陀寺住持的教育家酒色」，將該名住

持之醜行暴露於眾目睽睽之下。

一個已逝的汙點不能掩去整個佛門的莊嚴，今日的彌陀寺仍時時傳來喃喃的誦經聲，洗滌著在慾望之海中沉淪的人心。楊熾昌著名的詩作〈尼姑〉，就以鮮明的意象呈現人心中情慾的掙扎。

> 年輕的尼姑、端端打開了窗戶。
>
> 夜氣黏纏地磅礡著。端端伸出白白的胳臂抱緊胸懷。可怖的夜氣中，神壇的佛像有儼然的微笑。端端的眼睛隨著夜晚而興奮清醒。影翳靜寂。燈徹夜燃燒。

臺南公會堂

臺南市中西區民權路二段 30 號

日明，它是南市古都一處著名古蹟；日沉，它是吳尚新遺留的一位清秀遺孀。

想進入拜訪，可從位於民權路掛著「公會堂」

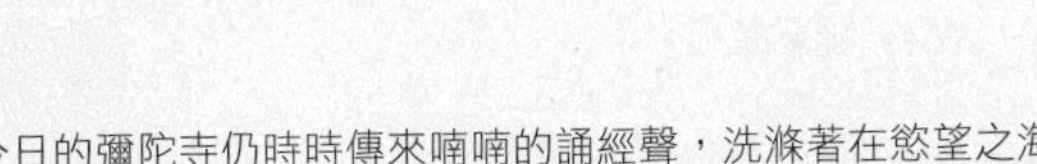

今日的彌陀寺仍時時傳來喃喃的誦經聲，洗滌著在慾望之海中沉淪的人心。

門牌的大門進入，門口可見一棟歐式的雄偉建築，那就是在日治時期所建的臺南公會堂，裡頭左手房間置有吳園沿革資料。而性喜低調的人，則可從小巷的側門進入，那兒通常會有不少或閒遊或休憩的民眾，張眼便能見那仿古亭、鯉池和青茵。

冷冷橫臥的死人
她在靈魂的花園裡散步著
※　※
心臟拉著胡琴……（〈睡著的女子〉）

吳園旁後方是大遠百唐突矗立，吳氏沉默，卻用她如惆悵古調般綿綿哀戚的古典姿容安靜地咆哮著，但她卻只能終老在這喧囂熙攘中，靜看時代潛移。

數十年前，那裡是市立圖書館，餵養著許多知識界裡的飢渴靈魂。葉石濤、許達然、吳新榮都時常在此流連。中學時期的楊熾昌則在這裡接觸到歐美文學，拜倫、歌德、莎士比亞……乃至於近代法國超現實主義詩人阿波里奈爾的作品，擺滿了整面書架。

這是優雅的空間的姿影……
透明之中夜的光線膨脹著（〈美貌的夜〉）

日治時期，吳園的部分房舍曾租借給日本人開設四春園旅館，成為名流歇息住宿的處所，為此地增添了幾筆豔麗的風景。

二次大戰期間，戰火日趨猛烈，日軍徵用吳園做為軍事用地，四春園旅館也成了軍部的兵站旅館。一九四五年，美軍空襲臺南，炸毀了楊熾昌的總爺老家，家人疏散到楠西鄉下避難。而此刻任職於報社的楊熾昌本人，則被徵召為戰地記者，派往海軍特攻隊基地，隨著軍機前往南太平洋一帶採訪，在隆隆砲聲中冒著生命危險來回穿梭。有骨氣的他，堅持不為日本政府書寫任何一個歌頌戰爭的文字。七月底，臺南仍籠罩在轟炸機的隆隆砲聲中，楊熾昌返回臺灣，迎接他的是老家的斷垣殘壁。處境窘迫的他，只得到兵站旅館暫住，等待下一步的安頓。

戰火中的吳園，已不復昔日的優雅。寄居的楊熾昌在頻繁的空襲與軍士們紛亂的腳步中，應更能

臺南公會堂後方的吳園，張眼便能見那仿古亭、鯉池和青茵。（攝影：黃彥霖）

感受到這個凋零的世界，還在不斷地崩毀。

二戰之後，國民政府接收臺灣，日本人撤出，大批部隊進駐公會堂與吳園，這裡也瞬間成為破落的群居之地，雜亂的違章建築隨意興建。黎明的太陽依舊每日升起，而陽光中的這座古城，正經歷著它的滄桑。

臺南監獄故址

臺南市中西區西門路一段658號（新光三越臺南西門店）一帶

西門路上，新光三越紅黑相間的建築總是匯流著人潮。數十年前，這裡可不是如此光鮮亮麗的地方，而是有著肅殺之氣，令人聞之喪膽的臺南監獄。

一九四七年，楊熾昌曾被拘禁於此，走進了命運之神的格鬥場中。

那一年，二二八事件在臺北引爆，逐漸往中南部蔓延，一切的新聞活動幾乎停止，原本任職於臺灣新生報社的楊熾昌，有一天偶遇了自稱從臺北總部南下的陳漢平，以總編輯的名義希望他幫忙報導事件真相。他負起了新聞工作者的道義與責任，蒐集並查考各方資訊，出刊了號外報。

三月十一日臺南市進入戒嚴狀態，議會邀請楊熾昌前去開會，未料闖入了幾名持槍士兵，將與會者全部監禁，並大肆搜刮財物，許多人身上皮包、錢、金錶鏈，都被士兵搶走。楊熾昌沒來由地被安上了一個叛亂的罪名，輾轉送進了臺南監獄。收到的判決書上，判決理由已事先填入既定的敘述，而姓名、住址、職業及判決結果卻空著，擺明了是誣人入罪。

數十年前，西門路上是有著肅殺之氣，令人聞之喪膽的臺南監獄。

囚禁期間，獄吏們經常跑來威嚇，並朗讀著戒嚴法，讀條文其實就暗示著要送金條。楊熾昌不願屈服，強硬地說自己身上只有一條金條，而且是專屬於太太的。一瞬間，對方火冒三丈，拿出了兩把槍，作勢要殺人。楊熾昌只是憤憤地指著自己的胸口說：「心臟在此，你要打準。」

在監獄裡，楊熾昌聽說湯德章律師也被捕，就關在隔壁，於是央求看守把自己的飯讓給湯德章吃。湯德章隨即拍著牆壁詢問：「熾昌，你在隔壁嗎？」湯德章敘述自己遭到憲兵隊刑求，手指被木片夾得腫大，無法動彈，連筷子都拿不起來。過沒幾天，就傳來湯德章遭到處決的消息。

那時，正是春光明媚的三月，臺南城裡應該有著和煦的陽光灑落，春風吹拂，有些地方還能聽見黃鶯的啼叫，輕快宛轉。然而，還有許多角落是溫暖的日光抵達不了的極地，那裡的天空泛著陰森的冷笑，沉浸著夜的氣息，令人啞然失聲。

擊破被密封的我的窗戶
侵入灰色的靡菲斯特
哄笑的節奏在我的頭腦裡塗抹音符（〈幻影〉）

天壇，人們的祈求在這裡隨著輕煙翳入了天聽。

天壇

臺南市中西區忠義路二段84巷16號

天壇原是鄭氏王朝告天正朔的築壇平地，當時稱作「天公埕」，而時間在祂的外側慢慢建築成了現在的模樣。清咸豐年間立壇建廟，之後又經大修，大致確立了今日的規模。

天壇主祀玉皇大帝，而亦有增設後殿祭祀其他佛道神像，若是想要拜過一輪天壇供奉的神祉，你需要拿六炷香，在天公爐需要三炷，而後殿一炷，樓上還有兩個爐各需一炷。一樓也有平安符供民眾免費拿取，但記得要過火。

二二八事件爆發後，楊熾昌無端入獄，生死未卜。他的妻子徬徨無助，心中充滿了焦慮，只能將

永福國小是楊熾昌的徠卡攝影俱樂部舉辦徠卡影展的地方。

希望寄託在神明身上。每月初一、十五，她一定會到天壇祭拜。一九四七年九月九日，被囚禁了半年的楊熾昌平安獲釋，讓妻子更相信是天公的保佑，於是每月持續不斷前來祝禱，直到楊熾昌出言阻止才中斷。

楊熾昌並非全然否定祖先與神明，楊蒼嵐在〈懷念父親楊熾昌先生〉一文中這麼說：「他固執地認為：既然冥冥之中有神在，那又何必拘泥於形式上的祭拜呢？」

天壇，人們的祈求在這裡隨著輕煙翳入了天聽，玉皇上帝的形象縹緲無跡，難以捉摸，只有題著「一」的匾額目送著一波又一波的香客們離去。

永福國小

臺南市中西區永福路二段86號

永福國小創立於一九一五年，至今已有百年歷史。從校門走進來，便是宏偉的永福樓。往校園望

思為惡此念初萌天必知報應分毫終不爽
只爭來早與來遲
時人枉費用心機天理昭彰不可欺任爾通

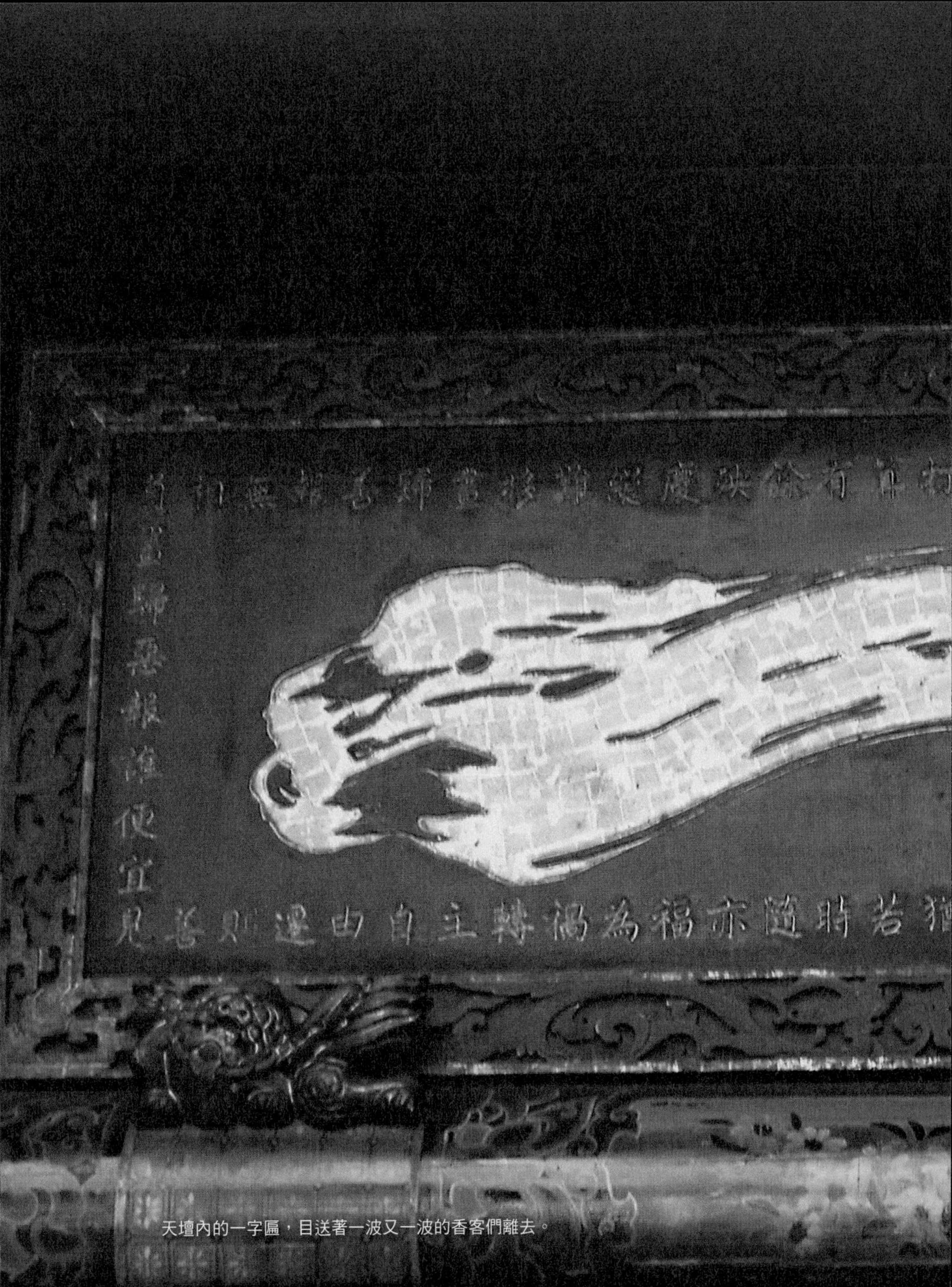

天壇內的一字匾，目送著一波又一波的香客們離去。

去，是一整片翠綠的草皮，沿著斜坡蔓生到了校舍屋頂上。

楊熾昌曾組織徠卡攝影俱樂部，於每年春天在此舉辦徠卡影展。談起他從事攝影，那是在好友李張瑞受白色恐怖迫害，而他辭去《公論報》工作宣布封筆後的事。李張瑞與楊熾昌中學是同級的好友、文學上的同好，也都是風車詩社的一員，曾接下楊熾昌的棒子擔任《風車》第四輯的主編。他的遇害成為了楊熾昌心中難以抹滅的一痕記憶。

楊蒼嵐曾這麼回憶道，「父親很少和家人提及過往種種」，就是因為二二八事件與白色恐怖的心靈撞擊。在這段期間內，他持續撰寫日文隨筆與發表時評，卻不再參與文學社團，也停止了詩的創作。文學創作受到壓抑，他才將生活重心轉向攝影與釣魚。

操場上孩子們無慮地奔跑追逐，開懷地笑著，他們或許不知道，就在此處，曾有個內心藏著前衛靈魂卻備受打擊的詩人舉辦攝影展，填補著他心中的空缺。而他曾經寫過的詩，就像那一張張的照片，充滿了美麗而寂寥的意象，似幻似真。

灰色的靜謐敲打春天的氣息
薔薇花落在薔薇圃裡
窗下有少女之戀、石英和剝製心臟的
憂鬱……
彈著風琴我眼瞼的青淚掉了下來（〈靜脈與蝴蝶〉）

郭柏川故居位在公園路三二一巷的日式宿舍群裡，現已規劃成紀念館，是藝術聚落裡最美麗的一棟建築。

郭柏川紀念館

臺南市北區公園路321巷27號

週一　14：00～17：00

週二、週四　09：00～12：00

週日　11：00～17：00（週三、週五、週六休館）

二戰之後，國民政府接收臺灣，楊熾昌與多數日治時期的作家相同，面臨語言轉換的過渡，影響了文學創作。二二八事件之後，楊熾昌莫名入獄半年。

白色恐怖時代，好友李張瑞遭到冤殺。至此，楊熾昌幾近封筆，現實在他心裡燒烙出難以癒合的傷疤，他不願說國語，也不用中文寫詩和小說。

此後楊熾昌的文字寫作，多半是文史考察、生活雜感與古今中外的文學家介紹；而最常發表的園地則是扶輪社的社刊《赤嵌》。

臺南扶輪社創立於一九五三年，是臺灣第二個成立的扶輪社，僅晚於臺北扶輪社。楊熾昌是創辦人之一，而後更曾擔任過秘書、副社長與社長的職務。

一九五七年開始，他主編扶輪社的社刊《赤嵌》。當過作家與記者的楊熾昌，深深了解文字的力量，《赤嵌》在他的主持之下，成了內涵多元豐富的刊物。除了報導扶輪社的社務之外，更有文藝創作、文史考證、田野調查、文學評論、藝術評論、時事評論等類型的文章。楊熾昌不把《赤嵌》當成小小的社報來編輯，而是以大視野、大格局來定位它。他自己則曾在《赤嵌》中發表過探查三地門原始藝術的心得、二戰結束後納粹高層艾克曼世紀大審的報導、唐代名妓薛濤的詩作欣賞、香港九龍之行的感想、談論三島由紀夫的死亡與美學、剖析川端康成自殺的原因……等文章，雖然不再有新詩與小說的創作，但這些評論與雜文仍可看見他對文化、藝術與人群的關懷。

《赤嵌》社刊的刊頭設計十分雅緻，出自美術大師郭柏川之手。刊頭的左側斜躺著一個方框圍起的「柏」字，就是他的代表記號。

郭柏川是臺灣著名的美術家，曾旅居日本、中國，最後回到臺灣任教於省立工學院時期的成功大學，他創立並領導的臺南美術協會，至今仍在臺灣藝壇具有舉足輕重的影響力。郭柏川與楊熾昌都是臺南扶輪社的創社會員，他發揮美術專長，為臺南扶輪社設計創會會旗，以及社刊刊頭。

郭柏川故居位在公園路三二一巷的日式宿舍群裡，現已規劃成紀念館，是藝術聚落裡最美麗的一棟建築。黑色的屋瓦、檜木的牆面與支柱，加上優美的庭院、水池造景，充滿藝術家的氣息。房舍裡仍保留著郭柏川作畫的空間，牆上懸掛著他的畫作復刻版，房舍前面有郭柏川夫人手植的枇杷樹，團團的枝葉像是一朵又一朵的思念之雲。從楊熾昌的詩裡，我們也能感受到同樣的氛圍：

被竹林圍住的庭園中有亭子
王碗、素英、白炎、錢菊、白武君、這些菊花使庭園的空氣濃暖芳郁
從枇杷的葉子尺蠖垂下金色的絲
月亮皎皎地散步於十三日之夜（〈茉莉花〉）

東榮街

在東榮街的一條巷中之巷裡，有一幢雅緻的房屋，門口靜靜的刻寫著「楊寓」二個小字，素靜的牆面、簡約的磁磚，屋前種植著大量的盆栽，扶疏的枝葉與盛開的繁花，為小巷之尾綴上了寶石一樣的璀璨風景。這裡就是楊熾昌在人世的最後一個住所。

二二八之後，在獄中劫後餘生的楊熾昌仍要面臨生活的磨難。他的次子楊蒼嵐回憶那段時光：

猙獰的現實卻從未輕饒過我們，家境近乎一貧如洗，住處一搬再搬，也是親友施捨而來，母親也要外出工作，然而我們依然未曾向環境低頭。（〈懷念父親楊熾昌先生〉）

除了大銃街尾和總爺老街外，楊熾昌還曾借住過兵站旅社、臺南神社住持位在進學街的宿舍、中區斐亭里、北區鄭子寮等地，直到一九八九年才落腳於東榮街，此時的他已是八十二歲高齡。但他總

是隨遇而安，再惡劣的環境，也能用一顆寧靜的心細細將之撫平。

鄭子寮的居所原先是一塊荒地，他帶著孩子們一起開墾，種植花草樹木，又開闢菜圃，化荒涼為舒坦，收養來的流浪狗也能開心地在庭院奔跑。雖然因為地處低窪，每逢大雨就淹水，他也總是親自率領全家大小扛沙包抵擋，不以為苦。春天來臨時，庭院的樹叢花海如浪成濤，吸引春鶯前來棲身。每天清晨，早起的他在桌前鋪好稿紙，提起筆，窗外便傳來春鶯輕啼的樂音，帶著他一起進入另一個更深沉的世界裡。

東榮街的住所，則隱身在幽靜的小巷之中，彷彿要在繁華的市區裡自闢一塊遺世獨立的桃花源。從楊熾昌所留下來的照片中可以窺見，那寧靜的屋子裡，有個小小的客廳，牆壁僅以簡單的木板修飾，素淨的牆面掛著原始風味的繪畫，頗有高更大溪地的風情。客廳的櫥櫃上擺放著造形流線的花瓶，以及楊熾昌自己的塑像，櫥櫃裡則有原住民形象的雕刻。客廳一旁是他閱讀與寫作的書房，架上滿滿的圖書，寄託著他一生的興趣與理想。在他晚年病危送醫之際，書桌上還擺放著未完成的草稿。某一段時期裡，他的書桌上書寫著這樣的文字：

> 我深信陽光，縱使在陰鬱的日子裡；我深信世間有愛，雖然我是寂寞的；我深信世上有神，雖然他沉默不語。（楊蒼嵐〈懷念父親楊熾昌先生〉）

而今的東榮街，仍維持著鬧區中的一縷幽靜。街道的起點是一座綠樹成蔭的公園，鳳凰樹和菩提

而今的東榮街，仍維持著鬧區中的一縷幽靜。街道的起點是一座綠樹成蔭的公園，鳳凰樹和菩提樹挺立著蒼勁的身軀，顯然都是具有相當歷史的老樹。

樹挺立著蒼勁的身軀，顯然都是具有相當歷史的老樹。街道僅有窄窄的兩線，有些巷子更只能勉強容納一輛車子進入。小小的巷弄裡，我們彷彿仍可看見，有位滿頭白髮的八旬老翁，拄著拐杖，步伐緩慢卻堅定。陽光在他的身旁投下灰灰的人影，微風中，他的臉上鐫刻著獨特的爽朗笑容。

在毀壞
臺南是風化的城市
和平的早晨
面對那幽冥世界
今天也在生命的閃爍裡
人走著。
狄俄尼索斯笑著！
喝酒
我埋身破爛裡（〈自畫像〉）

東門巴克禮紀念教會

臺南市東區東門路一段187號

東門巴克禮紀念教會的建築本體落成於一九二六年，是一座融合臺灣本土色彩與西方建築元素的教堂。

一九八六年，楊熾昌前往東門教會參加好友林修二妻子林妙的告別式。四十二年前，林修二以三十歲的英年早逝，令楊熾昌傷慟不已，而今已是暮年，文學路上的伙伴逐一凋零，《風車》詩刊早已停辦了半個世紀。肅穆的教堂裡，十字架前親友的禱告聲中，一抹惆悵如天際的烏雲般厚重。

折下薔薇
依靠在白色門廊
取笑惋惜著昨日之日的女人
忘掉荒涼和倦怠（〈不歸的夢〉）

楊熾昌與林修二的初識，是在擔任《臺南新報》文藝欄的編輯工作時。眾多投稿的詩篇中，楊熾昌被一首清新的作品所吸引，心中湧起了無限的喜悅。林修二的詩每每觸動著楊熾昌的心。

東門巴克禮紀念教會是一座融合臺灣本土色彩與西方建築元素的教堂。

他在詩的創作裡，歌唱著星星和花，在自己的孤獨中，靈魂追求著靜謐的愛情和感性漂泊著。他總是以無限的鄉愁為母胎，為了捕捉飛翔著的意象專心地走著詩之路，其詩神凝固為一個信念，表現在投入於其詩創作裡的精神的純粹性。（〈靜謐的愛——對於凝視著星星逝世的朋友的懷念〉）

風車詩社成立時，林修二也開心地加入，並且在《風車》詩刊中發表自己的創作。在楊熾昌前衛而孤獨的文學之路上，林修二帶著星星與花朵前來陪伴，攜手同行。

但聰慧的詩人卻有著孱弱的身軀，承載不了碩大的靈魂。林修二在創作的生涯裡，長期與疾病抗戰，身軀消瘦虛弱。病床上的林修二，幸有妻子林妙細心地看護。在妻子的照護下，更能鼓起勇氣追逐文學的夢。

辭世那一天，詩人實際上還不滿三十歲。「啊，我的星星要殞落了！」這是他留給世人的最後一句話。

妻子一直保存著丈夫的遺稿，視若珍寶，呵護備至。將近四十年後，林修二的作品集終於付梓，在人間散發著寧謐的芳香。

為了替好友的作品集寫序，早已宣布封筆的楊熾昌，再度打開塵封許久的筆匣，寫下了一首詩。美麗的詩句化作了天上的星子，再度於夜空中綻放光芒。

青藍的夜天
來自蒼穹的星星之花的歌
如花的那閃爍
在靜謐的故里村上
點燃著快樂的愛之燈
在現實的舞臺裝置中
病著、鬥爭著的年輕人的
生命已終結
在蒼藍的星風的囁囁裡
追逐著那顆星——（〈靜謐的愛——對於凝視著星星逝世的朋友的懷念〉）

臺南火車站乘載著許多天地過客的來往去留。

臺南火車站

臺南市東區北門路二段4號

月臺跫音碎碎，纏人的別離、相逢的愛憎悲喜重重壓迫著，不知乘載著多少天地過客的來往去留，靜觀著魚貫接連從地下道穿過的乘客，各自邁向不同的未知旅途，通往各異的終點。這裡是臺南車站，也是被濃烈灼喉的相聚分離所盈塞的柳橋灞陵。

時光倒轉到昏黃的那個鏡頭，就在一旁的臺南鐵道飯店，一票文友齊聚，鹽分地帶的作家吳新榮、郭水潭等人熱烈歡迎中國名作家郁達夫的到來。楊熾昌的身影也在其中，但受過法國、日本最新文藝思潮浸潤的他，並不能從郁達夫的言談中得到滿足。他曾在一次訪談中對呂興昌教授提到：「名氣這麼大，臺灣頭尾到處歡迎他，又演講又座談，以為他會有新鮮的意見，結果，一個多鐘頭，怪乏味的。」

縱使楊熾昌認為郁達夫的想法不夠新鮮，卻沒有絲毫影響到他與席間這群文學同好的友誼，他們仍舊時常碰面，暢談彼此的文學理念，以及生活中的些許瑣碎。

白色牆面上的電子大鐘片刻未曾停留，每天往復的火車亦不曾停駛，來來去去的乘客，工作、上學、又或者是歸鄉的遊子、漫長旅程中的短暫過客，是這塊土地上不變的風景。

竹溪寺

臺南市南區體育路 87 號

竹溪寺同彌陀寺是臺南四大古剎之一，亦是臺灣府城七寺八廟之一。它大約創建於十七世紀，當時稱為「小西天寺」，據傳是臺灣最早興建的佛寺。正殿裡供奉釋迦牟尼佛、藥師佛與阿彌陀佛，廟中還有號稱臺南四大名匾之一的「了然世界」匾。

楊熾昌的公子楊蒼嵐在就讀高雄師院時，曾接到黃永武教授的指派，率隊探查臺南市古蹟。楊熾昌得知後，在探查前一天便帶著兒子先行走訪府城名勝，他謹慎而力求完美的性格可見一斑。

就在竹溪寺「了然世界」的匾額前，父子兩人流連許久，甚至在回家的路上，楊熾昌仍滔滔不絕地訴說著，要勘破名利得失，困頓中也要挺直腰桿。「淡泊以明志，寧靜而致遠」就是他終身的信條。

本文寫就之時，竹溪寺經歷著浩大的重建工程，除了數尊佛像外，古代文物已全部移至他處，廟前的山門也仍是泥牆灰撲撲的模樣。工程結束前，竹溪寺暫不對外開放。但漫長的工程似乎遙遙無期，傍晚時分，日光幽微，天邊的晚霞漸漸沉寂，僅僅殘留著一道傷痕般的餘暉。古剎前廣闊的空地雜草

竹溪寺同彌陀寺是臺南四大古剎之一，亦是臺灣府城七寺八廟之一。它大約創建於十七世紀，當時稱為「小西天寺」，據傳是臺灣最早興建的佛寺。

蔓生，砂石散落，野狗群聚，荒涼的景象令人不忍靠近。

祭祀的樂器
眾星的素描加上花之舞的歌
灰色腦漿夢著痴呆國度的空地
濡濕於彩虹般的光脈

（〈毀壞的城市〉之〈祭歌〉）

新樓醫院

臺南市東區東門路一段57號

新樓醫院堪稱是全臺灣的第一間西式醫院，歷史可遠溯至一八六五年。來自英國的馬雅各牧師來到臺南府城，在看西街租下房子，做為行醫與傳道之用。後來受到漢醫的排擠，發生了看西街事件，屋舍遭到拆毀。一八六八年馬雅各醫師再度回到府城，選擇在二老口亭仔腳街重新開設教會和醫館，也就是後來俗稱的「舊樓醫館」。之後，教會人士於彌陀寺後方先後購得更大片的土地，用以興建新的醫院，一九〇〇年完工遷入，為了與舊館有所區別，於是命名為「新樓醫院」。

對於死亡，楊熾昌從不避諱，在他的詩裡就擅長運用死亡的意象，似是頹廢，又似淒美。

白色的黎明
走在臺南的鋪石道上去的人
低著頭去的人
走向死的國度……
消失於白色黎明中的人（〈白色的黎明〉）

一九九四年，楊熾昌因為胃疾轉趨嚴重，送進了離東榮街住家不遠的新樓醫院。病床上，點滴內透明的液體緩慢地滴落，時間彷彿拉成一條長長的軌道，讓人回頭瞻望時，看不見那幽深的起點。有一回，病重的他突然扭動著身體，試圖坐起。兒子楊蒼嵐趨前安撫，然後，楊熾昌的口中喃喃送出幾個字：

聽啊！聽啊！春鶯在啼叫呢……（楊蒼嵐〈懷念父親楊熾昌先生〉）

一九九四年，楊熾昌因為胃疾病逝於新樓醫院。

當晚，他開始咯出血來，一天半後便與世長辭。他平和的遺體被送出新樓醫院的門扉，再送進另一個世界敞開的門裡。

那扇門扉在打開後會有些什麼在等待著，我們難以明白。還未被時間在額間蝕出風痕的年輕人，難以明白他詩中的感受；但我們明白，他在那扇門後，已經完全溶解了字裡行間的春風秋雨。

敗北的風裡
屍骸舞踊的祭典正酣
杳渺
杳渺地飛翔的月亮銷魂的數不盡的戀喲！
（〈月的死相——女碑銘第二章〉）

臺南神學院

臺南市東區東門路一段 117 號

臺南神學院的歷史可追溯自一八七六年，當時名為「府城大學」，第一任校長是巴克禮牧師，最初只有學生十幾個、教師三名、教室一座、宿舍一棟。一九〇三年得到信徒捐贈鉅款，建造新校舍，成為今日的學校本館。一九一三年改校名為「臺南神學校」，一九四八年正式定名為「臺南神學院」。

臺南神學院位在新樓街旁的本館，是一棟簡約而美麗的建築。正面中央開有歐式尖拱造型的門窗，屋頂則採用臺灣傳統建築的瓦片，增添在地特色。三角形的山牆上，豎立有一座哥德式的小尖塔，兩邊的屋面則有四葉飾的造型圖飾。

庭院另一端則是禮拜堂，建於一九五二年，是神學院的另一個代表性建築。禮拜堂的主要入口上方設計了一個圓形的玫瑰窗，以白色的線條交織出玫瑰花瓣的紋路。建築本身

臺灣教會公報社

臺南市東區青年路 334 號

週一至週六　09：30 ～ 21：00

週日　14：00 ～ 19：00

的門窗則為圓拱形，下大上小，對稱中有變化。側邊則有鐘樓式的高塔，是建築本體最突出的部分。禮拜堂內部則設置有環形聖壇，上方的拱窗都鑲嵌著彩繪玻璃。聖壇壁面有一排以文言漢語譯成的《聖經》段落，正中央則懸掛著金色的凱爾特十字架。聖壇正對面的二樓處架設著管風琴，在重大儀式或典禮中，悠揚的樂音飄然而出，令人動容。

楊熾昌編輯過《臺南新報》的文藝欄，並擔任過臺灣日日新報社的記者，那臺灣第一份報紙是在什麼時候發行的呢？答案就在「臺灣教會公報社」裡，巧合的是，公報社所在的位置就離楊熾昌東榮街的住所不遠。

臺灣教會公報社由臺灣基督長老教會所創辦，可以說是臺灣出版業的開山祖師。一八八五年，由巴克禮牧師主持，發行了臺灣第一份報紙《臺灣府城教會報》。這份報紙主要報導教會訊息給一般大眾知曉，同時也兼有教育信徒的功用。為了貼近群眾，這份報紙以教會羅馬字拼寫當時的廈門音，十分口語化。

《臺灣府城教會報》至今仍持續發行，已突破兩千八百期，名稱則經過多次修改，一九三二年後改稱《臺灣教會公報》，除有兩次停刊外，從未中斷。

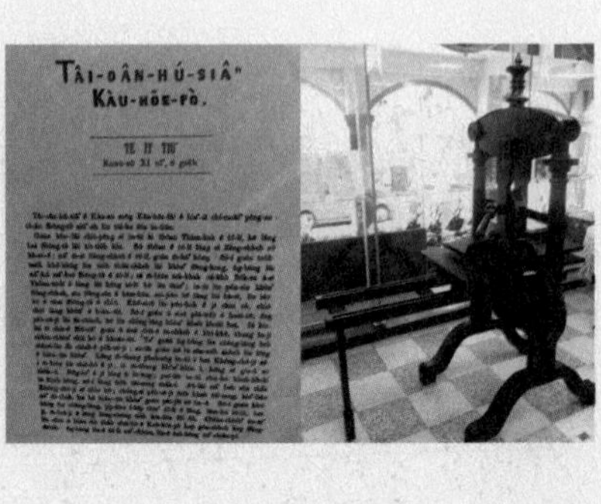

一九六九年十二月起因當時政府禁止使用閩南語與白話字，於是改用國語漢字編寫。

臺灣教會公報社內收藏著臺灣第一部印刷機的復刻版，一百多年前《臺灣府城教會報》就是用這款印刷機印製發行的。公報社還提供民眾ＤＩＹ體驗，只要一百元的材料費，就可使用復刻版印刷機自行印製文件。你可以選擇印製《臺灣府城教會報》第一期的首版，也可以選擇印製中國味十足的「福」字。若要呼應時事，則可以印製教會羅馬字拼寫的「Hui Hek」；猜猜看這兩個字是什麼意思？它就是「廢核」的閩南語拼音。

城市喧囂塵霧，小巷深處，一踏入五妃廟，塵俗的我們似乎不小心誤闖了一處桃源。翠綠青蔥的草皮上，石磚幾塊彎曲成青石小道，引領著遊客向了廟堂正殿走去。

被深埋在五妃廟裡的是一個動人的故事。在鄭成功來臺之時，明寧靖王的五位姬妾：袁氏、王氏、秀姑、梅姐、荷姐，被寧靖王帶著同來。但在明鄭降清以後，寧靖王固守愛國堅貞不願投降而以身殉國，見丈夫為保全名節不惜犧牲

五妃廟

臺南市中西區五妃街 201 號

生命的五位嬪妃，也不願自己苟活，說道「王生俱生，王死俱死」，因而隨丈夫自縊，後被安葬於此，直到清乾隆年間，巡臺御使為收服民心而在墓前建廟，此處便成了如今日所見墓廟合一的陰廟。現今，仍然可以看到在正殿五妃神像的背後，牆上嵌著「寧靖王從死五妃墓」碑，而後頭便是五位妃子的墓塚緊鄰。

這感人而憂傷的故事被幾方聯匾無言地守著，只能安靜地等待願意聆聽的過客。橘紅色的屋瓦、四柱歇山馬背式拜亭在正殿前佇立，手捧壺、桃和石榴侍在廟門上的女侍，以及端著鼎爐及牡丹的太監，還供著梳妝用品的桌，是五妃廟的特色。一旁不遠處，還有一座小祠：義靈君祠，他們是寧靖王身旁的兩位侍官，也隨寧靖王自縊而與五妃同葬於此處。

如茵的綠草輕綴這寧古的金龜老樹與鳳凰木，簡潔端重的五妃廟，被塗抹著泛黃的思古幽情，靜候你無法不流連的跫音。

⋯

Noi caffè 位在中正路的一條小巷子裡，鄰近重慶寺，面對臺灣文學館，文藝氣息濃厚。

中正路就是以前的銀座通，而老闆的父親日治時期就在銀座通開設咖啡館，

Noi caffè

臺南市中西區中正路 5 巷 4 號

09：00 ～ 17：00

還聘請日本咖啡師父駐店服務。年輕時的楊熾昌喜歡與友人來到銀座通的咖啡座暢談文學和理想，或許也曾在那裡流連忘返。

入口連接著一片斑駁的磚牆，殘留的紅磚與白窗反而為咖啡館增添了幾分風情。店裡處處都是老闆的巧思，大理石的桌面、水泥的窗花、時尚的盆景，昏黃的燈光、黑色的環形沙發，都在咖啡香的薰陶中，化成一片片的風景。

當年的銀座通與現在的中正路一樣，即便入夜了都還十分繁華熱鬧。啜飲一杯咖啡，看著杯面細緻的拉花，呼吸著醇厚的氣息，腦海裡彷彿正浮現著楊熾昌在滿街的霓虹裡所寫下的咖啡館美學：

那霓虹燈傷我的眼睛
光中棕櫚葉朦朧
金絲雀在哪裡啼叫著呢——
在逐漸暗淡的光線中猶然輝耀著的她們。
我知道得很清楚……
青色的女人喲！妳將走去
走向波齒型的門那邊……（〈福爾摩沙島影〉之〈咖啡館美學〉）

旅人關東煮

臺南市中西區府前路一段 95 號

週一至週六　18：30 ～ 01：30

二〇〇七年，旅人的老闆跟著舅舅來到日本大阪，寒冷的冬天裡，一碗關東煮熱湯溫暖了他的心，化解了離鄉的苦悶，帶來了感動。回臺灣後便開了這間小店，希望把在日本感受到的溫暖一起帶回來。

旅人小店的店頭就是關東煮的料理區，方形的鍋槽中不鏽鋼板隔開了形形色色的食材，令人目不暇給。除了手工做的高麗菜捲、苦瓜鑲肉，經典的大根、黑輪、米血之外，還有從日本進口的食材。招牌的蝦卵福袋用豆皮包裹著滿滿的蝦卵，芝心起士包則有著濃稠的起士內餡，彈性十足吸飽湯汁的豆皮烏龍麵，在在都令人垂涎。用蔬菜水果燉煮出的湯，則是無限暢飲。

這裡的燒烤也是一絕。單純的天婦羅烤得外皮酥香，裡頭柔軟而有韌性，火候十足；明太子手羽燒是在雞翅裡包進明太子，將海中的鮮美裝進陸上的珍味裡；豬肉串和雞肉串都是鮮嫩多汁，雖然燙口卻吸引著每個人大口咬下。

老闆在料理上有莫名的堅持，料理到最完美的狀態才端上桌，因此上菜速度緩慢。學會等待，才能捕捉到幸福的微笑。

再發號肉粽

臺南市中西區民權路二段 71 號

09：00～20：30

再發號肉粽創立於清同治十一年（一八七二年），從創業以來就一直在北極殿旁賣粽子，是一間歷史超過百年的名店，曾經登上過《紐約時報》及國內外多個電視節目。

店裡的粽子屬於泉州水煮粽，以長糯米為主要食材，搭配肥瘦各半的豬肉、香菇、鹹蛋黃、蝦仁、栗子、扁魚……等豐富的配料，以三層竹葉包裹，再放入熱水裡滾煮。肉粽除了材料新鮮多樣之外，包粽子的功夫更不能馬虎，必須包得米粒扎實、有稜有角，才是正統。

肉粽共有三種尺寸，七兩、十二兩與十四兩。最重的十四兩特級海鮮八寶肉粽，包進了一整顆的干貝、小鮑魚，陸地與海洋的珍味都融合其中，好像仙人的錦囊一樣，包羅萬象，蘊藏乾坤。

店裡仍提供古早的竹製雙叉籤做為吃粽子的用具，淋上的醬料不是黏稠的醬油膏，而是特製的醬汁，較為清淡，不黏不糊，不會搶走粽子本身的鮮味。

連得堂煎餅

臺南市北區崇安街 54 號

08：00 ～ 賣完為止

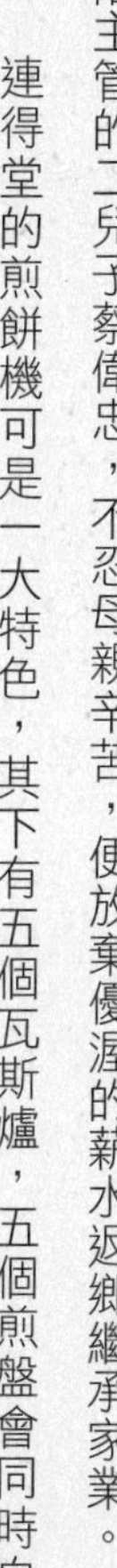

連得堂煎餅至今已傳至第四代。日治時期，創店者蔡清連向日本師傅習得煎餅的製作方法，就與弟弟蔡清得在現址賣餅謀生。而連得堂的店名亦是取自兄弟倆的尾字。蔡清連將製作煎餅的技藝傳給兒子蔡讚，蔡讚又傳給長子蔡益勝。幾年前，蔡益勝中風，煎餅製作只能由妻子一手包辦，在臺北證券行作高階主管的二兒子蔡偉忠，不忍母親辛苦，便放棄優渥的薪水返鄉繼承家業。

連得堂的煎餅機可是一大特色，其下有五個瓦斯爐，五個煎盤會同時自動翻轉，這臺已有斑駁歷史的機器，因為原工廠已經停產，外面可是看不到的。

此外其麵糊的調製，從創始人開始便堅持不加水，僅用雞蛋、牛奶、麵粉等，接下來的老闆們也維持這個模式，做出來的煎餅，又香又脆，又有濃濃的奶香味。據網友們說從下訂單到收貨，最快也要半年的時間，就算是現場購買，也有一人每天限購兩包的限制。

百年來，物換星移，崇安街從過去人聲鼎沸的時代直到現在人煙稀少，但連得堂煎餅的美味傳承數十年始終不變，舔舔牙齒，似乎感覺得到那煎餅的芳香，還在嘴裡飄逸。

葉石濤

我的勞動是寫作

化身成「阿淘」

文字：黃鼎鈞、蔡振廷、蘇奕達／攝影：黃彥霖、黃鼎鈞、蔡振廷、蘇奕達／繪圖：郭哲毓、陳逸婷、駱佳駿

・葉石濤小傳・

葉石濤（一九二五～二〇〇八），出生於臺南府城，畢業於臺南第二中學校（今臺南一中），而後以〈林君的來信〉這篇富含浪漫主義氣息的小說初啼試聲，成功獲得日本作家西川滿青睞，刊登於《文藝臺灣》之中。畢業後離開故鄉臺南府城，遠赴臺北為《文藝臺灣》的編輯工作盡心盡力，自此踏上了人生的文學路。

一九四五年葉石濤解甲歸鄉，展開了其後長達四十六年的小學教員生涯，同時保持作家的身分。他在日治時期以日文寫作，二戰後成功克服語言障礙，再度以中文創作，作品跨越戰前及戰後。一九五一年，白色恐怖時代，因「知匪不報」罪名被判刑五年，坐牢三年。出獄後「政治犯」的身分對葉石濤的生活有很大的影響，不僅在人際關係中被疏離，就連工作也無法繼續，為了謀生只好不斷代課，文學創作生涯為此中斷將近十五年。但葉石濤於一九六五年經由《臺灣文藝》再度與文壇接軌，「驀地勾起了深埋在心靈深處凍結已久的作家精神」。重登文壇的葉石濤，除了小說以外更開始書寫大量的評論，藉由評論關注臺灣文壇的發展。

一九七七年出版的《臺灣文學史綱》，提出了「臺灣意識」這一重要的觀點，是第一部有系統的臺灣文學發展史。葉石濤抱持著「我的勞動是寫作」的信念，獻身於文學。八〇年代起，陸續獲得各種文學獎項的榮耀，二〇〇一年更獲頒第五屆「國家文藝獎」。晚年陸續發表多篇自傳性散文，創作不停歇。二〇〇八年十二月十一日病逝於高雄榮民總醫院，享壽八十三歲。

延伸閱讀暨參考書目

・《葉石濤全集》，葉石濤著，彭瑞金主編（二〇〇六），高雄市：高雄市文化局；臺南市：國立臺灣文學館。

・《臺灣文學史綱》，葉石濤（二〇一〇），高雄市：春暉出版社。

・《我的勞動是寫作：葉石濤傳》，陳明柔（二〇〇四），臺北市：時報文化。

成功路
忠義路
公園路
民族路
中山路
台南一中
公會堂
葉家大厝
測候所
太平境馬雅各教會
天壇
鶯料理
報恩堂
湯德章紀念公園
台灣文學館
度小月
土地銀行
南門路
台南署警察局
葉石濤紀念館
孔廟

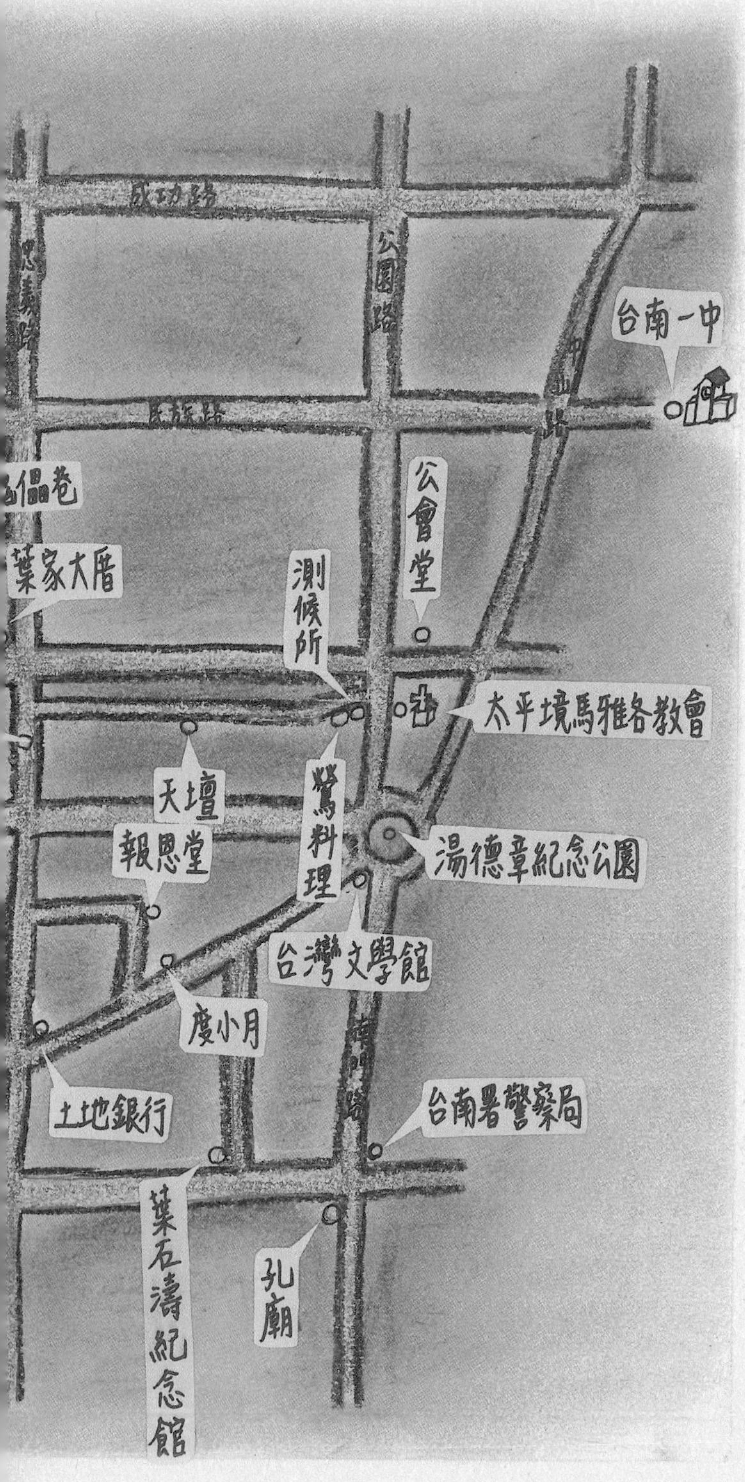

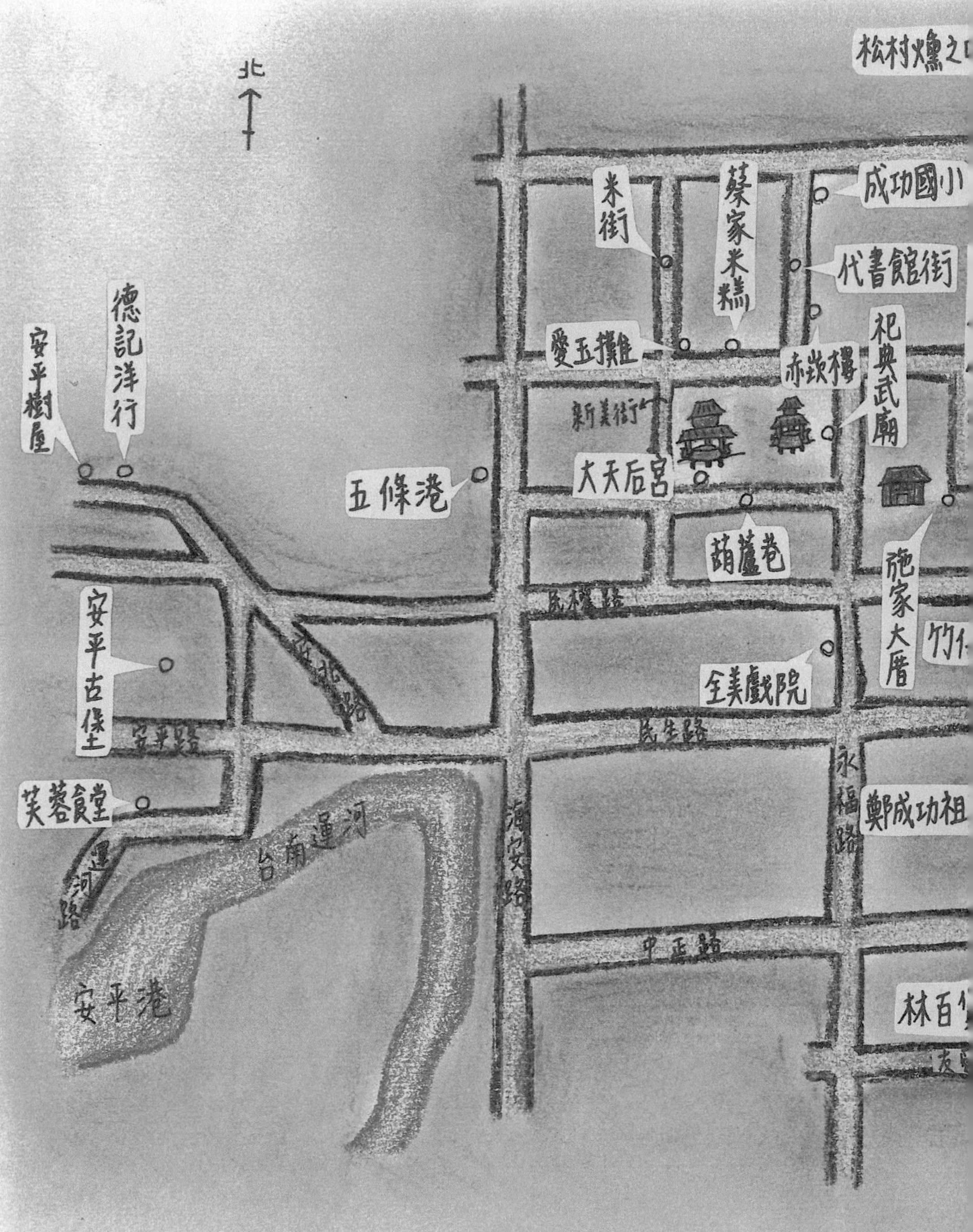

北
成功國小
米街
蔡家米糕
代書館街
祀典武廟
赤崁樓
愛玉攤
新美街
大天后宮
五條港
德記洋行
安平樹屋
葫蘆巷
施家大厝
民權路
全美戲院
安北路
安平古堡
安平路
民生路
永福路
芙蓉食堂
台南運河
運河路
海安路
中正路
安平港

大門之後彷彿是一片煥發著寶藍色光芒的星空

眼前這棟大樓，八十年前還是葉家大厝，盤踞道路兩側，中式的古厝群標誌著大家族的繁華。繁華落盡後，成了一片防空空地，消逝的磚瓦還在葉石濤的心中堆砌著美麗與哀愁的夢。

而後這裡蓋起了商業大樓，開起了百貨公司和電影院，人潮散盡之後，百貨公司的招牌卸下，換上了大大的「售」字，標註它再度由盛而衰的身世。

葉家大厝所在的忠義路，日治時期名叫白金町，但葉石濤總是稱它為打銀街。葉石濤的作品裡有著清晰的府城路名與地名，彷彿一張新舊交映的地圖般準確地點畫古都的輪廓。可是，不管時代怎麼變遷，在他的心裡，府城的街道還是喚作花草街、竹仔街、打銀街、米街這些清領時期的老名字。這並不是葉石濤懷舊，而是因為這些生動的名字才能勾起他豐富的想像。久遠的打銀街上，小小的昏暗的銀飾店裡，彷彿有一個銀匠正背對著店門口，凝神注視著工作檯上的小火炬，一瞬間，銀塊燒鎔，鎏光閃爍，照亮了老工匠凋萎發皺的眼神。

法國巴黎的街道，也有著令人心動的名字，譯成中文依然令人遐想萬千，比如大軍團大街、噴泉街、寒谷街、天鵝小徑等等，而金飾匠濱河街這個名號更令人直接聯想到打銀街。

葉石濤筆下的府城街道，他以自己的方式叫喚它們，為它們灑下一層層夢裡的色彩，讓古都在現實的面貌背後，充滿了浪漫的文學想像。儘管外頭有著生活困境，有著極權統治、熊熊戰火與白色恐怖，我們仍看到他的身影在大街小巷之中自由自在，穿梭自如。

他穿過葫蘆巷去書房讀經，走過打銀街去公學校上學，經過傀儡巷到外媽家，去米街拜訪中學同學，踏過大銃街去寶公學校教書……，然後他也化身成自己筆下的角色，在字裡行間來來去去，像是繽紛花海中翩翩飛舞的蝴蝶。現實再困頓，他也總是維持著自己一貫的浪漫姿勢。

沿著民權路往東走，穿過所謂的鞋街，左手邊會有一棟雄偉的建築聳立著。氣派的馬薩式屋頂、厚實的牆面、優美的拱圈、華麗的愛奧尼克柱式、典雅的中式青瓷，這裡是日治時期的公會堂。這天，中學五年級的葉石濤一放學後回家丟下書包，便立刻飛奔衝往此地，懷抱著一顆熱切期盼的心。那時，他完成了〈林君的來信〉，投稿西川滿主編的《文藝臺灣》，滿腦子想的都是小說是否能得到錄用。聽說西川滿本人來到公會堂演講，他希望能見一見這位名滿臺灣的大作家。最後，葉石濤轉往愛國婦人館見到了西川滿，得到了他的讚許，也獲知自己的作品即將刊登在《文藝臺灣》上。

公會堂的拱窗像是芭蕾舞者優雅舞動的曲線，在舞臺上整齊劃一的排列著，那灰白色的門柱旁，曾經有一個滿懷文學之夢的少年伸長了脖子，翹首張望。大門之後，彷彿是一片無垠的星空，煥發著寶藍色的光芒。

沿著公會堂邊古老的磚牆，鑽出小巷後就是民族路。往西直走，經過范進士街，就到了赤崁樓。紅色的屋瓦、水藍色的窗櫺、斑駁的廊柱，交織出府城居民最熟悉的古蹟。

范進士街的另一頭，曾匯聚著許多大戶人家的住宅，葉石濤的外媽也曾住在此地。他還記得，外媽家的院子裡，玉蘭花開的時候，總是洋溢著芬芳的花香，他曾牽著小女孩玉蘭的手，開心地在院子裡撿拾落花。葉石濤筆下的潘銀花，也曾在范進士街上的龔家幫傭，並得到了年輕二少爺的關愛，度過了許多個歡愛的夜晚。然而，潘銀花擺脫了所有的誘惑與束縛，吞下了禁果卻拒絕了魔鬼的交易，決心闖出自己的人生。走在這既現代又古老的城市裡，我們彷彿也從葉石濤的文字裡得到了新的人生力量，繼續往前方走去。

來到海安路一帶，是過去的五條港，曾經水道縱橫，商賈雲集，盛極一時。在葉石濤生活的時代裡，港口早已淤積，海岸撤退到遙遠的另一頭，船帆也消失了蹤影。葉石濤的兩位叔公曾居住在舊佛頭港，從大家族分枝出來，在時代的洪流中洗盡了鉛華，成了海灘上無盡沙數中的渺小一粒。

昔日連接五條港的運河，在幾經掙扎後，持續在這座幽幽的老城中尋覓著自己的新定位。葉石濤筆下船影繁密的情景成為過去，而今的運河沒有飛揚的船帆，沒有樸拙的竹筏，只有徐徐的風依然輕吹，挑起了層層漣漪，一圈又一圈地向外擴散，逐漸地微弱，逐漸地消失在看不見的遠方。

旅程一定要有起點，但或許不必一定要有終點。如同葉石濤的人生，雖然吐盡了最後一口氣息，卻不曾自這座城市裡消失。今天，我們接續著他的腳步；明天，會有另一群人接續著我們的腳步，持續不斷，將這條充滿文學想像的浪漫道路，踩得達達作響。

公會堂門柱旁曾有葉石濤張望的身影。（攝影：黃彥霖）

葉家大厝故址（國花商業大樓）、打銀街

臺南市中西區忠義路二段 147 號

在忠義路與民權路的交叉口，有一棟赭紅色的大樓，外牆有些暗沉而老舊，牆上電子遊樂場的招牌則是光鮮而斑斕，顯現出莫名的突兀感。這棟建築所在的位置，便是葉石濤童年時期的住所，也就是葉家大厝的所在地。

葉家先祖紅珠舍曾經落魄，睡在土地公廟裡。一夜某富豪家中發生火災，紅珠舍前往救災，卻被富豪家的丫頭誤認是家裡的僕人，遞給他一個木盒子。紅珠舍變賣盒中的珠寶，做起了生意，自此發跡，成為府城傳奇。葉家大厝最先就是由紅珠舍所建造，而後規模漸增。

葉家家族居住的範圍橫跨忠義路兩側，大厝的核心是可以容納十幾個人的寬闊正廳，廳堂上供奉著祖先牌位。葉石濤的父親是葉家大房，因此居住在祠堂兩側的廂房，街道的對面則是叔父、叔公們居住的地方。

葉石濤是家族中大房的長孫，小時候長得圓滾滾的，笑口常開，備受長輩寵愛，連堂姐妹也會摸著他的頭笑著說胖嘟嘟。母親在餵完奶後，還常拿荷蘭進口的煉乳沖水給他喝；祖母也買來昂貴的進口葡萄乾，任由他享用。

日治時期，葉家大厝被政府強制徵收，做為防空空地，古色古香的老厝毀於一旦，夷為平地。戰爭結束後，空地成了中央市場，肉販、菜販、雜貨攤熱鬧哄哄。一九八〇年代興建起了紅色的國花商業大樓，樓高九層，匯聚了百貨公司、大戲院、西餐廳、冰宮、遊樂場，盛極一時。現在，這棟大樓則是電子遊樂場、旅館與空屋的複合體。

葉家大厝故址現今是國花商業大樓。

忠義路舊稱「打銀街」，是葉石濤自幼生長的地方，日治時期屬於白金町。關於這個名字的來歷，葉石濤這麼說：

> 由於府城開化早，所以工商業發達，每一條街都是屬於同行業的手工業者或商賈群居，猶如中世紀歐洲的基爾特（guild）組織一樣。我所誕生的地方之所以叫做打銀街，可能是這一條街在滿清時代是打銀飾的匠人所居住的地

方。（〈府城瑣憶〉）

葉石濤的老家在打銀街的兩側興起，也在此消殞。如今的忠義路上仍有幾間金飾店，勉強喚起人們對於打銀的記憶，除此之外，新興的餐廳、旅館、茶飲店、糕餅店等，已經與打銀的鎏金時代相去甚遠。

在小說〈卡薩爾斯之琴〉裡，蔡錦堂位於打銀街的祖宅在二次大戰期間遭到轟炸而損毀，全家只好搬到嶺後街一間偏僻的小屋裡，屋子面對窄巷，連開門都有問題。屋前是一棟洋樓，裡頭住著大提琴家龔誠紘，他是世家子弟，在臺灣曾娶了太太，生下女兒阿梅。後來他前往日本留學，又轉去北平教書，離家二十多年，妻子在二次大戰期間被炸死，女兒阿梅也發瘋了。他娶了一名北京女子為妻，回到臺灣一起照養阿梅。洋樓中時常傳出悲涼又雄壯的大提琴聲，彷彿要送走即將消逝的落日一般。

有一回，蔡錦堂的父親前往龔家商議，願意付出賠償金請對方拆掉一堵牆，以方便蔡家出入，但遭到龔誠紘厲聲拒絕。他揮動著巨大的手掌嘶吼著，自認是中國的卡薩爾斯，不稀罕什麼賠償。龔誠紘曾向他的二叔公坦誠無力送阿梅進醫院療養，「我寧願為大提琴而犧牲她，卻不能因她而放棄藝術！」

但阿梅的病情越來越嚴重。這天，她突然提著父親心愛的大提琴爬上牆頭，龔誠紘焦急地也跟著攀上屋頂，求她將琴放下。最後，阿梅高舉雙手將大提琴一甩而下，摔碎在地面，片片散落。龔誠紘摟著女兒號啕大哭，不知是為了大提琴還是為了女兒。小巷裡，彷彿還流瀉著那低沉嘶啞的琴聲。

竹仔街

民權路上，從忠義路口到永福路口的北側路段

竹仔街是清朝時留下來的名字，就在現在府城民權路上，從忠義路口到永福路口的北側路段。街如其名，遍布竹子，竹仔街有別於當時繁榮的其他街區，裡頭大多販賣家具，特色就是竹製品。葉石濤在〈竹仔巷瑣憶〉中這麼描寫它：

一踏進竹仔巷，你就迷失在路兩旁密不透風地豎立的竹子迷宮裡。雖然竹仔巷帶著濃厚的臺灣深山的氣氛，但是一踏出巷子又是另外一番風景；那是人、車聲噪雜的繁榮之地呢！這幽暗，夏天也透著一股涼氣的竹仔巷可以說是府城裡的深山幽谷吧！

葉石濤少年時，最喜歡散心的地方莫過於此了，他在文章裡提到，當心情煩悶時，總喜歡來這條離家近的竹仔街閒晃。藉口來找同學問問題的葉石濤，其實是想去街上的名醫「臭腳仙」一家。臭腳仙本名叫辛嚴方，雖然不習日文、現代醫學教育，但來看病的人總是絡繹不絕，也顯示著他醫術的高明。臭腳仙最討厭的就是日本人，不過還是會替他們抓藥，但他卻命喪在他最討厭的日本人身上。聽說有一天他唱著改編過的歌曲，內容諷刺著日本人，不料卻被一位日本警察聽見，便被冠上各種罪名送到監獄，就這麼死在監獄的各種嚴刑下。日治時期這類的事件屢見不鮮，令人不勝唏噓。

竹仔街的回憶除了臭腳仙之外，還有他的女兒秀琴。她是位成熟穩重的美人，年紀比葉石濤大了

幾歲，而每當葉石濤來到她家時，總喜歡看著秀琴工作，她也毫不在意。

隨著葉石濤年紀漸增，他們也漸漸地失去連絡。數年後當葉石濤再度打聽她的消息，只聽說她被日本人送去南洋擔任戰地護士……

傀儡巷

臺南市中西區忠義路二段 147 巷

在葉石濤的〈傀儡巷與關三姑〉小說中，傀儡巷因為阿祥伯經營的傀儡店而得名。阿祥伯是操縱傀儡戲的師傅，從清朝末年到他已經是第三代。他的傀儡們因日本人的政策而焚毀後，只好改行從事「觀落陰」，也就是關三姑的工作。

現在賣傀儡或關三姑的獨特景象已不復見，取而代之的是一戶戶寧靜的住宅，往昔那奇特的傀儡巷甚或可以說變成了一條再普通不過的小巷子，但正是這樣的府城巷弄，令葉石濤流連。

如今臺南的巷弄已鋪上一層層的柏油、畫上整齊的格線，而早期的泥巴石子路也只能在泛黃的老照片中回味了。

唯一使我留戀的是那些縱橫交錯，猶如一張網子一樣展開來的許許多多長短不一的府城的巷子。當然這是指沒被破壞的舊市街而言的。（〈傀儡巷與關三姑〉）

或許就如同葉石濤感嘆的，如今臺南的巷弄已鋪上一層層的柏油、畫上整齊的格線，而早期的泥巴石子路也只能在泛黃的老照片中回味。但對於葉石濤而言，這些巷子的價值不在於它們的面貌，而是留存在人們心中的那個意象、回憶，以及那個夢。

「傀儡巷，這巷名取得好，這好比說，我們都是上帝操縱的傀儡，脫不開宿命，不是嗎？」在葉石濤眼中，這傀儡巷的意義不僅只於那些絲線下的木玩意兒，更寄託著動盪的大時代中，臺灣人民多舛而未知的命運。

萬福庵、施家大厝（陳世興古厝）

臺南市中西區民族路二段317巷5號、46號

萬福庵的前身是阮駿夫人的居所。阮駿是鄭成功的部將，在舟山群島與清兵對抗的戰役中喪生，阮夫人跟著軍民來到臺灣，受到鄭經禮遇，建造了宅邸供她居住。阮夫人過世後，居民將住宅改為寺廟，原稱「阮夫人寺」，到了嘉慶年間改名為「萬福庵」。萬福庵在一九七二年改建，二〇一四年又再度整修，成為現在的樣貌，只有廟前的照壁屬於古蹟。

葉石濤有篇小說即以「萬福庵」為篇名，寫到萬福庵周遭有幾十戶古老的民居，堪稱是「府城最

萬福庵在改建整修之後，成為現在的樣貌，只有廟前的照壁屬於古蹟。

隱密寧靜的一個角落」。主角簡阿淘喜歡沿著萬福庵附近的彎彎巷弄走到外祖母家。簡阿淘的姑媽也住在萬福庵附近，她繼承了一筆偌大的財產，終身未嫁，家裡有一個大院子，種滿了曇花、含笑、桂花、茉莉、玉蘭花、梔子花等，四季都飄散著不同的花香。

現在面對萬福庵，轉身往右手邊看，有一座古色古香的宅邸，門旁寫著大大的「私人古厝，謝絕參觀」，大門沒有封閉，卻架著柵欄。雖然訪客們無法進入古厝，但可從柵欄外瀏覽庭院，原本應富麗堂皇的庭院，歷經時間的洗禮，略顯凌亂，古厝也因長期無人居住而有些破損，仔細往右手邊一看，有一老舊的告示牌上介紹了這間古厝的歷史。它便是列為市定古蹟的陳世興古厝，也是葉石濤筆下的施家大厝。

簡阿淘常在萬福庵的新家附近遊玩，尤其喜愛去豪華的姑媽家，在姑媽家後面有一棟更富麗堂皇

列為市定古蹟的陳世興古厝，也是葉石濤筆下的施家大厝。

的大厝，要進到正廳前的天井得爬上好幾級石階，天井地面鋪的全是磨光的花崗岩，棋盤般的花崗岩接縫處常在下過雨後長出青草，為天井增添了幾分綠意。這間大厝的主人據傳是清朝官宦後裔，且歷代中有好幾個子孫中舉。

施家是大戶人家，吃飯時還得敲鐘，簡阿淘經過施家大厝時，常看到天井上有一群女孩在玩耍。施家三房一共養了二十幾個女孩，其中大房的長女跟簡阿淘還是末廣公學校同年級的同學。

施家沒落後，家族裡的人紛紛搬出，大厝裡有許多空著的廂房，簡阿淘一家於是搬入借住。一天，簡阿淘正在龍眼樹下批改學生作業時，忽然有位穿著潔白洋裝的女士撐著陽傘走進來，吸引了他的目光。對談之下才發現，她就是施家大房的長女，這時已是臺南醫院的護士。

龍眼樹下，兩人開心地聊著天，蜜蜂嗡嗡飛舞，蟬聲唧唧旋繞。在彼此的眼中，當年的小女孩

中學時的葉石濤沉醉在閱讀的世界裡。

變成了大方的仕女，而小男孩則還是一樣害羞靦腆，時光好像在每個人的身上都開了不同的玩笑。

臺南一中

臺南市東區民族路一段一號

沿著民族路向上逆行，走到最開頭的一處小山崗，便是臺南一中，日治時期是州立第二中學校，一九三六年，葉石濤便在中日戰爭爆發前不久進入這間五年制的中學校就讀。

中學時的葉石濤沉醉在閱讀的世界裡，在〈幼少年時代〉這篇文章中提到，學校的圖書館藏書豐富，各種學門一應俱全，除了文學書籍之外，他也喜歡讀哲學，河上肇的《第二貧乏物語》就是一本啟蒙他心智的書。無法滿足的部分，他就會到位於「番薯崎」的圖書館借閱。而今南一中的圖書館還珍藏著當年留下的日文書籍，成為校史的見證。

讀書之餘，他也會在禮拜天參加博物學老師金子壽衛男的田野採集活動，到臺南、曾文溪旁的國母山、大湖貝塚、鳳鼻頭、蔦松貝塚等地採集化石、石斧、石鏃、黑陶、彩陶等文物。

當年的導師高橋給葉石濤的評價是：「沒用的人。」因為他在校成績不突出，也沒有像大部分的畢業生一樣選擇就讀醫學校。但葉石濤卻說：「在日治時代的臺南一中，從一年級到五年級，我最驕傲的一件事就是數學都考鴨蛋。」他不認為考試的分數可以決定一個人的價值，也不認為人生可以用量化的數字來評斷。「一個人的背景、想法，和分數考得多少沒有關係，這是真正的哲學。」

大榕樹下，枝影橫斜，葉石濤盡情地閱讀他所喜愛的文學，自由自在地陶醉於創作的歡愉裡。

臺南公會堂

臺南市中西區民權路二段30號

臺南公會堂是由矢田貝陸技師所設計，一九一一年完工落成，原名臺南公館，一九二三年改稱臺南公會堂，是官方宣教與民眾集會的重要場所。馬薩式的屋頂、魚鱗屋瓦、牛眼窗、拱圈、花草飾紋、漩渦向下的愛尼克柱式以及綠釉花磚，構成了臺、日、西融合的建築風格。

一九四二年起，臺灣文藝家協會開始在全臺各地巡迴舉行大東亞文藝講座，當年十二月十三日臺南場次在公會堂舉行，西川滿等知名作家皆會到場，吸引了十七歲少年葉石濤的注意。

葉石濤當時就讀州立第二中學校五年級，是應屆畢業生，即將離開學校投入社會，而他全副心力都投注在文學之中，正耽溺於法國作家莫里亞克、紀德等人的小說中，無法自拔。閱讀之餘，他也嘗

當年在臺南公會堂舉行的大東亞文藝講座，更加堅定了葉石濤走向文學之路的決心。

試寫作，完成了〈媽祖祭〉、〈征臺譚〉兩篇小說向《臺灣文學》及《文藝臺灣》投稿，可惜都沒有獲得錄用。直到新作〈林君的來信〉寫成，再度投稿由西川滿主編的《文藝臺灣》，他的心中又一次憧憬著小說被刊登的好消息。

這天一放學，葉石濤把書包丟在打銀街的老家後，便迫不及待地奔向附近的公會堂，此時講座早已結束，西川滿等人已轉往文化會館（應指位於現在府前路上的愛國婦人館）舉行座談會。葉石濤即刻前往，鼓起勇氣走進了那木造的和洋混合風格建築中，在寬敞的客廳裡見到了一位氣質優雅的日本作家，年約四十多歲，臉色白皙、身材魁偉，穿著一套白色麻質西裝，朝著葉石濤微微一笑。他就是西川滿。葉石濤報上姓名之後，西川滿竟然認得這個名字，愉悅地說：「我是西川，您就是葉石濤君！您的小說〈林君的來信〉我決定登在四月號。想不到您竟然這樣年輕！十七歲左右吧？真是紅顏的美少年啊！」

就這樣，這個文學青年得知自己的作品將被刊登在當時知名的文學雜誌上，更加堅定了自己走向文學之路的決心。

在〈林君的來信〉裡，居住在關廟庄的葉柳村接到好友林文顯的來信，央託葉君前往林文顯位在龍崎的老家代為探望祖父。柳村勉為其難地承擔這個任務。就在那棟擁有青翠庭園的中式房屋裡，柳村聽到了一陣纖細清脆的誦詩聲，原來是林君的妹妹春娘。春娘年約十七、八歲，有著細緻瓜子臉、小巧的嘴唇和明亮的雙眼，盤著粽子頭，氣質清新。春娘的出現，使得這趟尷尬的任務變成了歡愉的旅程。當天，柳村接受了邀請，留在林家過夜。皎潔的圓月升起，柔和的月光照耀著這個小村落，也照進了林家的庭園。隨著夜色越來越深沉，柳村對春娘的愛慕也越來越深刻。

任務結束之後，柳村給林君寫了一封回信，信的最後一段寫著由衷的話語：

我非常喜歡春娘。受你所託而勉勉強強實行的結果，演變成我得到一生的幸福。文顯啊，我相信你應該會以一個身為兄長的身分極大贊同我迎娶春娘做為我的新娘吧……

葫蘆巷（算命街）、祀典武廟

臺南市中西區永福路二段227巷、229號

葫蘆巷就是位在祀典武廟和大天后宮前的一條狹小巷子，有許多算命館在這裡開設，所以又稱作

葫蘆巷裡開設了許多算命館，所以又稱作算命街。

算命街。葉石濤的小說〈葫蘆巷春夢〉，主角銅鐘仔於葫蘆巷弄內租賃居住。葫蘆巷有兩個獨有的特色，一是「典雅」，有前清舉人居住於此，以相命為生，說了一口「葫蘆巷竹枝詞」因而添了典雅之氣；二是「淫蕩」，文人騷客總愛到此尋花問柳，地方仕紳金屋藏嬌，風流倜儻的生活當然令葫蘆巷對「淫蕩」二字受之無愧了。

在小說裡，葫蘆巷是一條湫隘、邋遢的巷路，人口密集也惹得隨處垃圾，堵塞的陰溝汙水無處不流瀉，連一個乾淨的落腳處也覓不得，尤其是眾多喧囂的孩子，肆無忌憚地擲球、扔鞭炮、叫嚷，更使得這條巷子雪上加霜。而真正的絕境，便在那施老頭開始養起豬隻後，引得全巷弄內家處處糞臭、群豬騷動，更是慘不忍睹。

主角銅鐘仔中年喪妻，在這葫蘆巷內與鄰房林茉莉小姐發展了一段不解之緣，在一段誤會中銅鐘仔誤以為茉莉小姐要尋短，怎知兩人便深談了一整夜，彷彿彼此將對方拯救出泥淖般，相互依偎著。儘管銅鐘仔並未確定自己是否愛上茉莉小姐，但那夜過後便每晚溜到她房內相聚，夜裡除了將時間消磨在思念死去的妻子之外，還一面望著由於勞累而投以灰黯微笑的茉莉小姐。銅鐘仔常懷疑自己對於

茉莉小姐是否僅是睡眠的觸媒，但與這沉默寡言且缺少血色的女人共享的每一個淒涼夜晚，卻永不厭倦。

銅鐘仔有個鄰居叫江濱生，他總是戴著一付四百多度的近視眼鏡，腋下夾著幾本書，整天靜悄悄的，根本是個宅男書生。同一條巷子還住著前清舉人施老頭，他居然在巷子裡養起了小豬。銅鐘仔每日拉開窗，就可以看到一群食慾旺盛的豬仔爭搶飼料。

施老頭有個年輕貌美的女兒叫珠音。一個春寒料峭的深夜，銅鐘仔無意間在武廟燒金紙的金爐旁發現幽會的江濱生與施珠音。無奈施老頭已將女兒珠音另許他人，並養了一圈小豬要做為喜慶宴席之用。江濱生突發異想，以為只要將小豬毒死，婚禮便無法舉行，於是江濱生帶著珠音私奔了，豬仔全都被下了安眠藥癱倒在地上。

金爐就位於祀典武廟後方，由正殿通往小花園的轉角，幽深隱秘，但火紅的烈焰中仍舊依附著人們無數熾熱的心願。葉石濤的筆端刻劃著荒謬的人生，那獨特的黑色幽默真令人又笑又嘆。

祀典武廟是全臺唯一官方祀典的武廟。坐北朝南，紅色山牆綿延長達六十六公尺，平均高五．五公尺，隨著屋宇起伏變化，是古都街頭最美麗的景致之一。

大天后宮

臺南市中西區永福路二段 227 巷 18 號

沿著古樸的窄小巷子而入，靜幽的氛圍彷彿跨越了年代，引領人們踏入這莊嚴的廟宇。大天后宮

祀典武廟大紅色的山牆，綿延長達六十六公尺，是古都街頭最美麗的景致之一。

大天后宮是臺灣第一座官建媽祖廟。

建於一六六四年，前身是明朝寧靖王的府邸，清領時期成為主祀媽祖的廟宇，這座廟宇也是臺灣第一座官建媽祖廟。內部的擺設與外觀由於年代久遠，都別具特色，特別是歷經多次改建仍保有的明代王府建築之風貌，為全臺僅有。廟中保存之古匾古聯甚多，歷代皇帝包含康熙、雍正等所賜御匾居全臺媽祖廟之冠。建築內精心鑿刻的雕塑藝術，更展現王府氣象，廟中各處都值得參訪。

葉石濤有部小說〈玉蘭花〉，以第一人稱書寫，貫穿劇情的背景便是在這大天后宮、武廟一帶。主角的外媽家坐落於武廟的大街上，是棟灰色的二樓洋房，而鄰近武廟的便是寧靖王縊死的宅院，也就是後來改建為大天后宮的建築。

〈玉蘭花〉描寫主角與母舅房客楊氏夫婦的獨生女玉蘭青澀的童年回憶。玉蘭與主角為同年級生，學業方面卻大相逕庭，擅長語文但對數學一竅不通的主角，與數學不錯，英文卻一團糟的玉蘭，

赤崁樓原為荷蘭人所建的「普羅民遮城」，當年的城堡如今只剩幾塊殘蹟，而不同時期的人們又給這塊土地添上了新的面貌。

似乎便注定了兩人的互相砥礪，也注定了兩人的相遇。

推開外媽家的門扉，撲鼻而來的是濃郁的玉蘭花香，燦爛的夏日陽光照著玉蘭，主角被她的姿態吸引了目光，約定好前往玉蘭樹摘上幾朵玉蘭花，兩人牽著手，幸福的快感悄悄湧上了心頭。

隨著時間流逝，二次大戰爆發，當年的玉蘭了無音訊，徒留玉蘭樹佇立在此。

赤崁樓

臺南市中西區民族路二段 212 號

08：30～22：00

位於臺南市中區赤崁街與民族路交叉口上的赤崁樓，原為荷蘭人所建的「普羅民遮城」，當年的城堡如今只剩幾塊殘蹟，而不同時期的人們又給這塊土地添上了新的面貌。

文昌閣與海神廟兩座紅瓦飛簷的中國傳統建

築，是現在赤崁樓的正字標記。海神廟位於南面，文昌閣位於北面，兩者屋頂均是「重簷歇山」的表現，重簷之間即為二樓部分，繞以「綠釉花瓶」欄杆。文昌閣前的石馬後方有一個門洞，是當年普羅民遮城的大門。

在小說〈最豐盛的祭品〉中，葉石濤化身為簡阿淘，在阿媽「做忌」的前夕努力籌措三牲做為祭品。但當時正值戰事吃緊，日本人實施配給政策，市場上幾乎買不到任何食物。阿淘靈機一動，打算到「赤崁樓」邊的肉販家弄點肉。剛好府城幾個士紳為端午節集資買一口豬，求肉販王多福去「安定庄」農家幫忙偷宰，王多福分到了十斤豬肉，冒險答應賣給兒子的老師阿淘兩斤，卻也花掉阿淘半個月的薪水。令阿淘不禁大罵臺灣總督府、日本軍部以及大東亞共榮圈的愚蠢國策，渴望日本人早一點被打敗，讓可以大吃特吃的太平日子到來。

而在〈西拉雅族的末裔〉裡，府城大地主龔家的宅邸就位在赤崁樓對面、范進士街上。有一天，龔家二少爺龔英哲到府城郊外的新店部落打獵，不慎跌斷腿，幸虧被少女潘銀花發現才能得救。潘家是西拉雅族人，也是龔家的佃戶，潘銀花隨即與父親用牛車載著龔二少爺回家，並得到了許多獎賞。不久龔家請潘銀花擔任二少爺的貼身侍女，在一段時日的相處後，兩情相悅，銀花懷了龔英哲的骨肉，她雖然愛英哲，卻不願受困在這大宅第之中。她覺得自己不屬於任何人，只屬於大地和泥土。在一個夕陽垂落天邊的黃昏，銀花收拾好行李，帶著她的孩子偷偷離開了龔家，準備搭乘客運前往大內。她不安於舒適安逸的生活，她不要在溫暖的空氣裡漸漸腐壞，她要用雙手開創自己的道路，打造自己的未來。

成功國小

臺南市中西區成功路 235 號

位於成功路上的成功國小，成立於一九一二年，當時名為臺南女子公學校，於一九四七年才改為成功國小。校內幾經翻修，現存的校舍已看不見日式建築，校園緊鄰赤崁樓，散發著古色古香的文藝氣息。鄰近赤嵌東街的牆上有著臺南古蹟的裝置藝術，傳達著對故鄉、對土地的關愛。

在葉石濤的小說〈彌留〉中，主角辜安順中年時奔波於醫院與家中，為了照顧生病的母親，辜安順也幾乎竭盡自己的財產。母親先是第一次中風，所幸並無大礙；接著又患了丹毒，在多次治療後竟奇蹟似地痊癒。可惜好景不常，在過了幾個月安定的生活後，他母親卻二度中風，此時也許是傷及腦部，辜安順的母親已失去行動能力，只能臥在病床上。

辜安順回想起母親辛苦的一生，她原先出生在

原為臺南女子公學校的成功國小，校內幾經翻修，現存的校舍已看不見日式建築。

富有人家，雖然臺灣被日本接收，但所幸她還能在日本人創立的臺南女子公學校念書。後來她嫁給了地方紳士，家境仍然富裕並接管了許多地權，但二戰後因為國民政府實施諸多土地政策，使得她名下的土地越來越少，也開始家道中落。而子女也都只是公務員，無法讓母親再過從前那種好日子，晚年可說是十分淒涼。躺在病床幾個月後，她在子女的環繞下嚥下最後一口氣，結束了這曲折的一生。

臺灣文學館

臺南市中西區中正路1號

週五、週六　09：00～21：00

週日、週二、週三、週四　09：00～18：00

週一休館

〈齋堂傳奇〉裡，葉石濤這麼描寫：

圓環對面的殿宇是日本仔所建築的州廳大廈，在此地司空見慣的威威凜凜的衙門，採用荷蘭東印度公司所喜歡的建築風格而建成的；它有著巨大的圓形屋頂以及在夕陽紅豔豔的光輝中閃亮的無數玻璃窗。

建於一九一六年的臺南州廳，是日治時期臺南州的統治中心。葉石濤的父親在從公學校畢業後，也曾任臺南州廳文書科官吏。在當時的環境下，即便只是官府中的一個小吏，也能擁有一定的聲望和不錯的經濟條件。

葉石濤在小說〈雞肉絲菇〉中提到，主角的二姨丈受過日本中等教育，在州廳擔任低級官吏，也能維持中產階級的生活。而主角「喜歡讀書、又討厭跟陌生人接觸，對金錢的來往此類營生更深惡痛絕」，也因此曾於二姑替州廳籌辦的國語講習所擔任講師、國民學校的助教等。儘管如此，主角仍沒有受制於日本人的法西斯作風，在全國青年理光頭的戰爭當兒，堅持留了一頭長髮。

隨著戰爭的結束，太陽旗幟的倒下，原本具有殖民統治象徵意義的臺南州廳，也逐漸轉變為歷經政權更迭、時光流逝的歷史見證者。它曾做為空戰供應司令部，而在葉石濤的小說〈來自大陸的女老師〉裡，已變為臺南市政府所在地，成了另一個政權的行政中心。

二〇〇三年，歷經長時的規劃，臺灣文學館在此地設立，在對外開放的同時，守護著重要的臺灣

臺灣文學館在對外開放的同時守護著重要的臺灣文化。

文化。

充滿綠蔭的草皮成了休憩的好所在，步下露臺，會發現那一根根的紅磚柱子上題著詩句，作者都是對臺灣啟蒙、文學發展有貢獻的人士。進到館內，能感受到那原本莊嚴肅穆的衛塔，已經轉變為兒童圖書室，用明亮溫暖的眼神注視著這些未來的棟樑。往內走，紅磚牆被完整地保留，寬廣挑高的廣場寂靜無聲，令人為之肅然。漫步在文學館內，就能體會到臺灣的活力、歷史和最重要的文化。

葉石濤文學紀念館

臺南市中西區友愛街 8-3 號
週二至週日　09：00～17：00
週一公休

深藏在臺南市中西區的友愛街裡，葉石濤文學紀念館隱身於此，兩層樓的西洋紅磚建築，拱窗、黑瓦，以及內亭的小公園，融入古色古香的周遭氛圍，而與現代之美兼容並蓄，在鄰近的孔廟前更添了股低調自持的樸實。

日治時期，葉石濤文學紀念館曾是山林事務所，管理臺灣的林業與森林，而工作站遷出後，這古樸的建築如受歲月歷練似地轉換過各種身分，餐廳、旅遊資訊中心、展覽場。在葉石濤辭世後，這裡於二〇一二年正式成為葉石濤文學紀念館，紀念這位訴說臺南的偉大作家。

紀念館是一棟二層樓高的磚造建築，帶著和洋混合的風格。紅色的牆面上開設了灰白色的窗櫺，窗戶上緣有仿羅馬式樣的盲拱作裝飾。屋頂則是仿日式的比翼入母屋破風，承襲自中國的歇山屋頂

葉石濤文學紀念館入口處的塑像，葉石濤凝視著他所鍾愛的這座城市。

而又有所改變。屋頂上兩棵小葉南洋杉並排向上竄出，彎曲的弧度竟是這般相似，也被暱稱為「夫妻樹」。

這是個適於人們做夢、幹活、戀愛、結婚，悠然過日子的好地方。

入口處葉石濤的塑像凝視著他所鍾愛的這座城市，旁邊鐫刻著這幾句話，如同他的精神般囑咐各個遊客。展場內典雅的室內擺飾，收納著葉石濤的各種著作；二樓為葉石濤的文學書房，裡頭是葉石濤使用過的書桌、檯燈、唱片機等等，以及滿櫃的藏書。此外也設置了視聽室及會客室，播放文學紀錄影片。

葉石濤文學紀念館時常舉辦活動提供民眾參與，每個月舉辦的文學踏查、讀書會等，以葉石濤致力於文學的精神薰陶前往參訪的每位遊客。

林百貨

臺南市中西區忠義路二段63號

11：00～22：00

林百貨由日本人林方一所建，於一九三二年開幕，坐落於臺南市末廣町。這棟建築的設計在當時十分新潮，磚頭搭建的外牆，配上圓孔窗及方孔窗，和有如裝置藝術般的柱子，外表看來樓高五層，因此府城居民習稱它為「五層樓仔」。

林百貨是當時臺南首棟有電梯的百貨，一九四〇年是其鼎盛時期，每月營業額以現今新臺幣來算更高達千萬，內部規劃相當完善，每個樓層所販售的商品分門別類，樓頂還建有一個神社。

林百貨於一九九八年被列為市定古蹟，經過整修後，於二〇一三年正式重新營業，成為現在文創百貨的樣貌。走進百貨裡，陽光透過方形的木質窗框，反射在光潔的地板上，暈黃了每一盞燈、每一個遊客、每一分空氣，曾有的新潮此刻融進了古樸與懷舊。

在葉石濤生活的年代，林百貨是婦女們購買時尚服飾、高級用品的最佳去處。葉石濤還記得，童年時母親曾牽著他的小手來到銀座通上時髦的林百貨，為他添購新衣。他仰望著盛裝打扮、濃粧豔抹，打著斑斕洋傘的母親，感受到一股難以言喻的青春風采。

葉石濤稱母親是戰鬥的天使，生活在日治時期，因為家境還算過得去，受過學校的教育，思想更遺傳到外婆的叛逆因子，再加上日式教育強調的男女平等、禁止纏足等觀念，使他母親成為一個十分現代、思想跟得上潮流的婦女。

林百貨是婦女們購買時尚服飾、高級用品的最佳去處。

葉石濤的爸爸是個文人，平時也不管家裡的大小事，幾乎所有的家務都由母親一手包辦，除了照顧六個小孩之外，她還要跑去鄉下監看田地收成。母親的個性堅強獨立，晚年可享清閒時，卻因習慣於忙碌，所以仍然持續工作，甚至幫別人洗衣服，然後再將辛苦賺來的錢毫不吝惜地痛快花掉。葉石濤勸她不要賺這麼辛苦的錢，卻始終說不動她。母親豪放不做作，即便身體健康每況愈下，仍堅持做自己。

一個初夏的清晨，母親第三度中風，葉石濤靜靜守在她身旁，陪伴她最後一程。

看她滿是皺紋、刻著臺灣三個時代多難歷史的臉。心裡淌著血，很清楚這是我們母子最後相處的時光了。雖然她嚥了最後一口氣，但我覺得她並沒有離去；因為她就是我，我就是她，我們是分不開的。（〈母親——戰鬥的天使〉）

報恩堂

臺南市中西區忠義路二段38巷4號

報恩堂是齋教先天派在臺灣最早建立的齋堂。該派在清咸豐年間來臺傳教，在現在署立臺南醫院一帶設置簡易的修行據點。日治時期遷移至現址，現址原來是張家的一棟古厝，古厝拆下來的建材和雕飾應用於重建的齋堂中。

葉石濤的〈齋堂傳奇〉便是以報恩堂為主要場景，他用一段很優雅的敘述描寫主角李淳來到齋堂的過程：「從蒼翠蓊鬱的圓環林木間走出來，緩緩地沿路走下去，拐進蔭涼的胡同。在胡同盡頭，有一所夾竹桃盛開的齋堂。」至於當時齋堂的面貌，也在葉石濤的筆下保存了下來：

推開齋堂厚實的木門，踏進鋪有花崗石的院子小徑時，他聽到莊穆有規律的木魚聲從供奉著觀世音菩薩的正殿流瀉在空間裡，木魚聲和線香微微的芳香氾濫在整個院子，使他感覺猶如墜入忘憂的涅槃。這夏日的午後不就是另一種死亡嗎？

小說中的主角李淳，在盟軍空襲中一片冷清的府城裡孤獨地漫步到齋堂。觀世音莊嚴的神像與韋馱天猙獰的面容前，他仍無法抑制內心情慾的湧動，頭痛欲裂。此時，一位身穿黃色碎花長衫的年輕女孩進入了他的眼裡，談話中才知道她叫素珍，是齋堂裡一位齋姑的孫女。李淳的眼睛禁不住望向她雪白光滑的脖子和起伏不停的胸部，瞬間有一團火焰燒遍了全身。

離開齋堂後，他又走進了重新甦醒過來的府城裡，在人群中信步走到了大正公園，暮色中他忽然瞥見了素珍的身影，正起身與她打招呼時，轟炸機的炸彈襲來，炸毀了眼前的臺南州廳，他在火光、煙塵與死屍堆中來到了倒地的素珍身旁，情急之下用口含著水餵給她喝。戰火拉近了兩人的距離，卻也拆散了他們。李淳被徵召上前線當兵，直到戰爭結束之後才回到家。

彷彿從死亡關口中回來的李淳，再度踏進了這條幽深的胡同。齋堂在戰火中受到了毀損，但熟悉的木魚聲仍舊持續著。李淳走進齋堂，發現敲木魚誦經的不是老齋姑，而是一個長髮女子，她變得憔悴，變得瘦弱，但仍是他掛懷的那個素珍。殘瓦斷磚中，氤氳的香煙瀰漫著，在菩薩眼眸下，她依偎在他懷裡，讓他熱燙的嘴唇緊貼著自己的臉頰。

這情慾究竟是人生中的汙穢沼澤，還是生機盎然的綠洲呢？或許答案就在最真誠的那顆心中。

報恩堂是齋教先天派在臺灣最早建立的齋堂，葉石濤的〈齋堂傳奇〉便是以報恩堂為主要場景。

米街

臺南市新美街從成功路口到民族路口段

新美街從成功路口到民族路口這個路段，以前叫做米街，清朝時開設了許多米店、糧行，街頭巷尾時常傳出輾米、舂米的聲音。米街街頭就是攤商聚集的石舂臼，瀰漫著各式小吃的香氣。除了米店之外，街上曾有許多版畫店、紙莊，還出了臺灣唯一一對「父子進士」：施瓊芳與施士洁。而在葉石濤的筆下，米街有陶器舖、牙科診所、五金行、冥紙店……等，可說是一樣米養出百樣人生風姿。

葉石濤筆下的故事很多，感人者有，悲哀者有，以數卷的文字記載了日治到民國的小人物小街景，其中的主角也不乏葉石濤的化身。「別人身上發生的故事很好玩，但是臨到自己頭上就不那麼好玩了。」〈巧克力與玫瑰花〉中，主角便是在米街口買芒果的時候巧遇在同一間學校當女助教的井原老師，產生愛慕之情，此後「每天必到米街去徘徊」。這段戀情沒有幸福的結局，儘管如此，或許是為了生活必需品，或許是為了一窺井原老師的近況，「米街還是要去的。」

二戰結束後，米街仍然在葉石濤的人生中佔據著關鍵的位置。帶有自傳色彩的小說〈紅鞋子〉中，簡阿淘的中學同學許尚智家，便是米街上的一間陶瓷五金老舖。許尚智是個耽溺書本、臉色蒼白的男子，總有著特異的想法。他拿著一本名為《群眾》的雜誌，要簡阿淘好好閱讀，學習祖國的語言，不要再用日文寫作。在他的介紹下，簡阿淘認識了一個專賣中國圖書的書販阿才伯。

阿才伯身形巨大而佝僂，住在米街的冥紙店後頭，家中茶几上總是堆滿了油墨未乾的印刷品。阿

現在，窄窄的米街兩側都築起了新式樓房，將天空遮掩成一條縫隙。

才伯家裡還有一位常客叫做老洪，他們推薦了毛澤東所寫的《新民主主義》與《論聯合政府》兩本書給簡阿淘，但簡阿淘只想閱讀文學方面的書籍。

簡阿淘沒料到，這段萍水相逢卻為他帶來了一場災難。後來簡阿淘以叛亂的罪名遭到逮捕，被拷問時才發現，《新民主主義》與《論聯合政府》原來都是違禁書刊，而老洪與阿才伯都是臺共份子。最後，簡阿淘以「明知為匪諜而不告密檢舉」的罪名被判處了五年有期徒刑。

現在，窄窄的米街兩側都築起了新式樓房，將天空遮掩成一條縫隙。正中午的時候，太陽跑到了米街的上方，許多陰暗的角落也終於得到了日光的照耀，開始煥發光采。

太平境馬雅各教會

臺南市中西區公園路6號

馬雅各醫生是英國長老教會第一位派駐臺灣

的傳教士。一九〇二年，長老教會在太平境興建新教堂時，便為了紀念馬雅各，取名「太平境馬雅各紀念教會」。臺南人又稱「溝仔底教會」，西元一九五四年重建完成，大致就是現在的模樣。

春末，風鈴木盛開的時刻，是造訪太平境馬雅各教會最佳的時節。位在湯德章紀念公園北側，舊臺南氣象局的對面，這一棟潔白、高塔狀、形式對稱優雅的教堂，對府城人來說是具有指標性的一處建築。

平境馬雅各教會潔白、高塔狀、形式對稱優雅的教堂，對府城人來說是具有指標性的一處建築。

這座教堂大抵是採哥德式教堂的形式，擁有一座高十八公尺的尖塔，讓人們必須抬頭抑望，心生崇敬。而坐東朝西的格局也是源自歐洲傳統，據說因為這樣，教徒們在進行儀式時便會朝向東方的聖地耶路撒冷。來到臺灣後，雖然耶路撒冷的方向已是西邊，但仍沒有改變哥德式教會建築的傳統。

在小說〈紅鞋子〉中，辜雅琴的父親便是太平境教堂著名的長老之一。辜家三代都是基督教長老教會的信徒，而簡阿淘家中崇敬佛道，雖然信仰不同，但並不妨礙簡阿淘與辜雅琴的友誼。辜小姐年約十七，就讀府城女中，愛好文學和音樂，聰明而富有人道關懷。她的中文素養比較好，簡阿淘時常拿著自米街買來的雜誌，去向她請益。當辜雅琴將在太平境教堂舉辦鋼琴獨奏會時，簡阿淘也爽快的

全美戲院高高懸掛他處難得一見的手繪電影海報於牆面之上。

答應為她寫一篇報導。

教堂二樓有一座百年管風琴。微微泛黃的琴鍵、光亮的木頭皮表，都嶄露著歲月的痕跡，可以來此聆聽老風琴特有的悠揚琴韻，欣賞當年全臺最大的管風琴座在歷經歲月的深鑿後的音色。

皇后大戲院（全美戲院）

臺南市中西區永福路一段 187 號
每日約 10：50 開始放映，全年只休除夕夜

淡淡的巴洛克風格，他處難得一見的手繪電影海報高高懸掛牆面之上，全美戲院自一九五〇年興建完工後，主要播放二輪洋片，並實施半價兼兩片同映優惠售票制度，戲院外更張貼著許多年代已久的電影海報，尤其是那近乎失傳的手繪海報更令人印象深刻，瀰漫濃厚的復古風。

李安大導演在獲得奧斯卡獎時曾說過：「我從小在全美看電影長大的。」全美戲院伴隨著許多臺

南人共同走過青春歲月，留存於許多人的年少回憶中，李安如此，葉石濤也是。

在葉石濤的小說〈紅鞋子〉中，簡阿淘經過這「皇后電影院」時被電影院外的巨幅廣告吸引，便迫不及待地進電影院觀賞這齣《紅鞋子》。劇情描繪一位首席芭蕾舞星在愛與藝的相剋中，最終穿著紅鞋子跳樓自盡。

離開戲院後，簡阿淘仍沉醉在劇情裡，淚眼矇矓地徘徊在極美的幾幕之中。回到家中，家人皆睡去，正準備就寢時，便聽到門外有人叫喚著「簡老師」，開門便見著自己任職小學的剃頭匠，以及站在一旁的漢子。「先搜他身體！」漢子高聲命令道。隨後便被漢子以手銬銬住，趕進了一部紅色吉普車，開往警察局。

夜裡，冷風颼颼地吹到臉上，吹不乾頰上兩行溫熱的淚。往日的生活情景像電影畫面一般快速的在腦海中閃動，而未來卻隱沒在幽暗深邃的夜色中，就算一再擦拭雙眼，也還是看不清楚。

臺南警察署

臺南市中西區南門路37號

鄰近葉石濤文學紀念館，站在此處便可直直望向臺灣文學館，一旁又是全臺首學孔廟，這裡是原臺南警察署，日治時期臺南的警察總部，二戰後是臺南市警察局，而當市警局遷移至新營區後，這棟美麗的建築則規劃做為臺南市立美術館的其中一個場館。

原臺南警察署興建於一九三一年，正門的圓弧形山牆就是一個警帽的樣子，最頂端渦形的裝飾正

原臺南警察署興建於一九三一年，正門的圓弧形山牆就是一個警帽的樣子。

好像是警徽。葉石濤在〈甕中之鱉〉中這麼形容：

> 它有著某一種室內競技場特有的半圓形巨大屋頂；這足以鎮壓住或者彈回屋內任何高聲喧嘩和淒厲哀號，使這些噪音連一絲絲也無法傳出外面世界去。

可見得這警帽一般的建築，在一般百姓眼中是帶著無比的權威與恐懼。

警察署紅色的外牆貼滿了北投所燒製的瓷磚，白色的帶狀線條則運用了波浪紋飾、六角紋飾。整體的建築呈現一個扇形，周圍是屋舍，中央的庭園裡則生長著一棵大榕樹，與老建築共生共存。日治時期，這片庭園則有著柔軟的草皮和明亮的噴泉，在肅殺的警察局有這樣柔和的空間，對於深受日警欺壓的臺灣人而言，毋寧是虛偽而突兀的。葉石濤進來此處時，也曾細細觀察建築裡的一切：

它的東側出人意料之外地面對著一個正方形庭園，正如有一些阿拉伯式構造的內庭一樣。庭園的草皮是一片翠綠色、軟茸茸的韓國草，也稀稀疏疏地點綴著幾棵變葉樹。不僅如此，那庭園中間竟還有一個圓形噴水池，日夜不停地潑濺著水滴。當你一腳踏進這屋子裡去的時候，你可能會驚訝，何以滿屋子裡流瀉著如此既明亮又溫和的陽光。（〈甕中之鱉〉）

在〈紅鞋子〉、〈牆〉及〈扇形牢獄風景〉中，葉石濤都化身成簡阿淘，成為思想犯，被關在這府城警察局中。

簡阿淘看完電影《紅鞋子》後，遭到逮捕，坐著紅色吉普車來到了警察署，被送進了一個小法庭。審訊他的是一個精壯的少將，他在法庭上以優美的腔調朗誦著莎士比亞的《馬克白》，這場景令人想到納粹軍官在小提琴樂聲中殺人的史實。少將斥責簡阿淘在匪徒組織裡工作，是叛國的行為。簡阿淘覺得莫名其妙，少將所提到的這些匪徒，與自己僅有簡單的接觸，連朋友都不算是，怎麼自己就成了與匪徒同謀的叛國賊？幾次疲勞訊問後，他交出了自白書，被迫在口供上按下了指紋，接著與其他十幾個政治犯被押解到臺北的保密局，迎接他的是更加漫長的牢獄生活。

湯德章紀念公園

臺南市中西區七路交匯之圓環，台20線起點

車流往來於繁忙的臺南市區，在眾多幹道匯聚的圓環裡，有一座小小的頭像，背倚著車水馬龍的

中山路，面對著臺灣文學館，這裡是坐落在喧囂中的寂靜：湯德章紀念公園。此地最初為日治時期的大正公園，二戰後更名為民生綠園，並在中心樹立起國父銅像。一九九八年二月二十七日，也就是二二八紀念日前夕，臺南市政府將其更名為湯德章紀念公園，並在公園一側安放著湯德章的遺像。

湯德章出生於一九〇七年，父親為日本人，後來過繼為母系，改名「新居德藏」。原本擔任警官，在歧視臺灣人的日本警界與上級發生衝突，憤而離職，而後進入日本中央大學，並考取執照成為律師。

一九四七年，二二八事件爆發後，湯德章被選為臺南市治安組長，並與黃百祿、侯全成共同當選市長候選人。未料開入府城的政府軍竟以叛亂罪名逮捕湯德章，押進監獄中刑求，最後在民生綠園公開槍決。

在小說〈夜襲〉中，葉石濤透過簡阿淘的眼睛，

此地最初為日治時期的大正公園，一九九八年二二八紀念日前夕，臺南市政府將其更名為湯德章紀念公園。

描述了行刑的慘烈一刻：

傳聞有許多參加二二八處理委員會的抗暴份子被槍決，這雖然是未經證實的傳聞，但是簡阿淘卻在府城的大正公園親眼看見那身體魁梧的律師湯德章被槍決，他留下來的血跡在大正公園的水泥地上，用水沖了也沖不走。

〈夜襲〉裡，簡阿淘與一群有志青年存著熱切的救國之心，密謀了一場夜襲行動。他們計劃在夜間包圍駐紮在虎崎神社的軍隊，曉以大義，接收他們的武器。夜裡，一行人悄悄抵達神社下的芒果林，負責在站在第一線的邱玉晨先爬上山頂，企圖與營房隊長交涉。四周傳來斷斷續續的蟲鳴以及蕭瑟的風聲，令簡阿淘感到一絲不安。突然，一顆手榴彈在營房前炸出了猛烈的火光，火光中，邱玉晨中彈倒地，宣告夜襲的風聲走漏，行動完全失敗。夥伴們即刻星散，各自逃命。就在一片甘蔗田中，簡阿淘發現了另一位同志翁德銘中彈倒地，奄奄一息。

流彈打在翁德銘的左胸，鮮血不斷地湧出來，染紅了雨水濡濕的大地。〈夜襲〉

茫茫夜色中，荒涼的蔗田上，鋒利的蔗葉不斷地刮磨著他們的身軀。有一股巨大的聲音彷彿要自胸口爆烈而出，但他們只能不斷地壓抑再壓抑，直到那聲響哽咽在喉嚨間，化成了殘餘的回音。

臺南合同廳舍

臺南市中西區中正路2-1號

在民生路與中正路交會的地方，有一棟很特別的建築，牆面上有著大大的、紅色的「119」三個字，特別顯眼。

這座高塔建於一九二六年，名稱是御大典紀念塔，是為了慶祝昭和天皇即位而興建的，佇立在大正公園對面，在銀座通的起點處俯瞰來來往往的人潮與車潮。一九三七年起，高塔的兩側開始興建起辦公大樓，有消防所、警察會館和錦町警察官吏派出所等單位在此辦公，通稱臺南合同廳舍。而現在，建築裡頭則是消防隊、派出所、警察隊等不同單位進駐的聯合辦公室。

御大典紀念塔是一座上窄下寬的方塔建築，牆面現在鑲嵌著白色瓷磚，圓拱形的出入口搭配方形的窗戶，整齊中有變化。而合同廳舍則是簡潔俐落的造型，主要以方形和圓形的線條架構整個外貌，看似現代主義的風格中，卻又運用了托次坎柱式的古典裝飾。而以高塔為核心的整棟建築，在不對稱中又隱含著對稱，被列為「臺灣一百棟日治時期經典建築」之一。

葉石濤在小說〈夜襲〉中提到，自從二二八事件發生之後，合同廳舍前方的空地就成了府城居民聚集討論時局的地方。而簡阿淘等十六個人也約定某天的六點半在這裡會面討論夜襲的計畫。十六人當中只有葉秀菊一位女性，擔任隨行護士，其餘都是男性。領隊則推選前日軍陸軍伍長邱玉晨擔任，因為他擁有作戰知識又具備有武器。

夜襲計畫失敗，他們折損了邱玉晨與翁德銘兩位夥伴，簡阿淘拚了命也要將翁德銘的遺體運回安

SALE
50

現在的臺南合同廳舍裡頭是消防隊、派出所、警察隊等不同單位進駐的聯合辦公室。
（攝影：黃彥霖）

葬。他向虎崎鄉鄉長林貴男借了一輛二輪車，以厚厚的麻布掩護，將遺體送回翁家。這時的翁德銘才剛考進臺大醫學院預科，前途似錦。不久，傳來林貴男也遭到逮捕的消息，簡阿淘搞不清楚，是不是自己的夜襲計畫連累了鄉長。

就在虎崎神社前的一塊草地上，林貴男被士兵押解而來，面對著這個祀奉著北白川宮能久親王的神殿，趺坐在地上。連續三聲槍響後，鮮血沾汙了野草。那一瞬間，人群間湧起了痛哭的聲音，像澎湃的浪花一樣，是在悼念著死者，也彷彿在悼念著臺灣人的際遇。

天壇

臺南市中西區忠義路二段 84 巷 16 號

位在臺南市中西區忠義路二段的天壇歷史悠久，最早可以追溯到鄭成功時期的「天公埕」。現在的天壇則是清咸豐年間所興建，並歷經多次整修後的模樣，採「三進三開間」的格局，以正殿為核心，前後左右則有三川殿、前天井、左右廊、後天井、後殿等區塊。

正殿供奉「玉皇大帝」之聖位，僅有牌位而無塑像，象徵天的流形變化，無所不在。各種祭典儀式在此進行，信徒在此上香祭拜、求籤卜卦，為天壇中規模最大的建築。天壇雖隱身在小巷子內，卻是當地居民重要的信仰，民眾相繼前來朝拜，可看出天壇在民眾的信仰生活佔有重要地位。

葉石濤的小說〈船過水無痕〉中，高錦綢便在一個農曆十五日的早上，以謝籃裝著香燭、金紙和糖果、文旦，陪著母親來到天公廟燒香。

天壇在本地民眾的信仰生活中佔有重要地位。

拜拜完後，高錦綢巧遇故人李本順，卻見他忽然收起笑容，慌張逃跑，像是在逃難一般。在她的幫忙下，李本順棲身在網寮漁村舅舅家的一個雜物間裡。攀談之下才知道，他懷抱著救國救民的熱忱，加入了共產黨員謝雪紅所創建的臺灣民主自治同盟，因而遭到追緝，四處躲避。高錦綢這才發現，自己的舅舅、妹妹，以及附近一些鄰居原來都是李本順的同夥。

二二八事件發生後，她的父親在高雄車站莫名遭到士兵開槍擊斃，李本順於是邀請她一起加入同盟，成為組織的成員。她對李本順一直有著愛慕之意，一天夜裡，在一棵木麻黃下，兩人有了親密的接觸，她便認定自己屬於他了。

當局的掃蕩行動越趨嚴厲，李本順決定先偷渡到海外避風頭。又是一個木麻黃搖晃的夜裡，李本順踏上了海邊的竹筏，準備登上漁船豐順號離開臺灣。墨色的海洋邊，高錦綢在妹妹的陪伴下，望著漸行漸遠的漁船，緩緩地變小，最後消失。海浪洶湧地拍打，高錦綢摸著有孕的身子，眼前一片茫然。或許，天公會保佑她的愛人與小孩；或許，即便上天也無法許諾所有人一個幸福無憂的樂土。

五條港

臺南市中西區今中正路以北、新美街以西、成功路以南區域

臺南陸地之外原有一個廣闊的臺江內海，使此處擁有航運之利。清領時期，臺江內海漸漸淤積而形成陸地，到康熙末期，已然形成了約一里之遠的海埔新生地。由於陸化的過程並非是有規律地進行，因此海陸並陳，形成了許多縱橫交錯的河道和港口，進而發展成了新的聚落「五條港」。五條港由北而南分別為：新港墘港、佛頭港、北勢港、南河港及安海港，猶如一隻手掌。商品南來北往皆轉運到五條港後才進入府城，因此當時五條港區郊商林立、商業繁盛、經濟發達，商旅穿梭其間，川流不息，成就了府城經濟貿易繁榮鼎盛的黃金時期，同時也促成了「一府、二鹿、三艋舺」的俗諺。府城的郊商集團執全臺商業貿易之牛耳，同時亦是早期臺灣的政治中心，人文薈萃，政商雲集。

道光年間，大雨帶來的山洪暴發，迫使曾文溪改道流入臺江內海，滾滾泥流挾帶大量的砂石，導致臺江內海積沙嚴重，五條港也淤塞了大量泥濘，滄海成了桑田，港灣成了陸地。昔日的五條港區域含括甚廣，約當現今臺南市民生路二段以北、成功路以南、新美街以西、金華路三段以東的範圍，也就是以海安路為主的這片區域。

今日的海安路在一群年輕藝術家的創意下，已發展成為藝術大道，五條港不斷變遷的風華，展現

五條港不斷變遷的風華，展現了這片土地堅強的韌性。

了這片土地堅強的韌性。

在〈收田租〉這篇帶有自傳色彩的小說裡，葉石濤提到家族在中日戰爭爆發前後分家，他的二叔公和三叔公便居住在舊佛頭港（相當於今日民族路二段至海安路一帶），分別掌管一家店舖。但兩人都不擅長經商，生活因此拮据，得靠借貸度日。

二戰結束後，物價暴漲，處境更是困頓。三叔公的么女康姑有心振作，於是想前往家中所擁有的田地去向佃戶收租，貼補家用。這天，葉石濤跟著康姑坐著牛車前往紅厝寮收租。一進到這個小村，便覺死氣沉沉。從一位中年農婦罔市嬸的口中得知，今年因為欠缺雨水，改種甘蔗，而外省人不懂製糖，一部分製糖會社的機器遭到損毀，收成後的甘蔗恐怕賣不出去，這些日子大家都靠甘薯簽、野菜度日，連老鼠、野狗、野貓都抓來吃。康姑知道這田租是收不到了，在府城之外，有許多人家過著比自己更苦難悲慘的生活。

夜色降臨，葉石濤與康姑一起回家。不遠的那頭，臺南城閃爍著萬家燈火，繽紛璀璨；比起農村的荒涼與殘破，這片府城的景致真是美麗得動人。

臺南運河

臺南運河的起源可追溯至清領時期，在臺江內海淤積成陸地時，五條港的商人們曾自行集資雇請工人，開鑿出了由鎮渡頭至鹽水溪的古運河。日治時期古運河不堪淤淺，已無法行船。一九二二年新運河由松本虎太設計，在安平動工。四年後，一條全長三七八二公尺，寬三十七公尺的運河終於開通了。當年，大阪商船會社的「桃園丸」鳴響了汽笛，成了第一艘進港的船舶。

二戰後，運河仍然繁忙，捕魚的近海漁船、載客的公共汽船以及民用的竹筏在安平港與市區之間頻繁往來，為府城增添了美麗的水上風光。葉石濤的小說〈歸鄉〉，就描繪了當年運河的面貌：

> 白薔薇色的電光，閃閃地穿過帆船桅桿的行列，運河的小渡浸滿了白茫茫的光，澎湃地輕打著船腹。隔些時候，常有泥醉了的尖高的歌聲，震破了靜夜，而傳到水面；那是憂鬱生活的呻吟呵。

在這篇小說裡，運河邊的船上簇擁著幾個船夫，談論著生活的艱苦。主角抱怨：「海上的生活是一種苦悶啊！」隨即遭到一個年輕人的反駁：「陸上的生活才是一種苦悶呀！」實則對於這群人來說，無論身在何處，生活都是苦悶的。

此時，一位船夫以日語說道：他在十二年前日本人統治的時代逃離了極權統治，遠渡海外，等待著有一天能重回故鄉，與妻子團聚，共享安和樂利的生活。而今政權轉換，他終於能夠回來，心中那一點幸福的燭火也緩緩燃起。「找到太太以後，一定會快樂地度過這殘餘的年月的。」主角祝福他。

這時，刑警出現，表示撈捕到一具投河自盡的女屍，要大家快離開。大夥央求掀開覆蓋死者的蓆子，讓他們為死者禱告。蓆子掀開的那一刻，說日語的船夫驟然暈了過去，原來，這具女屍正是他日夜尋覓的妻子。那道微弱的愛之燭火，也在黑夜中瞬間被水波淹沒。

安平古堡

臺南市安平區國勝路 82 號

08：30～17：30

安平古堡的前身是荷蘭人在臺江內海外側的一鯤鯓所興建的要塞，而後荷人在此地進一步建起了大型的堡壘，初名「奧倫治城」，後改名為「熱蘭遮城」，當時城堡是用糯米汁、糖漿、砂土與牡蠣殼粉調製而成，共分三層，最下層作為倉庫及彈藥庫，地上有兩層，四個角落築有稜堡，裝置有大砲。現在僅殘存一段城牆及數處城堡殘蹟。殘存的城牆是國定一級古蹟，紅磚、蚵灰泥牆與老樹共生，城牆的歲月更甚於滄桑的樹幹，牆面上留存的鐵剪刀，也抵檔不住光陰的鏽蝕。而城堡的殘蹟除了散佈於安平古堡的區域內，得到保護外，還有一些牆段遺落在民宅、街道之間，繼續與人們的生活發生特

放慢自己的腳步，聽聽臺南運河的喃喃細語，它也一定願意為我們淘淘訴說那深蘊在天光雲影底層的心塵往事。

異的連結。

在三百多年的時光裡，這些城堡的遺蹟走過荷蘭人與鄭成功砲火的轟襲，走過被丟棄荒廢的日子，走過被拆除遷移的苦難，在嶄新的時代裡屹立著，兀自忍受陽光與風雨的剝蝕。

葉石濤的小說〈復讎〉帶我們回到十七世紀的荷據時代。年輕的農夫在陽光普照的十月農田裡辛苦工作，腦海中想像著回家時，心愛的妻子將會在前院的石階上迎接他的畫面。傍晚，夕陽染紅了遙遠的熱蘭遮城，農夫回到家時，妻子並沒有出來迎接，一地散亂的情景令他心生不安。最後，他在牛欄裡發現衣衫不整、滿頭亂髮的妻子倒臥糧草間，她已經被荷蘭的收稅官姦汙了。那晚，是個月圓之夜，農夫手持斧頭，來到了熱蘭遮城市的酒廠，看到荷蘭士兵與官吏正得意的飲酒作樂。農夫以斧頭砍殺了毫不把漢人放在眼裡的收稅官，隨即遭到槍枝掃射，倒臥地面。

在農夫矇矓的眼中，這時又走過莞爾的微笑的年輕的妻子的姿容，沐浴在輝煌的陽光下合著雲雀的歌唱而忙於耕作的同志們的幻影。那些影子非常鮮明又那麼幸福，農夫的彫像似地慘白的臉微微地浮出滿足的笑影而立刻斷息。（〈復讎〉）

一六五二年的中秋夜，便發生了郭懷一的反抗事件。葉石濤的筆下，刻劃了臺灣人不甘屈服暴政的正義之心。夕陽西下，在安平古堡光影交錯的殘牆之下，人們仰望牆頂搖曳的枝葉，憑弔著臺灣的斑斑史跡。

蔡家米糕

臺臺南市中西區民族路二段 230 號

09：00 ～ 02：00

在小說〈紅鞋子〉裡，簡阿淘從學校走回萬福庵的家中時，突然感到極度飢餓，全身快要癱軟在地。這時，他的腦海中浮現的是石鐘臼的米糕。

> 把手伸進褲袋搜了搜，喜出望外地找到五張一塊錢紙幣，我決心在米街邊的點心攤聚落石鐘臼，吃一碗府城頂有名的米糕了。那米糕香噴噴的肉臊，鬆而香的魚鬆落進肚子裡的時候，我顧不得失儀，吁了一口長長滿足的嘆息。其實只一碗是解決不了我的飢餓感的。起碼我可以吃得下十多碗，另外加幾碗魚丸湯。（〈紅鞋子〉）

「石鐘臼」一般稱作「石精臼」，但正確的寫法應是「石舂臼」。當年在石舂臼賣米糕的店家，如今僅剩蔡家米糕還在繼續飄送著熱騰騰的糯米香。蔡家米糕創業於一九二六年，創辦人蔡戊己先在西門圓環擺，而後才搬到石舂臼。

現在的蔡家米糕仍像葉石濤所描述的那樣，在糯米飯上澆淋肉臊，鋪上魚鬆，此外還會加上香菜與醃小黃瓜提味。糯米必須浸泡一整夜，然後以大鍋蒸熟。蒸籠內必須鋪上一層紗布，吸收多餘的蒸氣和水分，米糕才不會過於潮濕。肉臊是用切丁豬頭皮、豬頸肉，爆炒後再以中藥滷製。滷鍋傳承數十年，濃縮了長年的精華。而魚鬆也是選用新鮮旗魚自家烘炒，過程費時又費心神，但老闆仍堅持自製，不叫現貨，以掌控品質。

掀開蒸籠，翻開雪白的紗布，蒸氣一湧而上，將糯米裝盛到瓷碗中，再從滷鍋中勺起肉臊細細澆淋，最後鋪滿魚鬆，夾幾片醃漬小黃瓜，灑上香菜，這從葉石濤的書本裡跳脫出來的好味道，便呈現在眼前了。

鄭成功祖廟

臺南市中西區忠義路二段 36 號

鄭成功祖廟是鄭經為奉祀父親鄭成功與母親董氏所建立的專祠。清領時期，百姓一度不敢公開祭祀鄭成功，使得廟宇遭到官吏侵佔，直到乾隆年間才由地方士紳合力贖回，重新整修。日治與民國時期皆因為道路拓寬而受到影響，多次整修後始成今貌。

現在的鄭成功祖廟是中式三進院落格局，有前殿、正殿與後殿，殿與殿之間有庭院。正殿主祀鄭成功神像，也供奉歷代鄭氏祖先神位。相傳鄭成功的母親在平戶千里濱海灘撿拾貝殼遊玩時，忽然陣痛臨盆，在一塊大石頭邊生下鄭成功。鄭成功祖廟廟方人士曾赴日本平戶市交流，獲得日方贈送平戶海濱的紀念石，用以紀念鄭成功的誕生，這塊石頭也收藏在鄭成功祖廟裡。

前庭的牆邊栽種著典雅的七弦竹，七弦竹相傳是鄭成功夫人董氏最喜愛的植物，特地從中國大陸帶來臺灣栽植。竹子淺黃的枝幹上有青色的直線紋路，像是琴弦般柔細，彷彿正彈奏著悠長的樂聲，迴繞在這古雅的庭院與廟宇之中。

鶯料理

臺南市中西區忠義路二段 84 巷 18 號

10：00 ～ 21：00

鶯料理位於臺南測候所旁，是日治時期臺南最高檔的日式料理店，由於地處市區中心，臨近各重要行政機關，因而成為當時交際應酬的著名地點。也因此夜夜笙歌、紙醉金迷的鶯料理乍看是料亭酒家，實際上是當時的「地下決策中心」。鶯料理建築皆採用日式木構造，屋頂以薰瓦為主，屋脊再以鬼瓦收頂，下層屋面是以現今幾近絕跡的石棉瓦片作斜向鋪設，特意採大面積處理的外牆則令內外空間流暢。

在二戰後，鶯料理一度成為臺南一中的宿舍，因歷經歲月滄桑而荒廢。二

臺南測候所

臺南市中西區公園路 21 號

週一至週五　08：30 ～ 17：30

○○八年鳳凰颱風的摧殘後更使得主建築倒塌，雜草叢生、頹敗不堪的景象使鶯料理差點淪為拆除的對象，幸好在文史工作者的極力搶救下得以保留。而後在二○一二年展開整修工作，並在隔年開放參觀，但現存建物已不及原本之一半了。

一走進大門，就可以看到緊鄰測候所的牆邊有棵日治時代就存在的大樹，檢視著鶯料理這些年來的一切變化。踱過低矮的石橋，乾涸的人造河彷彿象徵著鶯料理繁華的枯榮。一旁的白色鋼骨，是原本的餐廳，現今徒留地基供人想像。走進主建築，文物的展示和藝妓的剪影隱約透露了那些年月的繁忙和官人的奢華，留存的小和室是政要飲酒作樂、諮商決策的地點，當時有多少決策是在這裡完成、是如何影響臺灣土地上的生靈？一切都只能留給後人做無限的想像了。

在熙來攘往、車水馬龍的臺南街道，靜靜坐在公園路旁的臺南測候所，那獨特的外觀總令吸引著路人的目光。樸素的黃磚外牆、沉穩的黑瓦、十八角的多邊造型和那如燈塔般的煙囪管，遠遠看來活脫是瓶精巧的胡椒罐，也因而被暱稱為「胡椒管」。

德記洋行、安平樹屋

臺南市安平區古堡街 108 號

08：30 ～ 17：30

一八九八年，日本人為了觀測氣候，選在臺北、臺中、臺南三地建立測候所，時至今日，僅剩臺南一處。測候所的建築本體，以中央圓塔最為顯眼，高約二層樓，是當時風力計擺放的位置。其餘部分則為單層，而自中央伸出屋頂搭於外牆，上鋪屋瓦呈十八等分之放射狀，也是其特色之一。屋簷則以木質托架出簷承接屋面。

現今的測候所，已不再具有量測氣象的實質用途，而轉為博物館陳列舊時的風向測速儀、雨量計以及維妙維肖的千分之一測候所模型，並開放給民眾參觀。一旁新建的南區氣象中心也會辦理導覽活動，帶領民眾認識大氣的奧妙。

…

德記洋行在西元一八六七年設立於安平，與怡記洋行、和記洋行、德國的東興洋行及美國的唻記洋行並列為臺灣的五大洋行。

一八五八年，清朝與英、法、俄、美等國簽訂天津條約，將安平、淡水列為通商口岸後，德記洋行便派員前來臺灣設立經營據點。設置在安平的德記洋行是一棟白色的歐式建築，連綿的拱圈劃出了優雅的曲線，拱圈前的欄杆則採用中式的綠釉瓶飾，妝點出異國風味。

日治時期，總督府透過壟斷市場的專賣制度，和日商聯手排擠其他外商，致使洋行紛紛關閉，德記洋行受到了波及。一九一一年，安平德記洋行結束營業，日人將它改設為「鹽業會社」。二戰後則改為「臺南鹽場辦公廳舍」，一九七九年時規劃為「臺灣開拓史料蠟像館」，隔年整修完成對外開放參觀。蠟像館中展示著栩栩如生的蠟像，呈現臺灣各個時代的發展軌跡和歷史紀錄，也勾勒著漢人、原住民、西方人不同的生活型態。

位於洋行隔壁的安平樹屋，原為德記洋行的倉庫，洋行賣給日本鹽業株式會社後，成了堆放鹽包的倉庫，後因久未使用而荒廢，為榕樹所攀生，形成樹與屋融為一體的樣貌。在建築師劉國滄的巧思設計下，保留了樹與屋共生共存的情景，添加了光與影的變幻，再以黑色棧道引進人這個元素，形成人文與自然交相輝映的地景藝術。

• • •

每天早上，鴨母寮像個大家都熟知的菜市場，擠滿張羅一家日常所需、採買生鮮的婆婆媽媽。但隨著日頭緩緩升到正中天，飢腸轆轆的人們也循著誘人香氣進到鴨母寮尋覓可口的佳餚。而鴨母寮也是葉石濤在寶國民學校任教時的活動範圍。在那個時候，番薯簽市、鴨母寮、米街都是相當熱鬧的通路。在葉石濤的小說〈巧克力與玫瑰花〉便提到：

> 由於寶國民學校位於「大銃街」，自然我的活動範圍也就跟「番薯簽市」、「鴨母寮」、「米街」、「普濟殿」、「寶美樓」、「大舞臺」發生關係了。

鴨母寮市場裡，垃圾麵、雞肉飯、煙燻滷味……，無不令人垂涎。而聞名全國的松村燻之味便發源於此。

松村燻之味

臺南市成功路光復市場內

08：00 ～ 12：00

松村的第一代老闆是劉松村、蘇富子夫婦，原本是市場內一家現宰雞鴨的小攤，在蘇富子的創意下，將原本不受歡迎的鴨翅、鴨腳做成滷味，推出販售，一開始銷路普通。後來，蘇富子嚐到了美味的糖燻食品，於是將糖燻的做法用在自家滷味上，從此大受歡迎。

現在松村燻之味更研發出了雞腿、翅小腿、鴨腱、鴨心、鴨舌頭、豆皮、百頁豆腐、杏鮑菇等數十項產品。雖然另有大同、赤崁和臺中等三家門市，但許多人還是喜歡來到鴨母寮的老攤上購買。在這裡，你還可以看到其餘門市沒有的燻全雞、燻全鴨，在菜市場特有的昏黃燈光下，更顯得古樸而誘人。

新美街口愛玉攤

臺新美街與民族路交叉口

愛玉是臺灣特有的植物，它的雌果具有豐富的果膠及果膠酯酶，曬乾後加水搓洗，製成愛玉凍，就是酷夏的消暑聖品。

這輛黑色的攤車位在新美街與民族路的交叉口，沒有招牌，沒有店面，攤車上一塊大大的愛玉就是最好的招牌。這裡的愛玉不是用化學合成物製成，而是純手工以愛玉子搓洗出來的，色澤晶瑩剔透，在陽光下折射著各種色彩，宛如寶石般繽紛璀璨。點上一碗，阿伯便會俐落地以刀子切下愛玉一角，再切成細塊，淋上蔗糖熬煮的糖水，灑上碎冰，就是臺灣特有的清涼甜品。攤子裡還有賣仙草凍及杏仁凍，三色合一，消暑外更加賞心悅目。冬天的時候，小攤則改賣現炸的白糖粿。在這個充斥著各種化工食品的時代，回到最單純的古早味，也能找到小幸福。

提到臺灣代表性的小吃，絕對少不了蚵仔煎。而在美食之都臺南，蚵仔煎更是百家爭鳴，各領風騷。芙蓉食堂的蚵仔煎將原本食之無味棄之可惜的太白粉漿，煎成鍋貼冰花般酥脆的口感，堪稱一絕。

芙蓉食堂位在安平運河路上。站在店門口向外眺望，是簡約時尚的金城里

芙蓉食堂

臺南市安平區運河路 51 號

10：00～20：00

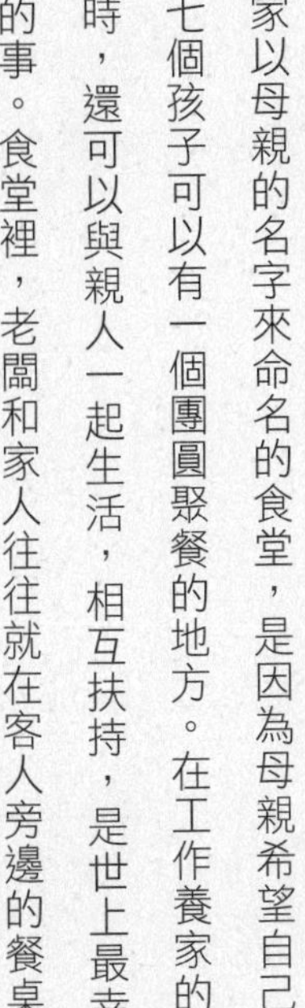

活動中心；再過去，便是漁船停泊的安平碼頭。淡淡的海水味自遠方輕輕傳送。

老闆娘陳小姐原本擔任牙醫助理，之所以改行開設這家以母親的名字來命名的食堂，是因為母親希望自己的七個孩子可以有一個團圓聚餐的地方。在工作養家的同時，還可以與親人一起生活，相互扶持，是世上最幸福的事。食堂裡，老闆和家人往往就在客人旁邊的餐桌上一起用餐。看著老闆桌上的菜餚，跟客人享用的沒什麼兩樣，不禁感受到濃濃的家常氣息和溫暖的人情味。

店裡新鮮的海產，都是老闆娘的兄弟親自捕獲。老闆會利用當日捕獲的海產創作菜單上沒有的即興料理，有時是肉質飽滿的炒螃蟹，有時是清新的味噌魚湯，有時是甜美的沙西米，有時是肥嫩的鮮魚酥。

招牌的蚵仔煎，使用的蚵仔大顆飽滿。老闆仔細控制火候，把粉漿煎出焦焦脆脆的口感；像蝦餅一般的脆片，完全不同於一般黏糊的粉團。搭配厚實的蛋層、蔬菜的野味，再淋上特製的酸甜醬汁，融合了傳統的口味與創意的巧思。

許達然

堅持藝術良知和社會意識

在書與寫構築的世界

文字：陳紹銘、王貞元、陳彥年／攝影：黃彥霖、王貞元、陳彥年、陳紹銘／繪圖：郭哲毓、陳逸婷、駱佳駿

・許達然小傳・

許達然（一九四〇～　），本名許文雄，幼年時在臺南鄉下成長，後隨家人遷居至府城，老家在今天的中正路上。小學就讀進學國小，初中讀臺南一中初中部，高中則是長榮中學高中部。東海大學畢業後赴美留學，取得哈佛大學碩士學位和芝加哥大學博士學位，曾任教於美國西北大學。

小時候他就特別愛看書，常常來到臺南忠烈祠的大樹下閱讀。美國新聞處及臺南市圖書館，也是他時常借書的場所。文學之外，他也十分愛好音樂，在就讀東海大學歷史系的時候，涉獵了許多音樂作品，最愛的作曲家是貝多芬。

許達然同時也是一位歷史學家，覺得歷史包羅萬象。他從西洋史、中國史到臺灣史都有涉獵，也因為對西洋史的研究，學習了一點法文、德文。他覺得語言是一種象徵，盡可能讓它的含義多一點。在寫作用字時，不敢說自己用字嚴謹，但至少覺得「不必說的話就不說」。

對臺灣的感情，或許在許達然很小的時候就萌芽了，不論是對人對事或是對這塊土地。許達然對

寫作有自己的看法，他覺得一定想要表達什麼才寫，這個思考過程應該是痛苦的。而寫作時除了堅持藝術性外，也要有良知和社會意識。許達然所寫的，是對土地的關懷，是臺灣歷史的縮影，也是對人類哲思的精煉。他寫散文也寫詩，代表作有《含淚的微笑》、《土》、《遠方》、《水邊》、《同情的理解》等。

延伸閱讀暨參考書目

・《懷念的風景》，許達然（一九九七），臺南市：臺南市立文化中心。
・《素描許達然：許達然散文集》，許達然（二〇〇一），臺北縣：新新聞。
・《許達然散文精選集》，許達然著，應鳳凰編（二〇一一），臺北市：前衛出版社。

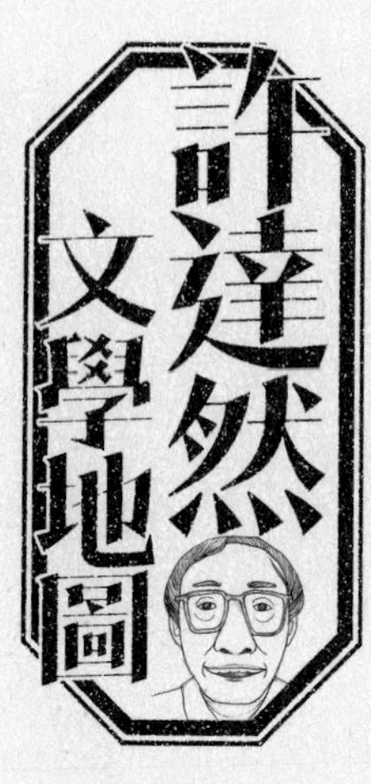

許達然文學地圖

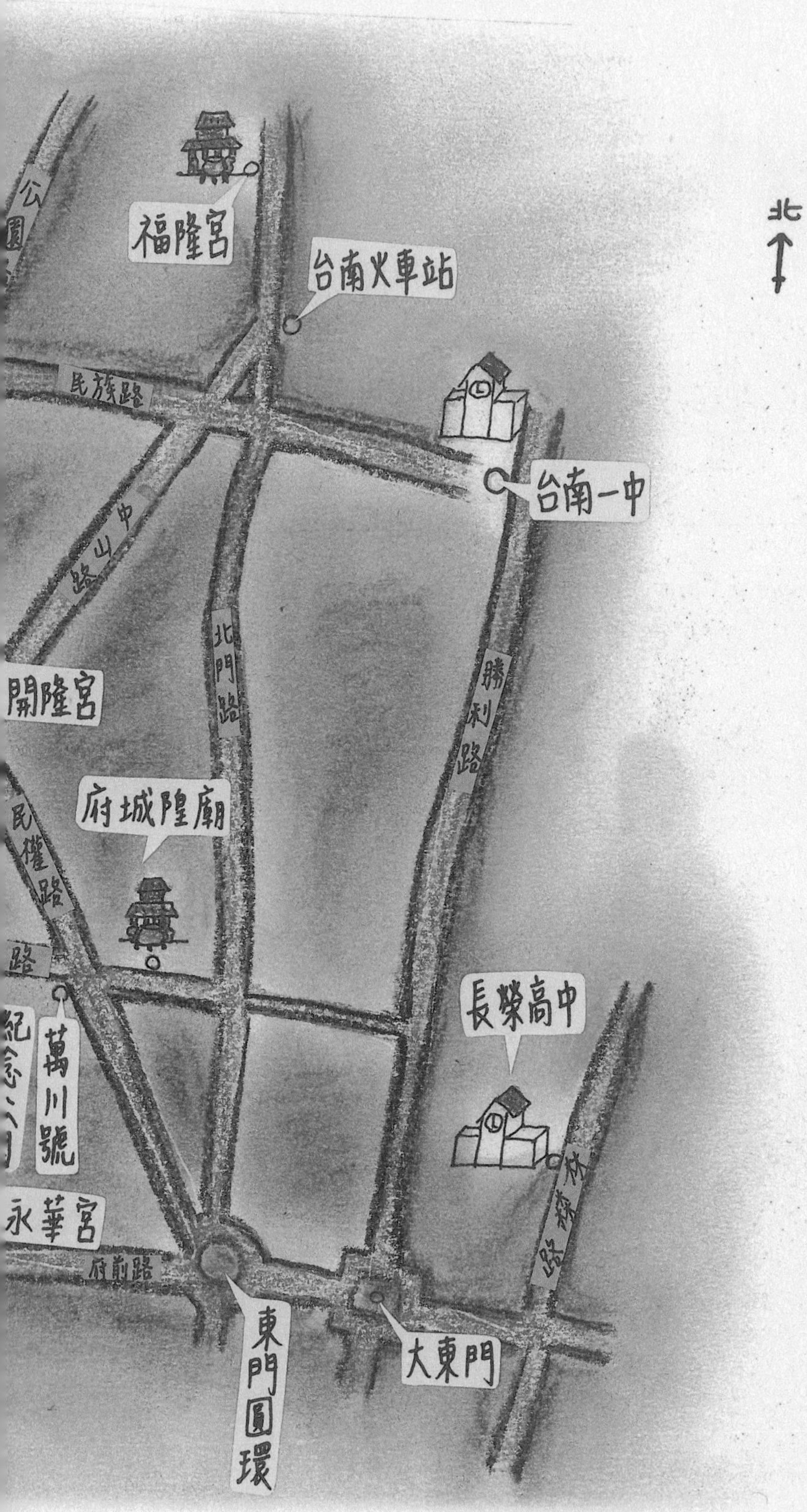
北
福隆宮
台南火車站
民族路
中山路
台南一中
開隆宮
北門路
勝利路
府城隍廟
民權路
長榮高中
萬川號
永華宮
府前路
東門圓環
大東門
林森路

廣安宮
艾摩多
赤崁樓
石精臼
水仙宮
富盛號
祀典武廟
大天后宮
武廟肉圓
府城花生糖
馬使爺廳
神農街
三兄弟鮮魚湯
和平街
看西街教會
大井頭
公會
海安路
西門路
忠義路
永福路
正興街
國華街
度小月
土地銀行
中正路
樣仔林公園
雙全紅茶
孔廟
總趕宮
愛國婦人館
泉記狀元粿
莉莉水果冰
南門路
南寧街
進學國小

鑽進小巷小弄邂逅另一片天空

清晨五點，屬於這條路的繁華外衣還沒披上，曾經是府城最熱鬧的商業中心：中正路，除了有濃粧豔抹的面貌外，也有淡粧輕點的時刻；而在許達然眼裡，它還有素顏質樸的一面。

很小的時候，許達然就跟著父母從鄉下農村搬到這裡。從最樸素的地方走到最繁華的鬧區，他的身上還帶著泥土的痕跡，還有著青草的味道，抖落不去，甚至在這一生之中都不曾抹消。

對於土，掉落臍帶的我們是斷不了奶的孩子。（〈土〉）

走在騎樓間，一旁商店還沒開始營業，拉下了灰黑的鐵捲門，一格一格切割著人們的記憶。臺灣人把騎樓叫作亭仔腳，對於許達然而言，這是一個詩意的名字，也是一個寫實的稱號。在他眼中，這裡不是做生意賺錢的地方，而是小孩與大人遊戲與生存的空間。連接成行的亭仔腳，為人們的天空搭起了蓋子，掩覆著人世的苦難。

亭仔腳象徵開拓者一齊伸出的手臂，共同豎起的懷念。當邊疆不再荒蕪，露天的路通往鄉村，蓋天的亭迴繞街市，白天給人們趕，午夜給羅漢腳睡；連風與蚊子也來歇歇，而且還未黎明就把無家的人叮醒起來掃街路了。（〈亭仔腳〉）

這就是許達然的視角，既寫實也浪漫，或許就像他自己說的：「有十七世紀的樸素，十八世紀的實用，十九世紀的浪漫和二十世紀的舒適。」

《論語》教我們行不由徑，但是在許達然眼中，來到府城就該走小路，鑽進小巷小弄裡，將會邂逅另一片天空。於是連接地圖上兩點之間最美麗的距離，不是最寬闊的那條筆直大道，而是隱約模糊的彎曲巷弄。眼前或許是一條導航儀器中辨識不出的小路，但請不要遲疑，拋開你陳腐的行前規

濃粧豔抹的中正路。

畫，放膽地走進去。紅磚、泥牆、老屋、舊店、古廟，隨處擺置的盆栽、嬉戲的小孩、拄杖佝僂的老人，搭建成了縱橫交錯的迷宮。在人生的地圖上，從童稚到成年之間最佳的路徑，或許也就是一組迷宮。可能會感到小巷太窄，兩旁的圍牆逼仄，前方的歧路令人茫然；其實，不用擔心，亦毋須驚恐，生命會帶我們找到出口。

巷像狹隘人間，一橫無計劃的秩序，一列親切的簡陋。簡陋裡不少人生長，勞碌，死後才被抬出；簡陋裡展開了我的童稚世界。（〈想巷〉）

走出了小巷，來到忠義路，眼前是一片廣大的綠地。這裡是樣仔林公園，地底下則是公十一停車場。許久以前，這裡還是忠烈祠，門口有巍峨的石坊，是從原來的臺南神社鳥居改造而來，寫著「浩氣千秋」四個大字。年少的許達然會帶著書本來到這裡，先向老兵買份燒餅，再坐到大樹下讀書，度過幽靜的晨間時光，也韜養著自身的內涵。現今的公園裡有著題名為「牆」的一系列公共藝術，由砲臺史蹟、后澤古今、赤崁御龜、科技新象所組成，展演著府城歷史的變遷軌跡。

過往的忠烈祠已拆除，後來興建的體育館也不見蹤影。不久之後，此地也將不再是樣仔林公園，而會聳立著臺南市立美術館的全新建築。這座公園的身世，就是歷史的縮影。有時它會變得斑駁，有時會轉換新姿；物故而新，生而後死，這是歷史的流動，也似乎是冥冥中一種無可抗拒的宿命。不過，就算命中注定要周而復始的推動那塊薛西佛斯的巨石，我們也要在那宿命的坡道上展現屬於自己的、獨一無二的姿勢。

跨過公園，走向永福路，你可以在路的對面買一份許達然愛吃的狀元糕，接著繼續這段文學的旅程，伴隨著巨石滾動的隆隆聲。來到民權路口，路旁不起眼的角落樹立著一座小小的石碑，刻寫著「府城史蹟大井頭」幾個字。石碑所指的史蹟，被一扇鐵蓋密封了起來，默默的橫躺在大馬路上。車來車往，行人走踏，一無所知的從它身上壓輾而過。

然而，此處卻是許達然眼中「臺灣史最值得紀念的象徵」。數百年前，這口井的一邊是渡口，另一邊是市街。遙望遠方飛帆點點，眼前一片壯闊的海洋鋪展開來，海面上反射著晶亮的日光，滿載貨物的船隻來來往往，交織一片錦繡綺紈；而市街上人聲鼎沸，商店林立，做粗活的苦力、穿著光鮮的富商巨賈、採買的百姓，將赤崁塗抹上瑰麗的色彩。

而今，我們登上赤崁樓，已看不見飄搖的船影，聽不見海潮的聲音。於是，寂寞的旅人望向遠方，在道路的盡頭試圖尋找天邊那抹雲彩殘留的蹤影。

曾經，我們所佇立的這塊土地，也是別人眼中的遠方。

茫茫大海，浩瀚似無岸。那遠方的神秘，誘惑了靠海的民族。（〈遠方〉）

如今，那民族靠了岸，下了錨，抵達了所謂的遠方。在船帆一步步駛近的同時，遠方也正一點一滴地隱沒。

樣仔林公園

臺南市中西區忠義路二段一號

從三分之一黑醒來時，天還暗。我飲了昨夜喝不下的涼水後，走過掃路的走過擔菜的走過運糞的走過送牛奶的走過分報紙的走過賣杏仁茶的，走到臺南忠烈祠看書；也看老人踱步，默坐，打拳，或自語。（〈三分之二〉）

每到假日清晨，約莫五、六點的時候，天才三分之二亮，年少的許達然就會騎著腳踏車來到臺南忠烈祠。一路上，他會看到跟他一樣早起的人自身旁走過。當老天還在三分之一昏睡時，辛苦的百姓已經全然醒來，為著生活奔忙。

來到忠烈祠向門口一個退伍的河南軍人買份燒餅當早餐。看到那年邁的老兵身影，許達然心裡想

再過幾年，檨仔林公園將會再度改頭換面，變成臺南市立美術館。

著：「他們當兵，之後流落到臺灣，人世間的遭遇令人感嘆。」

吃完早餐後，他會坐在樹下，看看書，翻翻字典，背背英文單字，也看看周遭的人們。有回，他看到一個老伯正自言自語。

「阿伯，你唸什麼？」

「真多。」回答是他的不回答。

「你少年郎在讀啥？知識都不完全，你沒真正看到，讀了就不一定相信；你沒真正做到，相信了有啥路用？」

我傻笑。不回答是我的回答。（〈三分之二〉）

這個世界要我們去領略的，似乎不是三言二語可以說得盡的。許久之後，許達然重又回到此地，忠烈祠已經不在了。

沿著笑聲和餅舖香味走入永福路，路上應該是忠烈祠的。從前暑假我每天黎明都去樹下看書。樹已砍除，因為忠烈不再比繁華流行了。英烈雖不怕吵，政客卻強迫他們搬到郊外，寂靜聽新栽苦楝的啁啾，鳥也不再飛來，因為這裡已改成永遠粗俗的體育館了。（〈臺南街巷〉）

許達然年少讀書的臺南市忠烈祠，位在檨仔林（芒果林），日治時期，這裡曾是「北白川宮能久親王御遺跡所」，一九二〇年改建為臺南神社，二次大戰後才改為忠烈祠。而後忠烈祠遷至南區的健康路，此地改建為市立體育館，一九九一年再改建為公十一號地下停車場與藝術公園。再過幾年，這裡將會再度改頭換面，變成臺南市立美術館。

走過檨仔林公園，牆上的公共藝術總是吸引著人們的目光，從代表府城光榮歷史的赤崁樓贔屭、沈葆禎所蓋的億載金城、安平小砲臺，一直到代表現在的不鏽鋼鏡面，都在訴說著一頁頁臺南的歷史變遷，隨著時光列車的推進，從古老的府城走入現代的城市。

中正路

過去很長一段時間裡，中正路是臺南最繁華的商業中心。許達然小學的時候，全家就從鄉下搬到此地定居。父親許攸華是個商人，早先以牛車載著爐灶到臺南擺地攤，搬到中正路後做起了鋁具、五金的批發商。父親是個勤奮的人，每天工作超過十二個小時，開著貨車到南臺灣各地為客戶送貨。母

街道在變，城市在變，時代也在變。

親何富則是賢慧的家庭主婦，有時也會協助家中的生意。父母親忙碌的時候，身為長子的許達然便要分擔照顧弟妹的工作。許達然曾在作文裡如此描繪自己的雙親：

> 爸是個商人，他是個幽默而和藹的人；媽是個好主婦，沒有一個鄰居不稱道她底和善的，不過她對我們管教很嚴。我們這些孩子全在求學，我們知道讀書是最快樂的事，我想我們是世界上最幸福的人，透過爸媽對我們的愛，我領略出了造物者的愛的偉大。（〈含淚的微笑〉）

讀大學的時候，許達然的老家發生大火，屋舍、家俱盡付一炬，家人也只能暫時借住在舅父家中，而他的作品手稿、中學時的日記以及多年來收藏的圖書也被大火吞噬。

物換星移，中正路的面貌也幾經更迭，卻似乎越變越醜陋，令許達然不禁嘆息。

沿著中正路，從前的戲院已改成百貨公司和銀行。走到底，運河口不見了，填上又髒又亂的中國城，連標語「髒亂就是落伍，整潔才合衛生」也是髒的。我受不了，很快就走出。（〈家在臺南〉）

街道在變，城市在變，時代也在變。從鄉下農村搬到臺南最繁華的地區，見證了光陰的軌跡，許達然有些感觸。

而今的中正路已規劃為形象商圈，中國城也即將拆除，鄰近的海安路成為公共藝術的匯集地，與許達然筆下的面貌又有了些差異。不管世界的面貌如何改變，在這片陽光照耀的土地上，總會存留著美麗的人心。

愛國婦人館

臺南市中西區府前路一段197號
09：00～17：00
除夕固定休館

看到太陽出來干擾我才到忠烈祠後門郵局旁買幾個狀元糕，彎去府前路美國新聞處。在那裡反而不覺得與世隔絕。不知附近哪家打鐵，都送來鏗鏘響聲，午後即使有睡意也被打消了。

從美國新聞處出來，我彎進歷史的街巷。臺灣漢人的歷史在臺南開始，我就在大街小巷晃來晃去，到美廟看東看西。覺得臺南真美妙，充滿民間情調。（《懷念的風景．自序》）

年少的許達然喜歡在假日清晨到忠烈祠的樹下讀書，直到日上三竿後才騎著腳踏車離開，從永福路轉進府前路，來到美國新聞處。當時這裡設有圖書館，想必是嗜書的許達然流連忘返之處。二樓的小禮堂也常有電影播放與藝文活動，是補充心靈能量的好去處。

許達然所稱的美國新聞處，在日治時期是日本愛國婦人會在臺灣臺南的支部。戰後由紅十字會接管，前棟建築在初期曾做為中國國民黨臺南市黨部，一九四八年租給美國新聞處使用，直到中美斷交後才撤離。二〇〇一年改為臺南市立美術圖書館，二〇一二年重新整修後成為文創中心。

愛國婦人館融合了日式傳統文化瓦、洗石子、細紋面磚與檜木，木石共構，兼有剛毅與柔美。

愛國婦人館的建築採和洋混合的風格，為了呼應使用的單位婦人會，因而有許多柔性的設計。建材融合了日式傳統文化瓦、洗石子、細紋面磚與檜木，木石共構，兼有剛毅與柔美；另設有外廊與庭園，與陽光、自然親近，光影錯落，優雅而沉靜。

進學國小

臺南市中西區南寧街47號

進學國小的前身是設立於一九一九年的臺南第三公學校，初成立時還借用了海東書院的校舍。一九二八年改名為末廣公學校，一九二九年遷至現在的位址，並興建新校舍。一九四一年改制為末廣國民學校，二次大戰期間，校舍遭到軍機轟炸而全毀，戰後重建並改制為進學國民小學。校園中庭的椰子樹幹上，還可以看見戰爭時期留下來的彈孔，令人感佩昔人興學的艱辛。

許達然在一九四七年進入進學國小就讀。這時的他沉靜寡言，沒什麼朋友，最喜歡做的事就是讀書，時常往圖書館跑。小學時最令他懷念的老師是鄧正宗老師。他是一位虔誠的基督徒，每星期有二、三天，老師都把他找去家中一起念書，對他非常好。

在〈訪〉這篇文章裡，許達然描述自己成年後前往開山路尋訪昔日小學同學的情景。轉進小小的巷子裡，找到了友人住家，一個國中女生前來應門：「爸，有人找你！」接著老同學走了出來，許達然還能喊出他的小名，讓他驚喜萬分。時光飛逝，老同學的父母已然過世，大姐嫁給軍人，前往天津，國共內戰時成了寡婦，又再嫁，現在已經是祖母了。時間讓他們改變了許多，沒有改變的是兩人共同

許達然就讀進學國小時沉靜寡言，最喜歡做的事就是讀書。

擁有的過去。

共同的過去依稀是小學的年紀，如豆花，又白又軟，很可愛，但捧不住，放在手上會溶散，吃後卻說不出什麼味道。（〈訪〉）

回憶起小學的時光，許達然感慨地說：「往事如陀螺已被時間轉昏，不願拾起，只好沉默。」

臺南一中

臺南市東區民族路一段一號

小學畢業後，許達然進入臺南一中初中部就讀，受到張芳廷老師的關照，給他許多鼓勵，讓他對寫作也慢慢地展現熱情。

小時候曾罹患中耳炎的許達然，自覺聽力不佳，加上近視達八百五十度，更加深了與外界隔閡的意識。年輕時的許達然十分害羞，畏懼與人群親近，連坐公車時都害怕那種身處陌生面孔叢林的感覺。只有在書籍與寫作所構築的世界裡，才能像大海裡的魚兒一般優游自在。他喜歡讀王雲五編的萬有文庫、世界名著，以及世界偉人傳記等。他在耳聾的貝多芬身上，找到了生命的典範。

求學過程中，許達然除了學到堅毅、勤奮之外，也學到了簡樸、自然。他不喜歡浮華，不喜歡虛有其表，從制服中也可看出他的領悟：

> 這是個以怪異為美的時代。我覺得浮華只能給人一種空虛的快感，從小學，中學到大學，穿的都是卡其衣褲。有一次一位親戚送我一件名貴的香港衫，但我一直不敢穿，後來就給父親穿了。好幾次，父母要我做幾套西裝，我說何不把那些錢給我買書，父母就不再提了。（〈自畫像〉）

臺南一中創立於一九二二年，最初是「臺南州立臺南第二中學校」，創校時原本借用竹園尋常小學校的校舍，一九二八年新建的學校落成，一九三一年講堂也完工啟用。

這兩棟建築已列為市定古蹟，但至今都還屹立在校園裡。臺南一中的小禮堂原稱講堂，是仿羅馬式的建築，整體格局簡單而大方，屋身是一個附有舞臺的長方形大集會所，南面則是迴廊，有連綿的拱圈引進戶外燦爛的日光。

臺南一中小禮堂原稱講堂，是仿羅馬式的建築。（攝影：黃彥霖）

長榮高中

臺南市東區林森路二段 79 號

長榮中學是臺灣第一所中學，創立於一八八五年，音樂館和校牧室已被列為古蹟，全校大部分建築物皆以古典歐式風格建成，古色古香，富有人文氣息。

許達然在就讀長榮高中的時候開始慢慢地寫文章投稿，高一時，應徵《新新文藝》徵文，寫作了一篇以「貝多芬」為題的散文，得了首獎。在中學時代，他持續不斷地看書，奠下了文學寫作的基礎，散文與詩篇也開始自他敏銳的筆尖流洩而出。

在那裡，我像其他年輕人一樣，愛編織幻想；愛偃臥在草地上，凝望你的天空那和我一樣孤獨的雲翳，低吟著自寫的詩句。（〈在春天．我從古城來〉）

而在長榮中學時期，許達然留下了詩篇〈致懶惰〉，向生命的蠹蟲宣戰：

那被你征服的過往是逝去的噩夢，
如今，我已醒了，
懺悔的淚水已洗滌我惺忪的睡眼，
我已緊握，緊握著我的心之舵，

長榮中學的音樂館和校牧室已被列為古蹟，全校大部分建築物皆以古典歐式風格建成。

向「過去」永遠告別，

向「未來」欣然赴約。

長榮高中內有許多日治時期所留下的建築，最著名的首推音樂館，造型為紅磚拱圈形式，從正前方看，中間的部分凹凸有致，再由兩側的衛塔烘托，整體十分精緻。如果細看的話會覺得兩層的風格略有不同，這是因為當初在建造音樂館時，有兩位師傅爭做工程，校方於是決定讓雙方試蓋別的建築來決定誰可以負責工程，沒想到還是無法分出勝負，於是只好讓一、二樓分別給兩位師傅施工，才會有這個結果。

總趕宮

臺南市中西區中正路 131 巷 13 號

從我家向東走三分鐘就碰到總趕宮，傳說是祭永曆年間鄭成功部將倪總管保佑航海而建的。廟前

許達然小時候家住中正路，從這條繁華熱鬧的商業大道轉個小彎，就會發現總趕宮。

榕樹幹已枯，但葉仍生長著古意。古意下三個男人喝茶聊天，聊了很久天都無動靜，他們笑了。（〈臺南街巷〉）

臺南的街巷總是別有洞天。許達然小時候家住中正路，從這條繁華熱鬧的商業大道轉個小彎，就會發現總趕宮。

廟中主要祭祀的神祇為軍艦守護神倪聖公，護衛著外海來臺的人。全臺灣只有這座廟宇主祀倪聖公。廟宇的原名是「聖公廟」或「聖公宮」，後來改稱「總管宮」，並逐漸訛傳成「總趕宮」，延用至今。

總趕宮如同廟前的榕樹一樣，儘管時光飛逝，但枝葉仍存在著古意，在繁華過後，不隨著潮流變化，秉持著自己最淳樸的精神，在這塊土地上生活著。

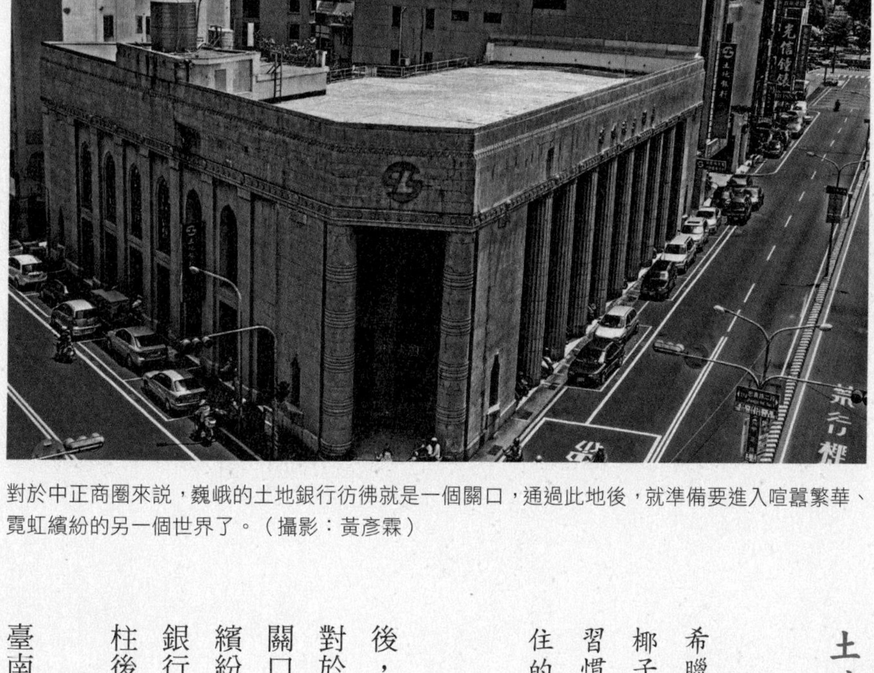

對於中正商圈來說，巍峨的土地銀行彷彿就是一個關口，通過此地後，就準備要進入喧囂繁華、霓虹繽紛的另一個世界了。（攝影：黃彥霖）

土地銀行臺南分行

臺南市中西區中正路28號

穿過民生綠園，走入中正路燈就較亮了。過了希臘羅馬式建築的土地銀行，兩旁商店相連，店前椰子樹陪我回家。家在鬧區，再喧聒都已習慣了。習慣晚間看完書後守在窗口，看逛街的人群，守不住的時間隨人群走過。（〈家在臺南〉）

沿著中正路往中國城的方向走，經過土地銀行後，商店開始密集了起來，人潮、車潮也逐漸增多。對於中正商圈來說，巍峨的土地銀行彷彿就是一個關口，通過此地後，就準備要進入喧囂繁華、霓虹繽紛的另一個世界。對於年少的許達然來說，土地銀行又彷彿是家的標誌。看到土地銀行那顯眼的廊柱後，家就在不遠處了。

臺灣土地銀行臺南分行的前身是日本勸業銀行臺南支店，位於中正路與忠義路交叉口。土灰色的牆面，充滿希臘羅馬式的外觀，富有濃厚的歷史沉積，又夾雜著許多異國建築的特色。

建築在南向設有騎樓，採用希臘神廟般的柱廊形式，沿著街面由一根根高聳的廊柱構成。騎樓之高，有種肅穆的神情，就像進入了莊嚴的神殿一般。特別的一景是騎樓頂還有許多燕子所築的巢，臺灣人認為燕子來築巢，就是住家的風水好及財富的象徵。

南向的廊柱共有八根，柱頭有三道不同的花飾。兩端則有厚重壁體，上頭開有尖拱窗以減少其封閉和單調感。在柱子之上有平山牆，同時兼具女兒牆的功能，而在其簷口線則有菊花和萬字飾的裝飾，另外在柱頭的上方還裝飾著日本福神的臉。

柱廊的天花板成方型，上有層層階狀線條以及中央的菊花浮雕。該建物最特殊的是在八石柱與四端柱頭山牆，都有以假石構成獸（獅）面雕飾及捲曲植物紋樣做為裝飾。整體除了給人穩重與安定感之外，也帶有日治時期建築少見的中南美洲神秘感覺。銀行入口十分特別的設計隱身在廊柱後，具有濃厚的異國風情，日本人自稱這種式樣為「日本趣味加近世式」，是一棟十分特別的金融建築。

若是細心一點，你會發現這棟建築似乎並不對稱，只有臨中正路的一側有美麗的廊柱，臨忠義路的一側卻沒有。其實原本兩側都是有廊柱的。對於這樣的改變，許達然也察覺到了。

> 忠義路要擴寬，把土地銀行大理石牆壁切斷。路上看不到鳳凰木椰子樹了。樹不犯法，卻依法砍掉。前人種，後人砍，據說那是發展。（〈家在臺南〉）

自幼生活在此地的許達然，對於家鄉每一寸每一分的改變都十分敏感。生命中的一切似乎總是不斷地遭到剝奪，會不會有那麼一天，我們眼中所剩下來的，只有回憶？

臺南孔廟

臺南市中西區南門路2號
08：30～17：30

大門「全臺首學」下擺著「屋頂倒塌，請勿靠近」的牌子。從旁門進入，一片幽靜，榕樹蔭下一對老人默坐，盤根上一個年輕人看武俠小說。我穿著幽靜經過「義路」，踏入櫺星門內肅穆的寂寥。走進大成殿，孔子靈牌上面掛著清朝皇帝的匾額，無非讚揚老師偉大，仰望得我頭昏。（〈臺南街巷〉）

臺南孔廟，倡建於明鄭氏時期，是全臺第一座

遙想三百年前，孔廟氣勢磅礴的景象，不禁駐足欣賞。

孔廟。在清領時期，它除了祭祀孔子外，還是臺灣府儒學的所在地，遙想三百年前，其氣勢磅礡的景象，讓許達然不禁駐足欣賞。

而許達然見證過它被遺忘的那段時光。全臺首學底下，「屋頂倒塌，請勿靠近」八個字便使人退避三舍，只有三三兩兩的閒人遊逛至此。孔子的牌位孤寂的肅立在近乎廢墟的大殿當中，後方奉祀孔子先祖的崇聖祠屋頂也已倒塌。慎終追遠的孔老大子竟連先人祠堂也保不住，可說是無比諷刺。也難怪許達然有感而發：

> 傳統有時害死人，文化卻使人斯文。奈何專橫宣揚傳統文化的常很野蠻，孔子最怕野蠻，叫我走出文廟禮貌些。（〈臺南街巷〉）

在南門路旁，東大成坊成了孔廟最主要的出入口。在右側可看到一「下馬碑」，上頭寫著「文武官員軍民人等至此下馬」，以示對孔子的尊敬；在西側亦有一西大成坊，是另一個出入口。再往內走，又可看見兩小門「禮門」、「義路」。另外還可看到一半月型池塘，名為「泮池」，相傳在古時候中了秀才，到孔廟祭拜時可在泮池中摘水芹插在帽緣上，以示文才。

明倫堂，是古時候府學的行政中心，現內掛有一巨幅隔屏，上頭寫的是《大學》的章句，另外還存放著數只古碑；而在明倫堂前方的入德之門，則是各地學子入府學讀書時所經之門，上頭除「入德之門」，還有「聖域」、「賢關」的橫匾，意味著要進德修業得先從品德開始，優入聖域，方能出得賢關。在明倫堂後方有一文昌閣，是古時學子的信仰，其外型特殊，從下往上的三層分別為方形、圓形、八角形，可謂「天圓地方」。

大成殿內主祀孔子與配享之四聖，外觀整體為朱紅色，還有殿前的院落襯托，讓大成殿整體更顯得均衡、巍峨，大成殿內部存放著從清初至今的歷任元首賜匾。兩側的東西廡，供奉著歷代先儒、先賢的牌位；在東西廡的後方，存放著古代的禮器、樂器，十分少見，值得一看。

現在的孔廟已經過一番整修，不再是當年那副落魄的模樣。但廟前老樹生病不治，遭到移除，禮門又曾在一夜風雨中被樹壓垮。維修的承包商在進行老樹移植工程時，竟讓上噸重的吊車在沒有保護措施的情況下進出東大成門，結果車體過大，卡在「全臺首學」的招牌下，進退兩難，車身距離古蹟門竟然不到三公分。不必等到許達然寫文章來感嘆，也可以明白：文化的保存，永遠需要更多的細心與耐心。

臺灣府城隍廟

臺南市中西區青年路 133 號

去一六六九年建的府城城隍廟，從前清朝官員每逢初朔都來燒香祈求風調雨順，現在即使競選，候選人要殺雞咒誓也不來這裡了。這裡的油燈已換成電燈，把臺灣最大的算盤照得更明亮了：

「幾何代數留古今，乘法歸除定是非」

明亮的還有壁上陰間不同表情的二十四司和匾聯：

臺灣府城隍廟的「爾來了」古匾，閃著金光，散發出無形的恐懼，極具震撼力。

「問你生平，所幹何事？圖人財？害人命？姦淫人婦女？壞人倫常？摸摸心頭，悔不悔？想從前千百詭計奸謀，哪一條就非自作？」
「來我這裡，有冤必報！滅汝算！蕩汝產！殄滅爾子孫！降罰汝禍！睜開眼睛，怕不怕？看今日多少兇鋒惡焰，有幾個到此能逃？」（〈臺南街巷〉）

臺灣府城隍廟的建造年代難考，可上溯自明鄭時期，稱得上是全臺最早的城隍廟，其內雕工精美，亦富含特色。走進坐落於青年路上的府城隍廟，便感覺到與其他廟宇不同的肅殺氣氛。

進門抬頭，匾額上頭寫著三個大字「爾來了」，閃著金光，散發出無形的恐懼，極具震撼力，令人不寒而慄；再轉眼看到一只大算盤，傳說城隍爺用它來計算善惡功過，而文判官在一旁默默記錄。

在廟內的小門上，可見上方有告示牌，寫的多是像

「善慶」、「禍災」等言簡意賅的字句，勸人為善；另外還可以發現掛在牆壁上的刑具，是城隍爺用來聽案逼供的，令人怵目驚心。

府城隍廟主祀城隍爺，城隍爺公正無私，他們有任期制，所以每位城隍爺可以攜家帶眷來城隍廟任公職。城隍爺也因任職地點不同，有等級之分，在京都的城隍爺封為「承天鑒國司民昇福明靈王」，府城隍爺是「威靈公」的地位，住在州的城隍爺封為「靈佑侯」，住在縣的城隍爺封為「顯佑伯」，顯示各級城隍爺、廟也有不同的身分。

在正殿還有陪祀的文武判官和二十四司協助城隍爺辦案，在後殿另外還祭祀慈航道人，左側祀地藏王，右側註生娘娘。城隍爺為地方守護神，專管百姓陰間諸事，而地方長官掌理人間，兩者分道而治。當地若有新官上任，必先至城隍廟上香祭拜。

許達然深深為這裡的莊嚴肅穆所震懾，仔細地記下警戒人心的對聯和題辭。幾百年來，人世的是非善惡仍要清楚地辨明，無所逃於天地之間。

大東門

臺南市東區勝利路口

糧食局前，東門城牆下，「農商魚車販牛往來不許兵役勒索」刻石後，住著窮希望的人。我上下學都經過看到的。

城樓早已剝蝕，癱瘓如老翁要活仍硬撐著，看城下雜沓的窘困與斑駁的憧憬。（〈東門城下〉）

大東門又稱迎春門，是清代臺灣府城十四座城門之一，也是最大的一座，聳立在交通要道上，更顯得氣勢不凡。原大東門在清雍正三年（一七二五年）時建成，兩側拱門上的門額分別題有「東安門」和「迎春門」；在乾隆五十三年（一七八八年）時改建成兩層，周圍則有廊道圍繞。

在東南方有一個入口可進到門前的廣場，兩側有四塊石碑，上面分別刻著二十四節氣，每一個節氣都有一幅小插畫，甚是可愛。

大東門的下部是用長條型花崗石建成的基座，上部為水泥重砌之牆面，建有歇山重簷式的二層樓房建築，四面壁身為白色，樓頂覆有橘色筒瓦，白色牆壁上可見小孔，應是古時候用來防衛敵人的彈孔。二樓開有八角窗和扇型窗，在剛硬的方形線條中呈現一股柔和之美。外側所使用的三合土磚，為黏土中夾雜貝殼、磚磁碎片、石灰、蚵殼，層層壓實之後堆疊而成，內側則用泥沙填實。

在清朝時，每年在立春前一天都會在大東門外舉行迎春之禮，「迎春門」之名即來自於此。在當天，官員會率領其屬下到大東門外行三獻爵禮，再將春牛迎到官府，凡春牛所經之處，眾人爭相圍觀觸摸，十分熱鬧。迎春之禮可看出古人對農耕的重視。

許達然的〈東門城下〉，描繪的卻是另外一幅景象。早年的大東門還連接著一段未傾頹的城牆，壯闊的城門下是卑微的眾生群相。簡陋的棚屋裡，住著補鞋匠、拾荒者、木匠、打鐵師傅、清潔工、賣木炭的小販、編織竹簍維生的母女、賣小吃的攤販……他們的居所凌亂破爛，蟑螂、老鼠橫行，但貧困的他們沒有本錢拓展自己的生意，也沒有本事搬離棚屋。賣鹹粥和豬血湯的夫婦總叫六、七歲的兒子幫忙拍蒼蠅，煽火，挑水，洗碗。動作稍慢一點，便會受到父親厲聲責難。

辛苦的工作與淒涼處境使小男孩的眼眶深邃，臉頰蒼白。但希望來臨時，他的臉上仍舊沒有失去那抹淡紅的微笑。一天清晨，許達然在上學途中，遠遠看見眾人正驚惶奔走。原來是年久失修的城牆坍塌了，壓垮了棚屋，壓垮了攤子，也壓碎了這群人卑微而渺小的夢。許達然想靠近關心，卻被一把推開，但苦難者那一張又一張清晰的面容，不曾自他眼中消失。

我被推開很多年了，那些期盼的臉仍在我的心城苦笑。（〈東門城下〉）

臺南公會堂

臺南市中西區民權路二段 30 號

沿民權路去社教館聽音樂，踱到館後，豁然看見小池，池邊疊石，池上亭榭。我喜歡那原是道光年間建的吳園遺址的幽靜，假日常去胡思亂想。

（〈臺南街巷〉）

大東門是清代臺灣府城十四座城門中最大的一座，聳立在交通要道上，顯得氣勢不凡。

清道光八年或九年（一八二八年或一八二九年）時，地方士紳吳尚新買下了通事何斌的庭園，整建成了「吳園」。園內有亭臺樓閣、假山、池塘等造景，尤以仿飛來峰之景最為吸引人，是清代臺灣四大名園之一。

日治時期，吳家家道中落，吳園所在之地歸屬臺南廳所有，官方也開始進行公共建設的規劃。一九一一年，在吳園的南邊在興建了臺南公館，一九二三年改稱臺南公會堂，是當時市民重要的集會場所。西南方則建有知名的四春園旅館。一九二〇年，於西北角建置臺南圖書館，一九二二年則於北側興建了臺南市水浴場（即游泳池）。二戰後，公會堂改稱中山堂；一九五五年重新修繕後，成為臺灣省立臺南社會教育館。

對於許達然來說，這裡叫做社教館，時常舉辦音樂會。而西北角的臺南圖書館，更是他生命中不可或缺的地方。

從小學五年級就愛上市立圖書館了。都是穿木屐去的。騎腳踏車經過椰子樹排列的中正路，彎入鳳凰樹守護的公園路，一進二樓閱覽室就脫下木屐。一坐就賴到關門才離開。有時木屐不見了，只好赤腳回家。

幾次別人穿走我的，我就穿他的；隔天再去卻不一定換回自己的。中學時除了在那裡死念教科書外，也活看不少雜書。似懂非懂，混過青春，掉了不少木屐。（《懷念的風景．自序》）

位於民族路與民權路上的小徑，仍保留著數百年歷史的老牆，據說是府城最古老的一道紅磚牆。

對於許達然來說，圖書館就是他的城堡。在〈孤獨城〉這文章中，許達然提到，他以書架為支柱，以書本為磚石，搭建起了自己的孤獨城，但城裡有的並不是寂寞，而是忙碌與悠閒。他覺得自己是書海裡的一個小字母，面對永恆而微笑著。

臺南圖書館、四春園旅館和臺南市水浴場在一九七四年售與遠東百貨公司，幾經整建，成了現在的遠百公園店。而臺南社教館也在一九九四年遷至府前路，之後改稱臺南生活美學館。圖書館的拆除，一度令許達然感嘆。但公會堂經過整修之後，現在又重新矗立於民權路旁。

公會堂左側是日治時期的食堂「柳屋」，仍保有木製和風。當年的食堂現在已成為「十八卯茶屋」，「十八卯」三個字組合起來仍是「柳」字。歷史的建築、懷舊的古董家具，遊客在這裡用餐、喝茶，恍若時光倒流。

公會堂後方仍保留了「吳園」一部分的造景，

水池與庭院宛如中國山水畫中的一景，仿漳州城外飛來峰的假山造景，更是聲名遠播。位於民族路與民權路上的小徑，仍保留著數百年歷史的老牆，據說是府城最古老的一道紅磚牆。

山水造景之外，大遠百高高的樓房緊臨著，為古老的庭園帶來了幾分壓迫感。世界的面貌變化得太快，使得我們自以為牢靠的記憶不斷地崩解，幻化為美麗的謊言。究竟什麼才是真實，早已令人迷惘。

赤崁樓

臺南市中西區民族路二段212號

08：30～22：00

這座可能是臺灣最著名的古建築收藏著被誤用的歷史。最先是荷蘭人一六五三年建來管漢人的，鄭成功一六六二年趕走荷蘭人後做承天府署，他兒子改作火藥庫。滿清把鄭家趕走後，要利用卻不修建，差一點被朱一貴的人攻破了。十九世紀中葉乾脆在樓上拜觀音菩薩。日本人來後，改做軍人醫院師範學生宿舍。把日本人趕走後，在這裡設歷史館。館不管也罷，竟把不尊重的東西也放進去，把毫不相干的九個紀念一七八八年平定林爽文起義的石碑也搬來。參觀還要錢，有人生氣就把石獅偷走了。（〈臺南街巷〉）

許達然寥寥兩百字，便勾勒出赤崁樓斑駁的歷史，蘊含著史蹟的滄桑與人事的嘲諷。

十七世紀，荷蘭人侵奪澎湖失敗，轉至臺灣建立貿易據點。一六五三年在普羅民遮街北方興建普羅民遮城，做為統治中心。鄭成功驅逐荷蘭人後，將臺灣改稱「東都」，並在赤崁地方設京畿承天府，下轄天興、萬年兩縣，建立了臺灣最初的郡縣制度。普羅民遮城則改名承天府衙門，成為臺灣島上的最高行政機構。鄭成功病逝後，鄭經嗣位，一六六四年廢除「東都」的國號，改為「東寧」，承天府遭到裁撤，承天府衙門自然也沒有存在必要，於是便用來儲藏火藥。

一七二一年，朱一貴號召臺灣民眾起義，反抗清朝官員顢頇的統治，起義軍進攻赤崁樓，將鐵鑄門額拆去，鎔鑄成武器。而後滿清政府任由此城荒廢棄置，經過颱風、地震等天災的破壞，再加上人為的摧殘，高大的城堡只剩下頹圮的城牆。現在的赤崁樓中，僅有鄰近成功國小處仍保有一小塊普羅民遮城的殘蹟。

十九世紀時，人們在廢棄的城牆上陸續興建了大士殿、海神廟、蓬壺書院、文昌閣、五子祠。這裡也成了融合城牆遺蹟、民間信仰與教育機構的複合體，美其名是兼融並蓄，說難聽一點則是「四不像」。當年統治中心威風凜凜的面貌，再也不會回復了。

日治時期，日本人則將此地做為醫院和學生宿舍。一九二一年，日本人發現了普羅民遮城時期的舊堡門以及砲臺殘蹟，於是將這裡整理成歷史館。二戰後，政府重新修繕，成立了臺南市立歷史博物館。

被許達然評為「不尊重的東西」的九塊贔屭碑，是一九六〇年從大南門搬遷來，如今卻成為赤崁

看待史蹟與文物時，不能不看見它背後埋藏的鮮血、汗水與軌跡。（攝影：黃彥霖）

樓的地標。一七八八年滿清平定了臺灣林爽文的起義，乾隆皇帝將之視為自己平生的十大功蹟之一，於是把福康安將軍平定起義軍的過程刻成十塊長方形石碑，取「十全十美」之意，呼應他「十全老人」的稱號。十座石碑中，有四面以漢文撰寫、四面以滿文撰寫，另有兩面是漢滿文字並陳。當中的九座放置於南門路附近的福康安生祠，一九三五年移置於大南門甕城，一九六〇年再移到赤崁樓安置。林爽文的起義象徵漢人反抗滿清統治的氣節，充滿民族精神，連橫撰寫的《臺灣通史》中，將他視為民間英雄。這九塊石碑也就象徵著統治當局對民族氣節的摧殘與壓抑。赤崁樓的沿革，幾乎就是一段歷史對於人類的嘲弄。

或許，許達然想要提醒我們的是，千萬不要讓自己成為一個盲目無知的人。歷史是漫長而連綿不斷的歷程，在看待史蹟與文物時，不能不看見它背後埋藏的鮮血、汗水與軌跡。

祀典武廟

臺南市中西區永福路二段229號

轉了幾個彎以後，來到一六六二年建的武廟。兩根石柱撐住廟頂，廟前綁著腳踏車，大概是肉圓店的食客的，吃時請關公看顧。廟前兩根電線桿和關公作對，關公早已不憤怒，任廟內荒蕪。軒昂仍是古字：

「和而介情性無偏，不淫不移不屈，此之謂大丈夫。」

「大丈夫」下面一老頭彈古箏高山流水。他說河南老家關帝廟和臺南武廟一樣古舊，從前常去玩，

府城四大匾之一的「大丈夫」，簡單幾筆卻氣勢雄渾，質樸而不矯飾，一如關帝爺的氣概。

現在老了還不能去，走東走西又來這裡。

（〈臺南街巷〉）

祀典武廟奉祀武聖關羽，廟正面面向永福路、北倚民族路，在赤崁樓對面、左側硃色山牆矗立路旁，屋坡由前而後，依各殿的高度呈現起伏的變化。由於各殿的高度不一，飛簷斜頂的山牆，從側面看過去，起起伏伏，火紅一片，十分壯闊。

祀典武廟大門上裝設凸起的巨大門釘，代表武廟的位階。廟門用門釘而不繪門神，中門各七十二顆、側門左右各五十四顆。「九」為陽數之極，並以此倍數呈現帝王之尊貴，也是祀典武廟之地位表徵。

廟內文物豐富，除了御匾「萬世人極」之外，「文武聖人」、「至聖至神」等，均為府城名匾。而最著名的則是府城四大匾之一的「大丈夫」，簡單幾筆卻氣勢雄渾，質樸而不矯飾，一如關帝爺的氣概。

武廟裡也有月老牽紅線，許人美滿好姻緣。「西社」則奉祀文昌帝君，主管文運、官運，每逢考試季，香火鼎盛。

大井頭

臺南市中西區民權路二段30號前

那時臺南真美，一出去就碰到古蹟。走到民權路的古井，已枯了，卻流著傳說：十五世紀鄭和下西洋的太監王三保曾來這裡汲水。傳說不可信。歷史上十七世紀井邊是渡口，移民上岸後在島上發展。這井也許是臺灣史最值得紀念的象徵了。（〈家在臺南〉）

在臺江內海還存在的時代，大井頭正位在海邊，由於井水水質甘洌，成為海上航行者取用淡水的絕佳處所。大井頭外常可以看到商船停泊，蔚藍的海面上，飛帆縱橫來往。而岸上則是行商雲集，人群雜沓；入夜時，仍是燈火通明，「井亭夜市」還曾列為臺灣縣八景之一。

乾隆以後，臺江內海逐漸淤積，大井頭附近不再是港口，但市街依舊熱鬧非凡，比起往日有過之而無不及，居民來此取水者也依然眾多。

日治初期，大井頭的水仍有民眾汲取，直到一九一五年，自來水開通後，大井才逐漸步入歷史。一九六五年，為拓寬民權路而拆除了大井頭的井欄，並在井口加上了鐵蓋，成了今天的模樣。

一口古井的遺跡，井水雖然已經枯竭，但泠泠的水聲仍在我們的心底盈溢著。

雖然只是一口古井的遺跡，許達然卻看見了它所代表的歷史意義。井水雖然已經枯竭，但泠泠的水聲仍在我們的心底盈溢著。

去看古井，已蓋上鐵板，任人踐踏，任車輾過。蓋住或撤走歷史只是搗亂人民的記憶，然而歷史已成了我們自己的一部分，我們能把自己趕到哪裡呢？（〈家在臺南〉）

石精臼

臺南市中西區民族路二段，赤崁樓旁

從天后宮的小路出來就到石精臼，廣安宮前吃虱目魚湯，魚吃入肚，刺吐出，因為已是傳統，沒人認為不體統。（〈臺南街巷〉）

「石精臼」（正確應寫為「石舂臼」）是搗米去殼的器具，早期廣安宮附近有許多米廠與工人群聚，也許多商家販售礱米用的石舂臼，於是發展出了所謂的「米街」。而庶民聚集的地方，小吃也就會聚，在廣安宮前的廟埕逐漸發展出府城著名的石精臼小吃。現在，石精臼的虱目魚湯、牛肉湯、擔仔麵、碗粿、肉臊飯等傳統小吃，都是在地特色。

對於許達然來說，廣安宮前的虱目魚湯就是庶民小吃的代表，甚至發展出一套吃虱目魚的傳統。

臺南販售虱目魚料理的店家各有獨特的風格，但新鮮則是共通點。

每當喝下鮮美的虱目魚湯，心情就像是在看金庸的武俠小說一樣，總是捨不得停頓下來。喝完一碗後，客人們總是厚著臉皮去向老闆請求加湯。鮮嫩的虱目魚肚，每次咬下時，就像是在看兩個高手對峙，越看越入迷，越吃越起勁，直最後一塊魚肉準備下肚時，心情又是那麼的不捨，卻又會克制不住地夾起它，放入嘴裡。

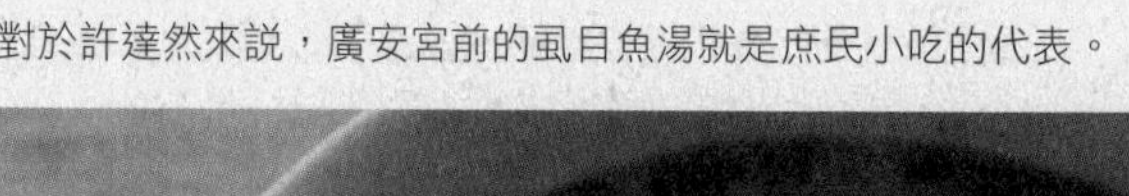
對於許達然來說，廣安宮前的虱目魚湯就是庶民小吃的代表。

水仙宮

臺南市中西區神農街1號

流連了好久才去神農街的水仙宮，一七〇三年建的廟，三郊商人曾做為總部商量如何賺錢，人民一起起義，他們就組織「義民」，幫統治者打擊起義。兩三百年前廟前的港，現在是市場，擺著裸體的雞鴨、分屍的豬、炸的魚丸，充斥著叫賣聲，吵得廟內水仙尊王臉都黑了。（〈臺南街巷〉）

水仙宮為三級古蹟，原本是祭祀水仙尊王，而現在則是祭祀大禹、寒奡、項羽、伍子胥和屈原，俗稱「一帝兩王二大夫」，這些神祇都與水有密切的關係。水仙宮在早期是五條港的商業重心，如果說五條港是三郊的集散地，那水仙宮就是三郊的辦公室了。據說原本的水仙宮規模宏大，但歷經二戰盟軍的轟炸後，中、後殿嚴重受損，僅剩今日所見的三川門殿和部分中庭。

水仙宮附近發展成了府城著名的市集，層層攤販將廟宇包圍起來，也有一番趣味。許達然描寫了莊嚴的神明之前，百姓們喧囂叫喊、賣雞販豬的情景。在神祇駕前，生活還是得繼續，不必有什麼忌諱，這也是一種豁達吧！

現在的水仙宮市場，仍是府城人們重要的食材來源。新鮮魚獲是這裡的一大特色，保留著當年五條港的傳統，這裡仍販售著海中鮮味，

與市集共生的水仙宮。

許多餐廳都來這裡選購。市場中有許多歷史悠久的店家，數十年傳承的餅舖裡仍手工製作著古早樣式的大餅，油飯的香氣飄逸四方，肉鬆店的大鍋一翻炒就是三十年，青草店像是綠洲一般帶來清新的氣息。想要知道臺南人吃的文化和傳統，走一趟水仙宮市場，必定能滿載而歸。

看西街教會

臺南市中西區和平街33號

走到和平街「看西街教會」，這座標誌著長老教傳入臺灣的羅馬式建築如一首古雅的歌，歌詞雖莊嚴卻與環境不和諧，我不願唱。（〈臺南街巷〉）

經過熱鬧的國華街，在和平街右轉，右手邊就是看西街教會，看西街教會是由馬雅各醫生所建立的，起初是看西街醫院，前面是禮拜堂，後面是醫療館。當時百姓對於外國人還很陌生，加上馬雅各行醫，影響漢人醫館和藥房的生意，不久，民間就傳言紅毛醫生會割下人的心肝、挖人的眼睛來製藥，導致「看西街事件」爆發，醫館和禮拜堂都受到毀損，馬雅各醫生也一度轉往高雄旗後行醫傳教。後來馬雅各醫師回到臺南，另外設立醫院。現在位於和平街這棟仿英國聖保羅大教堂的白色圓頂教會，是在一九五五年興建完成的。

許達然覺得看西街教會像一首古雅的歌。相較於喧囂的國華街，看西街教會就像是安靜、慈祥的媽媽，管教著調皮的小孩。從鄭成功時代一直到現在，經歷了時間的洗禮，像媽媽歷經歲月的風霜；

許達然覺得，看西街教會就像一首古雅的歌。相較於喧囂的國華街，看西街教會就像是安靜、慈祥的媽媽，管教著調皮的小孩。

教會前的紀念碑文，因為風雨的侵蝕而變得殘破不堪，如同媽媽的雙手一樣，因為忙於許多的家務事而變得越來越粗糙。儘管周遭的事物一直在變換，看西街教會還是維持著最原本的精神，服務著世人。

正興街

我穿過安平路，走窄到只能通行一兩個人的正興街，經中正路回家。（〈臺南街巷〉）

在許達然筆下窄到只能通行一兩個人的正興街，如今已搖身一變，成了臺南市最熱門的文創街。街面重新整建，部分路段鋪上了彩磚，同時設置了街頭造景，乾淨明亮，不再是狹小陰暗的巷弄。街上有著極具特色的老房子，如萬豐米行和正興咖啡館，都是很有味道的早期西式洋樓，增添了

在許達然筆下窄到只能通行一兩個人的正興街，如今已搖身一變，成了臺南市最熱門的文創街。

街邊景致。

正興街鄰近海安路與中正路，串連一氣的景點讓街道在假日時總是湧進了大批人潮，在各自擁護的店家前排成了長長的人龍。

彩虹來了將老房子改造成人與自然共同呼吸的創意空間，自製的織品與雜貨像彩虹一樣，映現七彩的絢麗色澤。

小滿食堂用傳統兼具創新的心，開發各種米食，要找回與土地最親近的稻米的味道。泰成水果店的瓜瓜冰用剖半的哈密瓜當容器，橘紅果肉上又擺滿了五彩繽紛的水果球，可以享受水果的新鮮滋味，又賞心悅目。

人潮最多的蜷尾家冰淇淋，每日最多推出兩種限量口味，老闆常常研發不同的風味，草莓、抹茶、紅茶、芝麻等，每次光顧都有不同的驚喜。臺南常常颳起甜食的旋風，過去曾有布丁、杏仁豆腐等蔚為風潮，而蜷尾家則帶來了另一波冰淇淋風暴。

布萊恩紅茶只提供全發酵茶這一種茶品，從平價的麥香紅茶，到選用魚池鄉特產茶葉的阿薩姆紅茶、瑞穗鄉經小綠葉蟬吸吮著涎後洋溢果香的蜜香紅茶，以及來自海拔一千三百公尺的阿里山高山紅茶。泡茶的茶器則是依據茶葉特性，選用密度不同的陶鍋、瓷器。

歷史是我思考的街巷。（〈臺南街巷〉）

小小一段路，匯聚著擁有不同理想的工作者，他們比鄰而居，在這條短短的街道上一起追逐各自的長遠理想，思索屬於自己的生活，開創屬於自己的歷史。

開隆宮

臺南市中西區中山路79巷56號

一名懷孕的婦女走過開隆宮，回憶起曾在廟裡看見他人向七娘媽祈求生育順利的情景，她不禁幻想著小孩出生後的美好生活。

想起了孩子的笑臉，她也笑了。但美好的夢瞬間就醒了，實際上，懷孕的婦女可能因為動作緩慢而被藉故辭退，就算仍可上工也沒辦法加班多賺一點，工作時也無法好好照顧小孩。現實的逼迫，使得她不得不認真考慮墮胎的可行性。但墮胎也有風險，何況錢從哪裡來？一連串的彷徨與矛盾，使得她的腳步越來越遲疑。

開隆宮裡煙香微微，虔誠祭拜的人們心裡有著對下一代的祈願與想望。

這是許達然〈孕〉這篇文章的情節。開隆宮主祀七娘媽，也就是兒童的保護神。每年七月七日舉辦的「做十六歲」成年禮活動，更是遠近馳名。許多受七娘媽守護，平安長大的少男少女，也會在這一天寫下感恩狀，感謝七娘媽的照顧。

有喜的婦人來到開隆宮，應該是充滿了新生的喜悅，但許達然卻看到了現實生活中對懷孕婦女的不友善，以及百姓生活的困境。新生非但不是喜悅，反而是一連串的焦慮與失落。

開隆宮裡煙香微微，虔誠祭拜的人們心裡有著對下一代的祈願與想望。為了看到小孩甜美的笑容，父母們眼裡閃爍著堅毅的光芒，要勇敢地站起身來迎向現實的挑戰。

福隆宮

臺南市臺南市北區公園里北忠街 18 號

街巷有廟，廟內還有廟。曾去一間福隆宮，廟

福隆宮原本是一座主祀土地神的福德祠，後來保生大帝反而成為主神，廟名也更改為福隆宮。

內坐著一個保生大帝和一個老頭。我問老頭在廟內做什麼？他答看廟。我說廟有神還要有人看嗎？他和藹微笑。臺南就像那老頭，保守質樸殷勤。

（〈家在臺南〉）

福隆宮原本是一座主祀土地神的福德祠，後來有三位來自中國大陸的商販從泉州迎來了保生大帝、文衡帝君和吳府千歲的神像，供奉在廟裡，並且在門前做生意，賣起了番薯簽。最後保生大帝反而成為主神，廟名也更改為福隆宮。

福隆宮所在地清領時期屬於鎮北坊，位於大北門城內，曾是著名的市集，鄰近地區的農產品皆匯集到這裡銷售，稱為「市仔頭」，熱鬧一時。

許達然在福隆宮裡與老人的有趣問答，正顯示了臺南人可愛之處。神明負責保佑人們，而人們也誠摯地盡自己的一份心力，守護神明。

度小月就在許達然家附近，對他來說，那就象徵著家鄉的味道，即便遠渡重洋到美國去，也要一併帶走。

度小月擔仔麵

臺南市中西區中正路 16 號
11：00～23：30

度小月就在我家斜對面。那時我沒進去吃過，因為已在家吃飽了。反正要品嚐，隨時都可去。那時自以為忙得不得了，沒空坐下來欣賞。年紀雖小，想像格局可都很大。日子要過就度大月，晚間仰望也要欣賞大的。月娘三十五億歲，比地球老而美。在地球上，即使不能度大月，也要看小月。

（〈芬芳的月亮〉）

度小月的名稱來源據說是有個漁夫在大月時出海捕魚，小月時便賣麵度日。店面外觀簡單樸實，不像鄰近的中正路商家一樣華美。來店裡光顧的客人，有的像是三輪車夫，有的像是小學老師，還有年輕的情侶。

有一晚，許達然走進去叫了一碗米粉湯，碗裡

狀元粿的炊具是用蓮霧木製成，造型就像個狀元郎的帽子。

的布置直到今天都還一樣，有一葉茼蒿、兩個蝦仁、幾根黃豆芽、一匙肉臊，幾點蒜醋。小小一碗，若真要吃到飽，恐怕要吃個四、五碗。

度小月就在許達然家附近，對他來說，那就象徵著家鄉的味道，即便遠渡重洋到美國去，也要一併帶走。

美不一定大，不必圓；又大又圓，太亮就沒有想像的空間了，再小也隱約美的。

（〈芬芳的月亮〉）

泉記米行狀元粿

臺南市中西區永福路二段31號

08：30～21：30

年少時，許達然假日清晨總會到忠烈祠讀書，在忠烈祠後門郵局旁買幾個狀元粿。狀元粿相傳是一位進京趕考的試子，用米做成的小點心，他在街上販售，藉以籌措應考的旅費，後來果真高中狀元。

泉記本身是一間歷史悠久的米店，店裡井然堆積的米袋，彷彿宣示著這裡的狀元糕絕對百分之百純米製造，不添加莫名的粉料。

店家混合新舊的蓬萊米及在來米，洗淨後細細磨成米漿，再過濾、烘乾，製成米粉。蒸製時仍保留古法，用炭火加溫。炊具是用蓮霧木製成，造型也是傳統的樣式，就像個狀元郎的帽子。將米粉倒入炊具，刮平，再填入芝麻或花生粉等餡料，放入炊孔蒸一會兒，香甜的狀元糕便完成了。

萬川號

臺南市中西區民權路一段205號

08：00～22：00

左轉到青年路，經過萬川餅舖後，邊吃水餃邊踱到拜張府千歲的祈安宮。（〈臺南街巷〉）

從城隍廟沿青年路往西走約不到一百公尺，可以看到「萬川號」，是臺南歷史最悠久的餅舖，創立於一八七一年，創業的陳源據說曾在夢中見到大雨降落的景象，驚人的氣勢猶如千千萬萬條河川匯流而下，所以取名為「萬川」。許多臺南老餅舖的師傅都是來自萬川，或曾在此學藝，它在府城糕餅業的地位由此可知。

店裡櫃臺邊擺著兩疊高高的蒸籠，裡頭蒸騰的水氣炊煮著招牌之一的鮮肉包子。包子的絞肉裡調入醬油，呈現出誘人的濃厚色澤。裡頭還包入了整顆的蛋黃和香菇，用料實在。

許達然文章裡提到的「水餃」，很可能是指「水晶餃」。餃子的外皮以番薯粉調製，經過大火蒸過後成為透明薄亮的外衣。內餡除了鮮豬肉外，最有特色的是加入了豆仔薯，增添了甘甜的味道與豐富的口感。餃子的外皮細細摺出了十二道摺痕，作工講究。

綠豆椪、蛋黃酥也都是店裡傳承許久的名品。蛋黃酥金黃的外皮酥酥香香，一層又一層的外皮包裹著烏豆沙和鹹蛋黃，彷彿夜色裡層層雲霧撥開後，綻放光芒的明月。

從城隍廟沿青年路往西走約不到一百公尺，可以看到「萬川號」，是臺南歷史最悠久的餅舖。

雙全紅茶

臺南市中西區中正路 131 巷 2 號

10：00 ～ 19：00

從中正路上的一條巷子彎進去，在抵達總趕宮之前，會先經過一家歷史悠久的紅茶店：雙全紅茶，儘管市面上的飲料店如雨後春筍般，一家接著一家開，這家飲料店依然保持著傳統的方法，做出帶有自己獨特味道的紅茶。

創業的張番薯原本是調酒師，在日本人開設的居酒屋工作，而後選擇在故鄉臺南的小巷口開店，投入自己最熟悉的飲料世界。現在店鋪轉給親戚許天旺經營，許天旺也得到了「紅茶伯」這個封號。

這家飲料店還有一個特別的地方，就是牆上的紅茶詩，令人回味無窮。紅茶伯的二女兒研讀文學，滿腹文采。店家在過年期間歇業時，總是在門口貼一張簡單的啟事，但二女兒覺得用詩來表示會更有味道，於是創作出獨特的臺語詩，再交由老公用書法寫在大紅紙上。一首又一首的紅茶詩就陸續誕生了。

阮並無山盟海誓

只是逐工來相揣

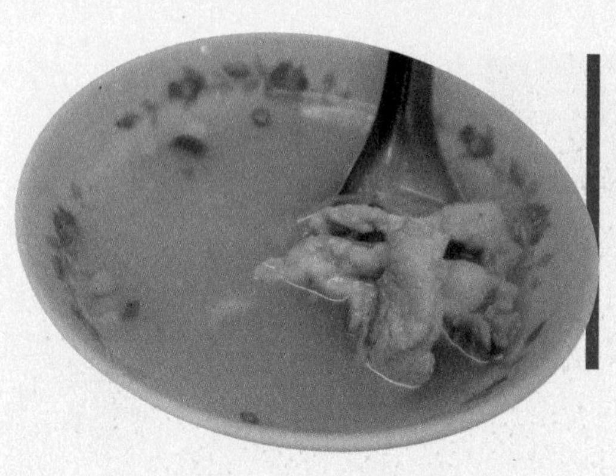

三兄弟深海鮮魚湯

臺南市中西區國華街三段 123 號

05：00 ～ 21：00

為著腹肚內的細聲話
阮亦無著相思病
只是無伊頭殼就憨憨趖
毋知卜企抑是卜坐
阮毋是為伊癡迷
只是伊的芳味刻佇心底

在臺南，內行人都知道要買新鮮的魚貨就要到水仙宮，要吃特色小吃就要到國華街。就在國華街上、水仙宮市場邊，有一家專賣鮮魚料理的小店，由三兄弟合力開設。

三兄弟的父親以前就是辛苦捕魚養家，老爸過世後，海洋的因子並沒有從三兄弟的血液中消失，他們要擔起爸爸的責任，也要找回對大海的熱愛。

三兄弟中的小弟喜歡水中世界，常常坐船出海捕魚，一早就將當日現捕現釣的魚貨送進店裡。而這裡也提供遠洋魚類的料理，魚貨多半是眼光獨到的二哥負責挑選。曾在小吃店擔任廚師的大哥，則是料理的靈魂。他明白魚本身就

是最鮮美的滋味，所以招牌鮮魚湯只有清湯和味噌兩種口味。

凌晨剛捕來的嘉鱸魚，身軀雖小，味道卻很鮮甜。處理完內臟，去除腥味後，魚身斜劃幾刀，整隻放入小鍋中，加入魚骨高湯現煮。一點鹽巴、一點米酒調味，灑上蔥花和薑絲，熱騰騰的魚湯就上桌了。冬天裡來一碗鮮魚湯，配上滷汁濃郁的肉燥飯，白呼呼的水氣蒸騰而上，在冷風中不斷飄散著香味，就是最溫暖的享受。

富盛號碗粿

臺南市中西區西門路二段 333 巷 8 號

07：00 ～ 17：00

週一公休

碗粿在臺灣是佔有一席之地的傳統小吃，做法各地不同，自有特色。

國華街上的富盛號碗粿以色重味厚而聞名。老店創始於一九四七年，從小攤子經營到現在擁有舒適的店面。

碗粿最主要的材料是在來米，將在來米磨成米漿，掌握米與水的比例，才能軟硬適中。而碗粿主要的色澤來自肉臊，將肉皮、肉末、蝦米及辛香料等先炒過，再加入醬油與水，滷到肉皮軟爛為止。其他的配料還有豬後腿肉塊、鹹蛋黃以及火燒蝦仁等。將肉臊、滷汁與其他配料放置在陶碗底部，加入在來米漿，即可入鍋炊煮。

傳統炊煮碗粿必須大鍋大火，火力旺盛，碗粿才能蒸得好吃。現在則使用高溫壓力鍋，取代大把大把的柴薪與大蒸籠。蒸好後，碗粿的中央會略微塌陷，這就代表炊煮成功了。

富盛號的碗粿因為加入肉臊滷汁，顏色特別深，味道也較厚重，淋上熬煮的醬油膏，加上一匙蒜末，更加對味。食用時仍是使用傳統的竹籤，先沿著陶碗邊緣劃開，再橫刀一塊塊切下碗粿，放入口中享用。散發著竹子淡淡香氣的竹籤，配上藍邊白底的陶碗，就是一碗富盛號碗粿的質感。

莉莉水果冰

臺南市中西區府前路 199 號

05：00 ～ 21：00

莉莉水果冰創立於一九四七年，老闆李文雄父親是水果商，對於水果的好壞挑選非常拿手，因此能夠買進品質卓越的水果。一開始店裡只賣水果和冰，後來李文雄的姐姐在美軍供應部工作時，購進了果汁機，才有辦法製作新鮮果汁。店名莉莉就是姐姐的英文名字。

莉莉水果冰的店頭就擺滿了形形色色的水果，繽紛的色彩像是繁花盛開的歐式庭園一般。老闆十分熱衷文化保存，因此牆上懸掛著府城的老照片。從這些照片上，你也可以看見許達然筆下老臺南的模樣。

招牌的水果切盤會視當令的水果有所調整，夏天來時，可以吃到粉紅色的蓮霧、黃色的西瓜、綠色的奇異果、橘色的木瓜和哈蜜瓜、藍紫色的葡萄、白色的水梨、淺綠色的香瓜等等，老闆配色不輸給專業的畫家。

紅豆布丁牛奶冰也是許多人的最愛。布丁是過去臺南冰果室常選用的老牌銀波布丁，雞蛋加牛奶烤成，配上焦糖，美好滋味數十年不變；紅豆是店家自己熬煮，紅豆顆粒碩大而且粒粒分明；淋上煉乳後，就是最完美的組合。

‧‧‧

「來臺南一定要吃杏仁豆腐！」很多在地人總是對遊客這麼提醒。風味獨具的杏仁核除了入藥外，更是製作點心的好材料。宋代的《證類本草》就提到：杏仁「可和酪作湯，益潤聲氣」，而「杏酪濃煎如膏服之，潤五臟，去痰嗽。」可見將杏仁調製成杏仁湯，或是做成杏酪，也有千年的歷史了。

艾摩多
手工杏仁豆腐

臺南市中西區赤崁東街 26 號

11：00 ～ 21：00

週一公休

臺南的杏仁豆腐可說是百家爭鳴，各擁山頭。有古早風味的「阿卿杏仁茶」、攻佔外縣市的「那個年代」與「體育公園杏仁豆腐冰」、傳統與創新兼具的「懷舊小棧」……而如果要比較杏仁味的濃厚與否，那麼位在赤崁樓和開基靈祐宮旁的「艾摩多」可稱佼佼。

艾摩多的名稱來自日語的 amondo，就是杏仁果的意思。老闆是七年級的年輕人，憑著熱情與喜愛開設了這間店。店名就代表了這裡的取向，老闆說他們的杏仁使用野生杏仁果粒研磨而成的，不添加人工香料；而杏仁豆腐與冰品都帶著一點日式風格，也是特色。

黑白相間的石缽裡，雪白如玉的杏仁豆腐沉浸在濃厚的杏仁茶中，上頭灑上了杏仁脆片，飄散著溫潤的香氣，把杏仁的不同面貌與多樣風味同時盛裝在典雅的碗中，撥動了人們的視覺、味覺、嗅覺、觸覺。

而杏仁豆腐冰使用的雪花冰也是店家自製，用杏仁茶冰凍而成，同樣散發著濃厚的杏仁味。除了原味之外還有抹茶、可可、芝麻等口味，跟杏仁都十分對味。

具有濃厚文學性的導演

李安

蘊養看世界的眼光

文字：蕭博哲、侯品睿、詹雨安／攝影：黃彥霖、侯品睿、詹雨安、蕭博哲／繪圖：郭哲毓、陳逸婷、駱佳駿

‧李安小傳‧

李安（一九五四～　），出生於屏東縣，幼年時隨著父親李昇的職務調動，而輾轉遷徙至花蓮、臺南。臺南一中畢業後，就讀國立藝專，在舞臺上找到了自己的天空。而後赴美求學，先後就讀於伊利諾大學及紐約大學。

取得博士學位後，歷經了長達六年的蟄伏。一九九〇年，李安所創作的劇本《推手》及《喜宴》獲得了新聞局第一屆擴大優良劇本甄選的首獎與二獎，得到中影公司賞識，開拍劇情長片，並陸續奪下國內外重要電影獎項，自此聲名大噪。二〇〇一年，以《臥虎藏龍》為臺灣奪下首座奧斯卡最佳外語片；二〇〇六年，以《斷背山》成為首位奪得奧斯卡最佳導演獎的臺灣人；二〇一三年，以《少年PI的奇幻漂流》再次得到奧斯卡最佳導演獎。

李安在藝專時期便從事文學創作，曾發表短篇小說〈走了樣的焚鶴人〉；而後在劇本創作上更是大放異彩，《推手》、《喜宴》為其代表作。

李安的電影具有濃厚的文學性，巧妙運用了順敘、倒敘、插敘、拼貼等不同的敘事手法，著重細微的象徵意義，並能寓情於景。

此外，他也大量自文學作品中取得拍片題材，求學時代第一部作品《星期六下午的懶散》，靈感便來自余光中〈焚鶴人〉。至今所拍攝的十二部劇情長片中，就有八部改編自文學作品，包括《理性與感性》、《冰風暴》、《臥虎藏龍》、《與魔鬼共騎》、《胡士托風波》、《斷背山》、《色戒》及《少年PI的奇幻漂流》。因此，李安堪稱是最會說故事的導演，同時也是最文學的導演。

延伸閱讀暨參考書目

・《十年一覺電影夢》，張靚蓓（二〇〇二），臺北市：時報文化。

・《李安的故事—大導演》，陳愫儀（二〇〇八），臺北市：文經社。

・《堅持夢想的大導演—李安》，譚立安（二〇一四），臺北市：小天下。

・《李安的電影世界》，勞勃・艾普（Robert Arp）主編，李政賢譯（二〇一三），臺北市：五南。

李安文學地圖

平國中
台南二中
台南公園
二一巷
宿舍區
前鋒路
火車站
公園國小
台南一中
公園路
北門路
韋家麵店
民族一街
李安老家
巷口公園
台南啟聰學校
衛民街
霞飯店
老唐牛肉麵
地下道
台南縣知事官邸
青年路
南門路
南門電影書院

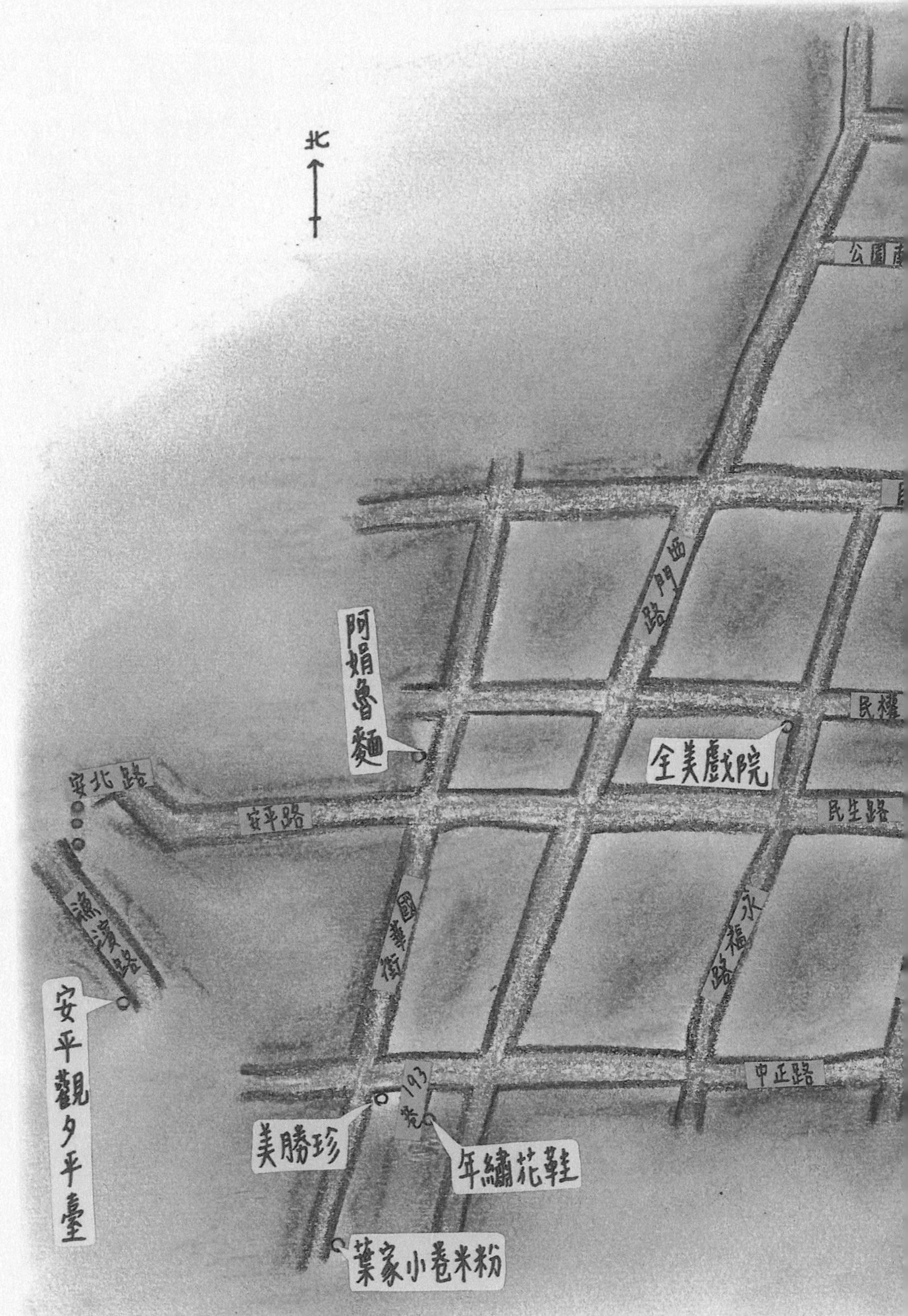

北
公園
西門路
民權
全美戲院
阿娟魯麵
安北路
安平路
民生路
國華街
永福路
漁濱路
安平觀夕平臺
中正路
193巷
美勝珍
年繡花鞋
葉家小卷米粉

老街與古城牆交織在靈魂裡

一早的鳥鳴迎接著清晨早起的人，踩著腳踏車穿梭在北門路熙熙攘攘的車陣中，來人的匆匆與忙碌隱隱透露這都市繁華的一面。路旁老舊的洋房，華美的雕飾仍宣示著過去的榮耀。在臺南這個都市，處處可見老建築們吶喊著，如老軍官般，別著勳章，回味自己曾有的風光。

《臥虎藏龍》裡，在氣派的貝勒府長大的玉嬌龍，私藏著自己的一個小世界，在生活上，在心中，有一片秘密的竹林、一座幽微的武林。而在這華麗的古都成長的李安，這清晨的鳥鳴、人群、老屋、小巷，是否構築了他內心世界的一隅？

李安曾說：「其實我主要的成長是在臺南。……它塑造了我的個性，跟我對世界的眼光，這是在臺南養成的，而且比較保守一點的個性，這是在臺南養成的，還有我的紀律、道德標準、行為準則，基本上是臺南給我的。」或許這一條條的老街、一片片的古城牆，正交織在李安的靈魂裡，也隱隱浮現在他動人的電影畫面中。

穿過了衛民街、民權路，來到了老臺南人記憶中的全美戲院。站在遠處，便可望見龐大的看板，飽和的色彩嚙咬住了路上行人的目光，老畫師用手中的筆刷，一筆一劃勾勒出每一個角色的眼神與氣魄。走進戲院讓自己和柔軟的椅子合為一體，大螢幕上射入一道微微的白光，反映著如生活寫照般的影像。

曾經，也端坐在全美戲院裡的李安，身邊是無盡的黑暗層層包裹，人群間傳來擁擠的氣味，他感到呼吸變得迫促，全身肌膚彷彿受到擠壓；只有眼前的那一道光，從身後投射而來，在大螢幕上點燃了一柄耀眼的火炬，帶著他飛進了遙遠的夢裡。

在假日急促的車陣中穿梭著，沿著公園路走到了臺南公園，街道的對面就是李安曾經就讀的公園國小，另一頭則是李安幼時居住的三一二巷日式宿舍區。古舊的紅磚牆上，生鏽的鐵絲網拉起了一道破碎的防線，牆後是日式風格的老屋和綠意盎然的

巷子裡，充滿了李安兒時的記憶，他和弟弟李崗曾在巷道裡穿梭遊玩，也喜歡在屋內的木質地板上滑溜嬉戲。

庭院。或許，童年時的李安也曾在庭院裡、草地上，透過鏽蝕的鐵絲望向牆外的天空，渴望抓住浮雲的尾巴，遨遊天際。

當年的李安或許也有調皮的一天，從日式宿舍區走到國小上課時，好奇地鑽入了公園廣闊的綠意中，在老樹下穿梭，在石階上磨蹭著鞋底沾黏的泥土，在池水邊看魚兒游泳。他隨興地漫步，直到鐘響前一秒，才匆忙穿過馬路，飛奔進入學校。

校園裡充滿了寧靜祥和的氛圍，古蹟校舍紅色的屋瓦、三角形的山牆，襯著蓊鬱的綠樹與趣味的動物造景，讓小學彷彿是座美麗的公園。年少的李安在這裡感受到龐大的升學壓力，而走過來時路的他，仍充滿了感激。雖然學校總是為我們帶來許多課業壓力，但卻也為我們譜下更美好、更難忘的時光。

循著李安成長的足跡，一路漫步到臺南一中，按日治時期樣式重建的民族門挺立著，榮耀的昂首。古蹟的校舍處處可見歷史的烙印和時間的刻痕。撫摸著紅樓牆上斑駁的紅磚，耳邊彷彿響起了李安與同學們並肩而行的腳步聲，他們談論著理想與抱負，伴隨著青春的歡笑。

在地磚上踩跳，享受冬日午後的和煦，不知不覺就到了大榕樹下。大榕樹如守護神一般張開它的雙手保護著一中的莘莘學子，即使是日晒雨淋、風吹雨打，仍不失堅毅和青翠。在陽光的輝映下，坐在老榕旁，感受著校園裡的書香。

溶在和樂的氛圍裡，轉眼已是傍晚，向晚的夕陽斜斜地懸在天際，橘紅得眩目。走出校門，踱步到巷口的韋家麵店。小店因為李安而聲名大噪，擠滿了人，每一個人都是為了這銷魂的乾麵而來。時間在和藹的老闆臉上刻印出長長的細紋，卻帶不走他手中烹煮出的味道。看似簡單的一碗乾麵，貌似容易的一道小吃，卻能讓這間沒有招牌的小店在此屹立，想必被揉進麵裡的是老闆數十年的功力和用心，也是這將每一碗麵做到最好的精神。

迎著夜風緩緩走向一旁的知事官邸，歐式的設計風格、廣大的庭院、橘紅的磚牆、牆上精美的雕飾，在在威示著主人不凡的地位，管理著這片富庶豐饒的王畿。走上二樓向前眺望，卻發現臺南已經不似當年，昔日君臨大地的知事官邸，已經被層層樓房包圍，不再突出。但也只有臺南這樣的城市，能以寬闊的心包容著新與舊不同的生命。

夜色籠罩四周，眼前的府城就像電影院一樣暗了下來。一道微微的光亮起，或許，我們與李安都一樣，不論經過多少時日，內心總有一些源自最初的追尋，是永恆不變的。

夜色籠罩四周，眼前的府城就像電影院一樣暗了下來。（攝影：黃彥霖）

公園路三二一巷藝術聚落

臺南市北區公園路 321 巷

李安在一九五四年十月二十三日出生於屏東潮州，而後因父親接任花蓮師範學校的校長而搬家到花蓮。直到十歲時，再因父親調任臺南二中校長而遷居臺南。初到臺南時，李安一家便住在公園路三二一巷的日式宿舍區中。

當《少年 PI 的奇幻漂流》在臺大賣，李安特別回來答謝家鄉影迷時，臺南市長賴清德曾當面提出邀約，拍攝八田與一的傳記電影，並帶著李安來到公園路三二一巷的日式宿舍區勘景。一踏入這巷子裡，李安透露自己小時候就住在第一間房舍，可惜後來被拆掉了。這裡充滿了他兒時的記憶，他和弟弟李崗曾在巷道裡穿梭遊玩，也喜歡在屋內的木質地板上滑溜。他笑著跟同行的人說：「應該由我來導覽。」

李安是家中長子，出生的時候是晚上十點多，體重約八磅。喜獲麟兒的父親李昇就坐在一張椅子上，嘴巴笑著坐了一整個晚上直到早上六點，然後親自跑到菜市場買了一隻鴨子，做菜給妻子吃。李昇在家裡是從來沒做過菜的，可見得當時心中有多高興。李昇將兒子取名李安，一方面是因為老家在江西德安，二方面是他從大陸渡海來臺時搭乘的輪船就叫做永安號。

李安小時候額頭上有條青筋浮現，據說這樣的小孩較難照養，而他幼年時也果真常到醫院報到。如果超過兩個禮拜沒上醫院，醫生都會開玩笑地說：「怎麼好久沒來繳菜錢了？」

小學一年級時，李安到媽媽同事家玩，逗弄著一條平常就很熟悉的狗兒。當他伸手想抽取一根狗屁股下的棍子時，被莫名激怒的狗兒撲上來咬住了臉，上牙在眉骨留下一道疤，下牙在臉頰留下一個旋子，後來這個旋子就成了他臉上招牌的酒窩。

三二一巷藝術聚落隨處都有邂逅藝術創作的驚喜。

小時候，李安曾跟著退伍軍人一起玩，聽了許多《西遊記》的故事，還看了不少康樂隊的平劇、歌舞、魔術、特技、話劇表演。偶爾他也會上臺，最拿手的表演就是跟弟弟李崗一起演唱〈家在山那邊〉。爸媽的朋友來家裡時，李安也常用掃把權充吉他，跟弟弟一起表演，逗大家開心。

在花蓮師範附設實驗小學就讀時，導師會利用每週六的班會時間讓同學上臺表演，李安的相聲就是招牌節目。他還自己寫劇本，編導了許多話劇，親自上臺反串演女生。當時校長還跟李安的爸媽說：「你這個兒子將來可能走第八藝術。」

位在公園路三二一巷的日式宿舍群，原來是日本陸軍步兵第二聯隊的軍官宿舍，二次大戰結束後則成為臺南高等工業學校（今國立成功大學）的教授宿舍。二〇一二年宿舍群由國防部移交給臺南市政府管理後，將其中七間狀況較佳的宿舍進行整理，並開放藝術團隊進駐。二〇一三年「三二一巷藝術聚落」宣告成立。

臺南市政府邀請韓國、荷蘭等國與本地的藝術家為此地創作公共藝術，巷弄的牆角、樹幹、門牆上，隨處都有邂逅藝術創作的驚喜。小巷裡、圍牆邊、大樹下，一長排藍紅白高高低低的椅子，像是盪鞦韆，又像是休息站，邀請你靜靜的坐下來，讓自己也成為這片美麗風景的一個元素。紅磚牆緣，陶瓷鳥兒相互依偎，勾勒著這個清新的早晨。隱約之中，彷彿還可以聽到，有個小男孩踩響了雀躍的腳步，從遙遠的過去送來了朗朗的笑聲。

李安老家

李昇調任至臺南一中擔任校長時，全家人便遷居至與南一中僅有一牆之隔的這棟房舍，至此不再遷移，成了李安永遠的老家。而今，李安每次載譽歸國時，必定回到此地向母親磕頭請安。

老家房舍是僅僅一層樓的平房，日式的外觀、中式的氛圍。屋齡超過三十年，雖仍整潔典雅，但房況已經老舊，木質裝潢遭到白蟻侵襲，屋頂破損，一下大雨就漏水。李安的母親常在地上放置臉盆盛接漏水，並擔心許多值得紀念的老東西受潮。李家沒有因為李安的揚名國際而失去了原來的味道，依舊是那麼的樸實、那麼的平凡。

李安許多得獎的獎座，都收存在老家裡。唯有奧斯卡獎座，母親覺得太貴重，要他自己帶去美國。當《臥虎藏龍》為臺灣奪下首座奧斯卡最佳外語片時，李安在母親七十六歲大壽那天回到老家，為她祝壽，並把奧斯卡獎座獻給她。回到老家時已近凌晨兩點，家門口擠滿了人，官員、媒體記者，還有熱情的鄉親。隔天李安一走出家門，就聽到隔壁的南一中教室窗邊擠滿了學弟，大聲地對他呼喊著：「我要小金人！」而他也向學弟們喊話：「以前我就在那一班。」臺灣人的熱情，使回家的李安擁有了一份歸屬感。雖然也有近鄉情怯的時候，但家鄉永遠是他最大的支持力量。

李安的祖先來自江西德安，祖父創建了德安最大的商行「李恆裕」。江西的老家是一棟五進的大宅院。來到臺灣後，李安的家庭裡仍保留著些許傳統家族的風範，有嚴格的倫理觀念，有上一代對下一代的期許與傳承。

李安幼時居住的公園路三二一巷。（攝影：黃彥霖）

就讀國立藝專時，李安參加了暑假的環島巡迴公演，表演舞臺劇、歌舞、國樂。期間經過臺南，李安也回到了老家。在父親的眼裡，此刻的長子彷彿成了四處取笑、討好觀眾的康樂隊員，不禁有些失落。而李安因為連日投入演出，奔波忙碌，變得又黑又瘦。飯桌上，父親開口訓話：「什麼鬼樣子！」他沒有回嘴，只是將筷子扔下，默默走進房間，久久不出。這是李安唯一一次的叛逆，但對於這個家庭而言，已然接近革命。

家庭，也是李安的電影中時常探討的主題之一。《冰風暴》就針對家庭核心價值的解構提出了深刻的反思。一九七三年，美國尼克森總統的水門案正開始延燒，在康乃狄克州，有兩個比鄰而居的家庭各自存在著理不清的問題。班和艾蓮娜表面上是一對令人稱羨的夫妻，但平凡乏味的家庭生活逐漸令他們厭倦，班開始與鄰居珍妮外遇；而艾蓮娜則透過偷竊等逾矩行為尋求快感，並興起了參加換妻派對的念頭。這時，班和艾蓮娜的女兒溫蒂正陷入與麥奇兄弟的性愛探索之中，逐步沉淪；兒子保羅則暗戀著同學莉比茲，並開始吸食毒品。夜裡，一場冰風暴就要來襲，在雲層與冰雪籠罩下，一切都在崩解：國家權威在崩解，社會價值觀在崩解，家庭的核心在崩解，人心也在崩解；就像電影一開始，保羅在火車上看的《驚奇四超人》漫畫中所寫到的：「你做了這件事，我們的團隊也就沒有存在的意義……結束了……驚奇四超人結束了！」

現在的李安老家仍是私人住宅，並不開放參觀，所以這裡並不標示在地圖上，也請大家不要前去打擾。或許你可以到巷口那個小小的空地公園走走，吹吹涼風，看看盛開的繁花。運氣好的時候，還可以邂逅散步的李安母親；那時，就可以一起坐下來，在清涼的樹蔭下聊聊大家心中共同的驕傲。

公園國小的少棒隊名聞遐邇，校園裡有一個棒球造型的裝置藝術，標誌著學校的榮耀。

公園國小

臺南市北區公園路 180 號

臺南市公園國小位在臺南公園旁邊，已有超過百年的歷史，前身是日治時期的「花園尋常小學校」。門口的「花園樓」坐東朝西，呈一字形建築，已被列為市定古蹟保護，紅色的磚砌廊柱、白色的玄關和牆面，十分優雅。公園國小的少棒隊名聞遐邇，郭泓志、吳俊良、陳江和、林益全等職棒明星都出身於此。校園裡也有一個棒球造型的裝置藝術，標誌著學校的榮耀。

李安曾經讀過四所小學，在花蓮時讀的是明禮國小和花師附小，來到臺南時則先就讀南師附小，而後轉學至住家附近的公園國小。

進入公園國小的第一天，他就感受到強烈的震撼。當時的公園國小大約有九千多個學生，每個年級二十班，一班七十多人，可說是臺南市的明星小學。但在那個初中也得考試的年代，學校注重升學，體罰打罵乃是家常便飯。來到公園國小第二天，李安第一次嘗到了體罰的滋味。當天下午五點多，老師要成績不好的學生成排跪在教室旁邊，開始賞耳光。同學一個個乖乖地挨打，打完後還要鞠躬說：「謝謝老師！」

而後母親就到學校跟老師溝通，希望不要採用體罰的方式管教他。但到了六年級，新的導師為求公平，考不到一百分一律挨打。李安考數學時總是因為粗心而白白丟分，老師甚至威脅要他戴狗牌到女生班出醜。每天早上七點多就上學，直到晚上九點才放學，考不到一百分就挨打，晚上回家時腳上總有跪算盤留下的紅腫淤青，屁股上則是一條條的教鞭印記。

實際上，李安在公園國小的表現十分優異，得到過大大小小數不清的獎項，也曾當選第九屆兒童小市長，在朝會上向廣大的學生們致詞。

回首當年的歲月，李安並不責備老師和學校，他明白那是當時大環境的風氣，打罵與管教，是老師克盡職責與愛學生的方式。一開始雖不能適應，但後來也能體會，所以才會說：「他也很公平，有一種愛在裡面，也有一種教育、一種紀律在裡面。」

延平國中

臺南市北區公園路 750 號

延平國中創立於一九五七年，已有超過五十年的歷史。廣大的操場時常有學生、居民前來跑步、踢足球，優美的庭園造景，增添了幾許藝術氣息。校園中有許多老榕樹，枝葉扶疏。學校前方有一條美麗的菩提樹步道，春天是粉紅的嫩葉初生，夏天時則變換為翠綠的色澤，秋冬落葉鋪滿人行道，四個季節各有風情。

李安初中時期便是在延平國中度過，當時國民義務教育還未延伸至中學，這裡是臺南市初中的第二志願。經過了國小嚴格的升學訓練後考上了第二志願。

在初三那年，校長進行了一次大膽的嘗試，在那個風氣還很保守的年代裡試辦男女合班。把全校的女生拆成兩班，每個男生班裡的前十名可以志願與女生合班，似乎是一種獎勵。而班上的同學則玩起了配對的遊戲，硬是亂點鴛鴦，把特定的男生和女生配成一對。

初中的學生們正值青春期，有的人已經變了聲，身材高大，十足大人模樣；有的人青春期來得較晚，還是小孩的臉蛋。教室裡彷彿是大人與小孩的混雜，有的往成人的世界裡跨出了步伐，有的則

延平國中外的菩提步道。

還耽溺於童年的天真。對於「性」這件事，則是禁忌、蒙昧，卻又好奇、探試。

直到赴美就讀伊利諾大學時，李安才深刻感受到，被中國人視為禁忌，不會明目張膽拿到檯面上討論的「性」，卻是西方戲劇的重要根源。在《舊約》裡，亞當在受到蛇的引誘，偷吃了禁果，有了羞恥感，被逐出伊甸園後，「性」就成了人類心中揮之不去的拉鋸。

改編自張愛玲同名小說的電影《色．戒》裡，就讓我們看到了人心中「性」的糾纏與掙扎。

女大學生王佳芝在香港求學時加入了愛國青年鄺裕民的話劇組，王佳芝暗戀著鄺裕民，但鄺裕民始終沒有明白接納她。當鄺裕民得知，汪精衛偽政府的特務頭子易先生正來到香港時，便密謀要刺殺易先生。王佳芝扮演麥太太，試圖色誘易先生，伺機暗殺。為了增加王佳芝的性經驗，劇社成員安排一名男性與她進行「實戰練習」，而鄺裕民居然也同意。性與愛的不對等也因此在佳芝心中埋下了衝突的種子。第一次的暗殺計畫最後並沒有成功。三年後，鄺裕民再度出現，要求王佳芝再次執行暗殺易先生的任務。但她卻在色誘易先生的過程中，在性愛上得到慰藉與紓解，對易先生的感情也有了微妙的轉變。當易先生在珠寶店為她挑選定情鑽戒時，刺客們也在附近埋伏。王佳芝內心波瀾起伏，看著易先生的臉，她顫聲說道：「快走！」刺殺計畫徹底失敗，她與同志們全數被捕，被帶到廢棄的礦場，在深沉的夜色裡遭到槍決。

走出那段青澀的歲月，李安對於人性有了更不凡的體悟。

臺南一中

臺南市東區民族路一段一號

臺南一中又被稱為「竹園崗」，而今在校園裡還能看見竹子的蹤跡。如竹子的挺拔，一中的莘莘學子們也有著同樣的節操和骨氣，在嚴寒中擁有不凋零的意志。而被稱為「崗」則是因為身處高地，相傳一中在戰時曾被日軍做為軍事基地使用，便是因為位處制高點，而能夠先發制人，以守為攻。

現在的一中校園裡，樹立著許多藝術家的雕塑作品。校門右側是郭文嵐先生的大型銅雕〈傳承〉，與一旁臺南最老的大葉欖仁樹相互輝映。中庭則有陳夏傑先生的作品〈春風化雨〉、〈人之初〉、〈晨〉、〈舞〉，在大榕樹下煥發新生。藝術教育大樓前庭則有鄭春雄先生的〈親情〉，與炮仗花、葫蘆竹融為一體。校園裡充滿了藝術氣息，也培育出許多像李安這樣奉獻藝術的人才。

初中畢業後，李安順利考上了高中的第一志願：臺南一中。當時父親李昇也在臺南一中擔任校長，對李安有期待，也有憐愛。

高一開學不久，校長對高一新生施行了一次性向測驗，李安被編入一年六班，屬於自然組，但他志不在理工醫農。升高二前，又進行了一次性向測驗，這次他進入社會組，編在二年十八班。當時就讀社會組的學生不多，全校不過三班，李安班上也只有三十二個人。

高中時的李安很喜歡看漫畫、音樂，是臺南一中合唱團的成員。課餘時也喜歡運動，籃球、游泳跟棒球都很擅長。李安的同學回憶：有一次上體育課打棒球時，他曾經揮出一支一、二壘之間的平飛球，開始奮力跑壘，以為必然是支漂亮的安打，沒想到擔任右外野手的李安突然冒出來漂亮接殺，讓

臺南一中校園裡，樹立著許多藝術家的雕塑作品。校門右側是郭文嵐先生的大型銅雕〈傳承〉。

他飲恨出局。游泳課時，李安泳技甚佳，會開心地騎在同學肩上，再耍帥跌入水中，激起一片浪花。

李安的高中成績屬於中等，最大的罩門是數學。雖然數學成績較差，但會主動請教老師，作業按時完成。李安的數學老師黃重嘉，當時剛從學校畢業不久，才二十多歲，與李安建立了亦師亦友的深厚情誼。他曾提到，有一次他上「函數」課程時，李安主動跑來說，如果以電影切割手法來表達函數中的對應關係，會讓人更容易理解。

「如果在學校遇到校長，到底要叫校長還是爸爸？」被這麼詢問時，李安總是回答：「都不是。」李昇辦學用心，經常在校園裡走動巡堂，遠遠看到爸爸走來時，李安就會主動避開，躲得遠遠的。

父親曾拿來一份大學志願表，讓李安選擇，他說：「我都不喜歡，我想當導演。」當時李昇或許不以為意，以為只是玩笑話，卻沒想到李安說的是心裡真實的想法。

臺南一中校史室。

畢業那年，李安自願加入畢業紀念冊的編輯群中。他花了兩天時間把同學交來的照片剪剪貼貼，並繪圖美化。其中有一頁畫了一棵大樹，稱為百年樹人大樹，李安把班導師的照片黏貼在大樹幹下，而同學的頭像則一個一個貼在樹枝上，如同一棵結實纍纍的百年大樹。紀念冊上，他還畫了奧斯卡金像獎獎座，許多年之後，這個夢想竟順利成真了。

聯考放榜那天，全校有十位同學考上臺大醫科，班上的成績也十分亮眼，但大家都不敢走進校長室報喜，因為李安以六分之差落榜。那年，他的數學只考了十一分。為了準備隔年的重考，黃重嘉幫他補習數學，一起聽音樂，談論文藝，消滅重考的煩悶。未料第二次的大學聯考，依然榜上無名，數學居然只考了〇．六七分。李安只得轉而準備專科考試，失意的他將桌上的書本、檯燈摔在地上，奪門而出。黃重嘉安慰他：「不讀就不讀，放心去考！」這一次，他順利考取了國立藝專影劇科。

一九九五年，李安獲得母校臺南一中的傑出校友獎。二〇〇一年，他回到母校大禮堂演講，受到英雄式的熱烈歡迎。李安更捐出一百萬元給臺南一中，設立藝文獎助金，鼓勵學弟就讀廣電相關科系，栽培電影創作人才。臺南一中九十週年校慶當天，李安特地返回母校，在園遊會爆滿的人潮中，站上舞臺致詞，帶給全校師生最大的驚喜。

李安的剪報資料、畢業紀念冊、為母校留下的手掌拓印，以及簽名的電影劇照，都珍藏於臺南一中的校史室裡。校史室的牆面上，懸掛著電影《綠巨人浩克》的海報。《綠巨人浩克》裡的主角布魯斯·班納，從小便是孤兒。在一次實驗意外中，班納遭到了致命劑量的伽瑪射線照射，雖然奇蹟似地生存了下來，但身體也開始出現奇異的變化。當心中憤怒與激動無法壓抑，爆發開來時，班納會變化為力大無窮的綠巨人浩克。盡情地釋放之後，伴隨而來的是無法抑制的破壞。

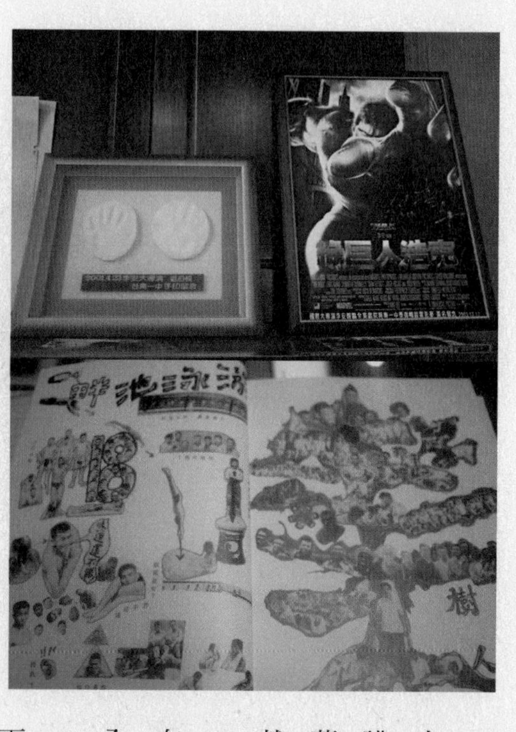

（上）李安的手掌拓印與《綠巨人浩克》海報。
（下）李安的畢業紀念冊。

高中時的李安，心中也有壓抑，也企求釋放。最終，他遵循自己內在的聲音，開創出一條無比寬闊的道路。

臺南二中

臺南市北區北門路二段 125 號

臺南二中創立於一九一四年，前身是「臺灣總督府臺南中學校」，是日治時期第二所在臺灣設立的公立中學校，而後改制為臺南州立臺南第一中學校，二戰後改為臺灣省立臺南第二中學、臺灣省立臺南第二高級中學、國立臺南第二高級中學。

臺南二中的校門原本位於北門路和公園北路交叉口，現在仍依據原樣重建，紅白相間的門柱，黑色的欄杆，雖已不能出入，但仍是往昔記憶的保存。興建於一九一八年的小禮堂最早名稱為「臺南中學校講堂」，已列為臺南市市定古蹟。講堂的建築精緻，具有普通建築少有的內廊，屋頂上有氣派的老虎窗，禮臺上設有奉安室，安放天皇所頒布的教育敕令。

李安一家會遷居臺南，正是因為父親李昇調任臺南二中校長。對於李安而言，父親具有無與倫比的影響力。

李昇也是家中的長子，身處清末民初巨大的變革之際，他的父親因為吃過地方迂腐官員的虧，決心讓兒子接受最新的教育，將來在朝當官，庇蔭家族，因此把他送進西式學堂求學，而後考取江西一中、大廈大學。二十八歲那年，未滿而立之年的他便擔任江西崇仁縣縣長，還當到教育部主任祕書。一九五〇年來到臺灣，任職的學校從嘉義、屏東、臺東、花蓮，再到臺南，繞了大半個臺灣。

初到臺灣時，有人傳來消息，他的父母都被共產黨槍斃了，父親臨終前要他在海外另起爐灶。李昇一度絕望，想到關子嶺靈泉寺出家，但最終打消了這個念頭。

李安覺得：「中國父親是壓力、責任感及自尊、榮譽的來源，是過去封建父系社會的一個文化代表。」李昇一路安排李安就讀升學名校，希望他藉由讀書出人頭地。當李安決定留在藝專讀影劇戲時，李昇無疑是失望的。他送李安來到藝專，看到當時簡陋的校舍，老鼠四處流竄，七個人擠在一間幾坪大的宿舍裡，回家後難過得掉下眼淚。他答應李安不必再重考，但仍與李安約定，將來一定要出國留學。他希望李安可以在國外取得學位，回國擔任戲劇系教授。讀研究所時，李安又再一次違背父親的意思，捨棄戲劇研究所，選擇了紐約大學電影研究所，而李昇仍再一次同意兒子的選擇。

起初李昇雖然不贊同兒子當導演，但李安的第一部攝影機，卻是李昇送的。就讀藝專時，李安向父親請求，李昇便買了一部超八釐米攝影機送給他。李安的第一部黑白短片《星期六下午的懶散》，便是用這部攝影機拍出來的；片子裡，他藉由白鷺鷥與風箏的意象，傳達藝術家所面臨的理想與現實的不平衡。

後來最支持李安繼續拍電影的，是父親。拍攝《綠巨人浩克》的艱難過程，使李安心力交瘁，身體健康出現警訊，而影片票房未達理想，更使李安感到挫敗，導演的路上遇到了瓶頸，令他想要放棄。有天早上，父親看出李安的心事，跟他說：「你現在還不到五十歲，後面的日子怎麼過？只能戴上鋼盔、繼續往前衝。」接著又說：「不做電影，你要做什麼？你會很沮喪。」父親的話語，讓李安重新找回了拍電影的動力。

李安的《推手》、《喜宴》、《飲食男女》等三部電影，被稱為父親三部曲，劇中郎雄所扮演的父親形象深植人心。父親代表著一種內心秩序、道德價值，也代表著一種文化象徵。父親身上有威權，

李安一家會遷居臺南，正是因為父親李昇調任臺南二中校長的緣故。

也有關懷；面對父親，我們有服從，也有抗拒。

在電影《喜宴》裡，偉同是一個同性戀者，和戀人賽門生活在一起。但偉同不敢告訴父母自己是同志，決定在父母親面前上演一場假結婚。他找來了上海藝術家朋友威威幫他這個忙。偉同父母千里迢迢從臺灣來到美國，卻只看到兒子寒酸的公證結婚，感到無限的失望。而後在父親老友的協助下，在餐廳裡舉辦了一場盛大的傳統中國喜宴。喜宴後，兩人喝醉了，竟發生性行為，使得威威懷了孕。偉同的父親，看似被蒙在鼓裡，其實明白這一切。他不說，不戳破兒子的謊言；有主觀的期待，卻也有妥協。電影的最後一幕，父親來到機場，接受海關人員的檢查，舉起了雙手。這一幕像是投降，也像是鳥兒在空中優雅地飛翔。劇中的父親曾用英語說：「我觀察，我聆聽，我了解。」這似乎就是天底下所有的父親對待子女的方式。

北門路

沿著南一中校門口前方的民族路往前走，經過一個鐵路下的地下道後，就會看見北門路。北門路橫貫臺南市的東區與中西區，行經火車站前，與鐵道平行，是一條繁忙的交通要道。

負責教育聽障學生的臺南啟聰學校，舊校舍就位於北門路上。臺南的特殊教育可追溯至一八九一年甘為霖牧師租用「洪公祠」所成立的「訓瞽堂」。日治時期則有臺南慈惠堂所設立的「教育部」教育盲人。一九二二年，官方於今北門路舊址上設立「臺南州立盲啞學校」；國民政府時期改制為「臺灣省立臺南盲啞學校」，而後改為「臺灣省立臺南啟聰學校」。一九八五年，行政中心、國中部、高職部遷到新化，幼稚部、國小部仍留於原地。

李安的母親李楊思莊曾長期任職於臺南啟聰學校，為特殊學生的教育奉獻心力，直到退休。期間還曾與電影明星歸亞蕾短暫同事過。歸亞蕾後來在李安的電影中演出，並以《喜宴》中偉同媽媽的角色奪下了第三十屆金馬獎最佳女配角獎，成了母親形象的最佳代言人。李楊思莊致力於教育工作，曾任教於屏東潮洲小學、花蓮明禮國小及臺南啟聰等學校，是一位極具愛心與耐心的教師。

中國大陸淪陷後，李昇渡海來臺，家鄉兩老慘遭不測，李昇一度萬念俱灰，就在此時結識了楊思莊，人生才又再度萌發了希望。而母親也是李安永遠的支柱，在他心中，媽媽永遠是第一位。不論在海外工作多麼忙碌，每個禮拜都會打電話回家向母親請安，從不間斷。媽媽生日時，就算不能親自回來祝賀，他也一定會在生日當天致電母親說：「我給您磕頭。」二〇一三年的母親節正好是李楊思莊

走一趟北門路，進書店買一本好看的小說，然後挑選一間友善的咖啡廳，就可以度過富有知性與感性的一日。

八十八歲大壽，李安視為大事，回到家中在廳堂上循古禮向母親磕頭祝壽。

懷有李安七個月時，李楊思莊曾在下樓梯時不慎踩空跌倒，卻仍然忍著痛趕至學校上完了課，直到晚上才到醫院做檢查。李安出生時，發生了臍繞頸的危險，臉色發青，也不曉得哭，所幸平安度過。讀幼稚園時，李安跟著爸媽到花蓮鯉魚潭划船。船在靠岸時搖晃劇烈，李安失去重心掉到潭水裡。危急的一瞬間，李楊思莊不顧一切跳下去將李安抱住，在水中站起來，水正好淹到李楊思莊的眼角。可以說，沒有李楊思莊，就沒有現在的李安。

小時候，李安常跟著母親去看電影，漆黑的電影院中，閃亮的屏幕上演著動人的故事。令李安印象最深刻的是看了《梁山伯與祝英台》的愛情悲劇。有時李安會不自覺掉下眼淚，李楊思莊會告訴他那是假的，是演戲，卻也發覺到兒子敏銳的感受力。有一次，李安問道：「為什麼我們老看外國片？」李楊思莊回答：「外國片好看啊！等你長大，看看能不能拍更好的國片。」或許此刻李安的心中，已有小小的夢想孕育著，他要拍出比外國電影更好看的臺灣電影。

現在的北門路可說是一條資訊街，大大小小的電腦商場、電子用品店、電信門市林立在道路兩旁，令人目不暇給。在李安讀高中的時代，這裡是臺南有名的書街，一路上有許多舊書攤和書店，不論是嚴肅的哲學、文學作品，還是輕鬆的漫畫、雜誌，一應俱全。現在來到北門路，也還有成功、北門兩間著名的二手書店，以及南一書局這個老牌的書店。

李安的電影帶有濃厚的文學意味，十二部電影中就有八部改編自文學作品。經過李安改編的文學作品包括：珍．奧斯汀《理性與感性》、瑞克．穆迪《冰風暴》、王度盧《臥虎藏龍》、丹尼爾．伍德瑞爾《與魔鬼共騎》（*Woe to Live On*）、艾略特．提伯《胡士托風波》（*Taking Woodstock*）、安妮．普露〈斷背山〉、張愛玲〈色戒〉及楊．馬泰爾《少年 PI 的奇幻漂流》。

走一趟北門路，進書店買一本好看的小說，然後挑選一間友善的咖啡廳，在咖啡香裡回味著李安電影中生動的角色性格、美麗的畫面與深刻的人性，你就可以度過富有知性與感性的一日。

全美戲院

臺南市中西區永福路二段 187 號
每日約 10：50 開始放映，全年只休除夕夜

「強檔新片上映囉！快來喔！」電影的廣播車總是在路上溜達著，全美戲院是臺南五、六年級生

的回憶。外觀老舊的平房，外面掛著精巧的手繪看板。看板上，每一筆每一畫都細膩的描繪出人物的神情，沒有大戲院現代印刷的海報，一張張手繪看版卻真實地刻畫出人物的性格，畫師的巧奪天工更是吸睛。全美的前身是第一全成戲院，放棄與許多新戲院一樣將戲院設址在較外圍的新街區，反而選在舊時普羅民遮城附近的城市核心，成為老臺南人記憶中不可或缺的一環。

踏進全美，撲鼻而來的是爆米花和奶油的香氣，窄窄小小的，不如百貨戲院大廳的富麗堂皇，也不如連鎖戲院的時尚貴氣。然而微亮的橘色燈泡卻一點一滴地洩漏著溫暖，少了些大戲院的冰宮氣息，而多了些舒適自在的人情味，讓人們在愉快的氛圍中用心體會電影的悸動。

中學時期，李安常常跑來全美戲院看電影，有時跟弟弟李崗一起，有時是自己獨自前來。現在電影院裡的布置沒有太大的改變，只有影音設備全面

全美不只是個戲院，更連接了人與人之間的互動，外觀看似樸實無華的樓房，內部播映的電影如人生般一部部地跑放著。

更新。這裡，也可說是李安的電影啟蒙之處。在李安來這裡看電影的年代，全美戲院一張票約六塊錢，可看兩部影片，到一九七六年票價才漲為八元。因為兩片同映，對青年學子來說非常划算。李安對於在戲院裡看過的《羅馬假期》印象仍然深刻，當時這部受歡迎的電影約每六年就會重新放映一次。

上臺北求學後，李安到全美的次數大幅減少。但電影仍然是他的生命泉源。就讀藝專時看了麥克．尼克斯的《畢業生》，讓他有了觸電的感覺。而後柏格曼的《處女之泉》令他震撼不已。狄西嘉的《單車失竊記》、安東尼奧尼的《慾海含羞花》也深深吸引著他。

學生時代，李安也開始嘗試拍電影。第一部《星期六下午的懶散》，是一部黑白劇情默片，靈感來自余光中的作品〈焚鶴人〉。就讀紐約大學期間，他拍了五部電影，其中《蔭涼湖畔》曾經獲得金穗獎最佳劇情短片。畢業之作《分界線》則獲得了紐約大學影展的最佳影片和最佳導演。並得到經紀公司的青睞，希望與他簽約。李安的電影之路，也自此展開。

關於拍電影，李安覺得：「也可以說我在製造人生有意義的一個假象，用各種不同的素材，可是這個假象對我們的存活，對我們活下去的勇氣，還有我們做為一個群體的一個擁抱在一起，其實很重要的。」

成名後，李安仍然沒有忘記全美。二〇〇一年李安返回臺南時，得知全美正在上演《臥虎藏龍》，還帶著父母親和弟弟前來觀賞；《綠巨人浩克》上映時，全美邀請他舉辦一場座談會，跟觀眾和鄉親們談談拍電影的心路歷程。

全美不只是個戲院，更連接了人與人之間的互動，外觀看似樸實無華的樓房，內部播映的電影如人生般一部部地跑放著，不斷地敘寫、闡述著最貼近人生的那一面。電影如人生一般，鏡頭一幕幕地轉換，我們永遠無法猜測下一個場景會出現什麼，只能在螢幕底下用心體會畫面背後的深情，在人生路上用心感受每一分的美好。

南門電影書院

臺南市中西區南門路38號

「臺南市南門電影書院」的前身是「臺南放送局」，後來在臺南市文化局與臺南藝術大學的努力之下，改為全臺第一個電影書院。

日治時期一共在臺北、板橋、臺中、臺南、嘉義與花蓮等地成立六個放送局，臺南放送局是全臺灣最南端的一個，播送範圍以臺南及高雄為主。二次大戰後由國民政府接收，幾經改制後由中國廣播公司接管，改稱為臺南廣播電臺。一九九七年中廣臺南臺遷出。二〇〇一年，「原臺南放送局」被臺南市政府指定為市定古蹟，二〇一二年則重新利用為電影書院。

電影書院位在大南門公園內，鄰近大南門，日治時期的建築與清朝的城門相比鄰，令人有時空交錯的感覺。

電影書院的建築帶有和洋混合的風格，而且並未採用常見的左右對稱格局。入口朝向北邊，設有門廊，由兩根圓柱與兩根方壁柱撐起一個迎賓空間。門廊之後有玄關，玄關兩側及二樓原來是辦公空間與廣播空間，現在改為展覽空間與電影圖書存放處。一樓兩側的長方形大窗，將窗角作成圓弧形，方正中有圓滑；二樓東面的窗戶是長方形，西面則是八角形，簡單中帶有不對稱的繁複美感。

市政府在此處成立電影書院，也隱隱呼應了李安的主張。

《臥虎藏龍》為臺灣奪下奧斯卡獎那一年，李安回到臺灣，當時的總統陳水扁親自來到李安老家拜會，李安則把握機會向總統建言。他提到電影不只是娛樂，也是具有重大影響力的藝術，能把國家的形象與文化推向國際，希望政府持續推動、輔導、鼓勵電影事業的發展。具體建議包含：設立電影學校或科系，培植電影人才，鼓勵企業支持電影，改進電影輔導措施，並且重視電影圖書館。

國家對於電影事業的鼓勵與輔導，李安是親自領受過的。研究所畢業後，李安蟄伏了六年的時間，沒電影可拍，沒有收入，每天在家煮飯帶小孩，夢想是那麼的遙遠，就在這時，從臺灣傳來了令人振奮的好消息，他所創作的劇本得到了新聞局第一屆擴大優良劇本甄選的獎項，《推手》得到首獎，《喜宴》得到二獎。

當時的他窮到回國的機票都得靠政府補助，上臺領獎穿的西裝則是跟弟弟借的。回國後，中影的副總徐立功先生決定提供資金開拍《推手》，結果在金馬獎得到了最佳男主角、女配角及特別獎三大獎項。中影接著催促李安開拍《喜宴》，成就更加驚人，一舉奪下了柏林影展金熊獎，在臺票房破億。

李安深切的體會，政府的支持會改變一個人的命運，也會改變電影的命運。

電影書院的成立，正契合了李安對政府的期待。走進南門電影書院，正前方迎來的是一面電影海報牆，其中《臥虎藏龍》的海報就靜靜地在其中綻放著光芒。《臥虎藏龍》為臺灣在奧斯卡獎拿下首座最佳外語片。它是一部顛覆傳統的武俠片，描述備受敬重的大俠李慕白想要退出江湖，他託付愛人

南門電影書院的建築帶有和洋混合的風格。

俞秀蓮將佩劍「青冥劍」交給貝勒爺保管，卻在此時發生青冥劍被盜的意外。追查之下，盜劍者逐漸明朗，居然是玉大人的女兒玉嬌龍。玉嬌龍私下被隱藏在貝勒府的碧眼狐狸收為徒弟，並與大盜羅小虎有了一段情。她天賦異稟，修為早就超越師父；後來帶著青冥劍進入武林，掀起了許多風波。最終，李慕白在與碧眼狐狸的決鬥裡，為救玉嬌龍身中毒針偷襲而死。玉嬌龍則帶著萬般糾結的心來到武當山，投身於雲霧縹緲的千丈絕谷。

一生獲獎無數的李安知道，電影真正的價值不是得了多少獎座，而是被更多的人看見、欣賞、體會、感動。他曾說：「我的一切都放在電影裡了。」要了解李安，唯有透過電影。

安平觀夕平臺

臺南市安平區漁濱路西側

安平海岸存在著多樣的地貌。除了有綿延的沙灘、長長的堤岸、百年歷史的燈塔、口袋一般的安平港之外，還有茂密的樹林，生長著木麻黃、大葉欖仁等植物，景致十分怡人。直到現在，臺南人拍婚紗還時常來安平海邊取景。

來到安平看海，最好的地點就是觀夕平臺。平臺以松木為建材，走廊採用低光源的設計，而兩旁樹立著防風林，眼前便是一望無際的海洋。黃昏時分，夕陽漸漸沒入海平面，天邊雲彩變化萬千，耳邊的濤聲規律起伏，令人流連忘返。

・・・

高中時期的李安，在聯考的巨大壓力下，天天由中南部最好的老師幫他補習課業，但大學聯考時仍然落榜。他下定決心重考，未料第二次考試仍以約一分之差飲恨，榜上無名。連番失意，讓李安深受打擊。放榜那天，家人都不在，李安獨自出門散心，偌大的世界，能接納他的似乎就只有寬闊的海洋，於是他騎著腳踏車，不知不覺就來到安平海邊。

爸媽回家看不到李安，心中焦慮不已。這時李崗便猜到哥哥可能的去處，飛奔到安平海邊，看到李安的腳踏車安穩地停放著，卻不見人影，急得到處在沙灘上到處找人。過了許久，才看見有個熟悉的人影，低著頭在沙灘上默默地踱著步伐。李崗走近，一句話也沒說，陪著哥哥牽起腳踏車。天就要黑了，海與道路都沉浸在深藍的夜色之中，海潮的聲音兀自在身後翻攪，漸行漸遠。

這片海洋裡，或許還有著李安年少時寄寓的夢想。

・・・

而安平外海，同時也是李安的父親李昇海葬的地方。李昇於二〇〇四年四月十五日逝世。家人選擇在臺南市立殯儀館舉行公祭。遺體火化後，依據李昇的心願，採取海葬方式，骨灰灑在臺南外海。

父親過世後，身為長子的李安成為一家之主，一開始，他還不很習慣這個角色。追悼式中，樣樣

這片海洋裡，或許還有著李安年少時寄寓的夢想。還有著父親深厚的愛與永恆的典範。

細節都必須交由李安來作主，而他平日專注於拍片，家中事務甚少過問，這個時候突然必須站出來，決定所有大大小小的事項，一瞬間，自己好像變成了父親。

李昇為人十分謹慎，事事規矩。遺體火化的時候，預訂的時辰是十二點，李安知道父親做事一向非常準時，分秒不差，因此李安也算準了十二點，秒針一到位，便準時由李安、李崗，以及李安的長子李涵等三人一起點火，將大體火化。

二〇〇七年李安以《色．戒》奪下金馬獎七項大獎。頒獎典禮完後，李安搭乘一大早的高鐵飛奔回家鄉臺南。這一天，他也特別前往安平海邊悼念父親。這片海洋裡，還有著父親深厚的愛與永恆的典範。

李安的電影《少年 PI 的奇幻漂流》，也以海洋為主要背景。

少年 PI 的父親擁有一座動物園。後來家人決定移民加拿大，便賣掉了動物園，帶著一些動物搭乘貨船前往加拿大。不料途中遇到暴風雨，貨船沉沒，PI 醒來時發現自己正在一艘救生小艇中，同船的還有一條斑點鬣狗、一頭受傷的斑馬、一隻猩猩和一頭名叫理查．帕克的孟加拉虎。在長達兩百二十七天的漂流日子裡，PI 必須與具有野性的老虎共處，在生命受到威脅的困境之中與老虎維持既競爭、畏懼又共生共存的關係。途中，PI 來到了一座不知名的島嶼，島嶼上住滿了狐獴，並且覆蓋著肉食性的藻類。最後，救生艇漂流到了墨西哥海岸。理查．帕克上岸後，立即消失在附近的叢林裡，不知所終。這段經歷出自 PI 的口中，究竟是真實還是虛假，是經歷還是幻想，都如同潮水漂來的浮沫，消失在昏黃的沙灘上。

韋家麵店

臺南市東區前鋒路 110 號
週一至週六　09：00～賣完為止
週日公休

看似老舊的住宅區坐落在博愛國小旁邊，在遠處就能看見有一間房子底下擠滿了人，卻不見有招牌。韋家麵店是因為現任老闆姓韋而得名，菜單上簡簡單單的幾種麵，絲毫不令人覺得特別，簡樸就如同一般的路邊攤。

老麵店過去是他人經營的，現任老闆接手後才變成了今日的韋家麵店。

超過五十年的老店，是李安過去生活的一部分，家裡的老管家總是帶著李安來店裡吃消夜，因為老管家和老闆是大陸四川同鄉，吃麵時總會一起聊聊往事、寒暄問暖。李安與同學補習完後，不是去老唐吃牛肉麵，就是來這裡吃乾麵。而李安的弟弟李崗也是麵店的常客，兄弟倆最念念不忘的就屬麻醬陽春麵了，陽春麵微硬的口感令人銷魂，肉臊

認真、扎實的服務態度和讓人難以忘懷的口味，為這間沒有招牌的小店帶來最忠實的饕客。

和小白菜更是給得不吝嗇，能看見老闆的誠意和闊氣。香濃滑順的麻醬緊緊地包覆在麵條表面，讓每一口滑入唇瓣的麵條都攜帶著麻醬的香醇。

李安每次返臺總是會回到臺南嚐嚐這幾十年沒變的老味道，這份認真的服務態度和讓人難以忘懷的口味，為這間沒有招牌的小店留住最忠實的饕客。

老店最迷人的味道，也是最平常的生活味。李安給人的感覺也是如此。當年常跟他一起來吃乾麵的張正良曾說：「對我來說，李安就像生活裡的一些味道。……我今天看電視，他接受採訪、拿奧斯卡，還是李安，他的動作、笑聲、表情，都沒改變，從以前到現在就是這樣。」李安喜愛的這間麵店，經過媒體披露後，小店瞬間湧入滿滿的觀光人潮。老闆卻沒有因為生意變好而開心，反倒因為原本的生活步調被打亂而感到不悅。有人跟老闆說：「客人變多，你就可以早點賣完早點回家啊！」但老闆回答：「可是我想慢慢賣，賣到晚上。」他喜歡的生活就是那個樣子，不想因為爆紅而有任何改變。

這座城市的人們不在乎自己走在時代的尖端還是後段，他們只是依照自己的步調，安穩地踩踏著屬於自己的腳步。

老唐牛肉麵

臺南市中西區興華街 45 號

11：30～23：00

漫遊在勝利路旁，許多人都會注意到一間坐落於三角窗的招牌牛肉麵店：「老唐牛肉麵」。

經過店門口便會聞到令人垂涎的紅燒味道，店內也常湧入滿滿的人潮，爭著品嚐這超過五十年歷史的好手藝。老唐牛肉麵用上等牛腩部位熬出香濃原汁，並以中藥調出獨特湯頭，再加上口感扎實的麵條，肉質軟而不鬆垮，湯中微辣而不膩，充分襯出牛肉的香味。搭配著獨家的私房酸菜，讓牛肉麵吃起來更清爽。店裡也有許多不同的可口小菜及其他不同的麵類。

這裡是李安中學時期最常來的店家之一。就讀延平初中時，他跟同學唐定國、張正良常一起打球、讀書。在沉重的升學壓力下，每週都有補習；補完習後，他們就常一起到老唐吃牛肉麵，或是到韋家吃乾麵。張正良總是會問：「乾麵、老唐，二選一！」

老唐創立於一九六五年，創始人為來自四川省的退伍軍人唐海燕，老闆憑藉著來自四川川辣料理的自身手藝，加上岳母的傳統臺式牛肉麵，再四處

經過老唐牛肉麵店門口便會聞到令人垂涎的紅燒味，這是李安中學時期最常來的店家之一。

觀摩其他業者的口味，鑽研出自己的獨家味道，最遠還跑到臺北品嚐各家牛肉麵名店。老唐不僅征服了臺南人的胃，全盛時期更擴及全省並設有十餘家分店，但如今遇上更多牛肉麵店林立，老店抵擋不住，收到只剩本店。但有李安這個大粉絲，也就足夠了。

牛肉麵絕對是李安最愛的美食之一，當他到上海拍《色．戒》，到臺中拍《少年 PI 的奇幻漂流》時，都會尋找當地的牛肉麵店光顧。對於牛肉麵，他的心中必然存在著一份無法割捨的喜愛之情。

葉家小卷米粉

臺南市中西區國華街二段 142 號
08：30～約 19：00
農曆初三及十七日公休

葉家小卷米粉原本位於臺南大菜市裡，由葉國創立，一開始只是用扁擔挑起的流動攤販，後來才有了店面。店裡主打烏魚米粉、皮刀魚米粉兩樣招牌，但這兩者都有季節性限制，春冬之際漁獲不繼，老闆就以安平港進來的遠洋小卷為材料，研發了新菜單小卷米粉，從此大受歡迎。後來攤子傳給葉水龍，店址也遷移到國華街，直到今天。

小卷米粉最重要的兩樣主材料：小卷及米粉都精心講究。清晨五點天還沒亮，老闆就開始清洗小卷，必須清洗得很仔細，以免雜質煮進湯裡，破壞湯的淳清色澤，影響湯頭風味。米粉則使用粗條米粉，臺南人稱為「糙米粉」，來自創立於一八九三年的百年老店「連發米粉」，歷經莊清連、莊錦川及莊有福三代，遵循古法以百分之百的米漿製作，經過擠、裁、蒸、日晒的方式才完成。

小卷米粉的湯頭清澈無滓，一口喝下，舌根帶著淡淡的甘甜味。小卷的川燙得掌握火候及時間，不能太老，也不能太生。

李安和弟弟李崗都是這裡的老主顧。李安因為參加「金馬四十」盛會回到臺灣時，還特地跑來吃了一碗。李崗則形容這裡的小卷米粉：「燙熟的小卷，又肥又脆，有時還帶卵，粗米粉彈性佳且不軟爛。」

其實李安本人也很擅長做菜。李崗提到，有一回到美國找老哥，居然看到李安親自下廚料理，他心想：「反了，世界反了，李安成了做菜男人了。」雖然只是料理幾道家常菜，但李安也總是一絲不苟。洗菜時循著菜葉的脈絡一片片清洗，包水餃時一顆顆仔細地將餡料填入餃皮中，若是要出遠門，還會在冰箱放上許多親手包好的水餃。不因為菜色簡單就敷衍，因為每一道菜裡都蘊含著對家人的責任與關懷。

像葉家小卷米粉一樣的小吃精神，在臺南許多店家身上都可以看見。最簡單卻也最不平凡，小細節都精心講究，一絲不苟，因為裡頭包含了對人們的責任與關懷，這就是臺南這座城市可愛的地方。

像葉家小卷米粉一樣的小吃精神，最簡單卻也最不平凡，在臺南許多店家身上都可以看見。

阿霞飯店

臺南市中西區忠義路二段84巷7號
週二至週日　11：00～14：30
17：30～21：00（週一公休）

二〇一三年，李安延平初中、臺南一中的同學，趁著李安回臺的時候辦了一場同學會，地點選在臺南老字號的餐廳：阿霞飯店。李安總是成為同學會中的焦點，不斷有人上前寒暄、重新握住這位老朋友的手，許多同學的親友也圍著李安要簽名、合照。即便已經是國際知名的大導演，奪下無數的國際獎項，成為臺灣之光，但在同學會上，李安依舊平易近人，熱情與同學敘舊，不斷地為大家簽名。

阿霞飯店是南老字號的臺菜餐廳，名聞遐邇。旅居美國的李安回到臺灣時，也常常陪著父母來這裡用餐。創辦人吳錦霞十四歲時就跟著父親在興濟宮廟埕擺攤，賣起香腸熟肉。後來，吳錦霞在攤子對面租下了店面，取名「霞點心店」，幾經搬遷後才落腳天壇旁邊的現址。阿霞的料理，如烏魚子、蟳丸、蝦棗、紅蟳米糕、五柳枝、炒鱔魚、花跳湯、砂鍋鴨、紅燒魚翅羹……等，都是這裡的招牌，在臺南可說無人能出其右。

上阿霞飯店對老臺南來講，是一件不簡單的事，非得要家族裡有重大的喜慶，否則難得踏進一步。進入阿霞，代表著家裡有人訂婚、結婚，有高壽的長輩過生日，或是家族中第一個人考上大學、幾十年不見的同學聚會。那條小小的巷子裡，總是盈溢著歡笑聲，而阿霞拿出來的菜色，也能與之輝映。從上桌的第一道菜：綜合六色拼盤，就可以看出阿霞的講究。

進入阿霞，對老臺南來講是大事。小小的巷子裡，總是盈溢著歡笑聲。

六色當中的「蟳丸」，是阿霞還在擺攤的時代就存在的料理。最初的蟳丸上層會鋪上鮮豔的蟳黃，但現在多用蛋黃代替，內層以豬肉、蝦子、荸薺和蛋蒸製而成。剛剛蒸好的成品是一大塊完整的蟳糕，接著再由廚師仔細切成容易入口的大小，鬆軟卻又扎實的口感，像是充滿鮮味的蛋糕。吃的時候沾上蒜蓉醬油膏或是黃芥末，妝點風味。

李安的電影《飲食男女》裡，主角老朱就是飯店裡的大廚。電影裡出現的菜餚高達上百道，甚至有道地大菜的烹調細節。「飲食男女，人之大欲存焉。」食物，在電影裡不只是食物，更是聯絡感情的媒介，也是情慾的象徵。

年繡花鞋

臺南市中正路 193 巷 13 號

11：00 ～ 22：00（全年只休大年初二）

年繡花鞋是深居小巷之中的一間手工繡花鞋專

年繡花鞋裡純手工縫製的繡花鞋、工夫鞋，都是不計較投入的時間與心力，一個步驟接著一個步驟謹慎做出來的，美觀又耐用。

門店。店裡的老師傅李東志十八歲時就跟從一位山東籍的繡花鞋名匠張師傅學藝，張師傅曾經為蔣宋美齡女士縫製手工鞋，名氣十分響亮。

製鞋的首要工夫是選料，必須選用耐磨耐用又有韌性的上等布料，貼好內裡，為鞋子打好基礎。接著以熟練的手藝裁剪鞋面，車縫鞋身，做好滾邊，使鞋子牢固不易裂開。而後必須拉鞋面，鞋面必須花費時間與耐心，仔細拉好，繡花鞋才能牢固，不受時光的摧殘。最後覆蓋鞋底，使用黏著劑時還必須考量天氣狀況，才能抓準黏合的最佳時間。

店裡純手工縫製的繡花鞋、功夫鞋，都是不計較投入的時間與心力，一個步驟接著一個步驟謹慎做出來的，美觀又耐用。李師傅為了讓更多人接受傳統的手工鞋，因此開發了許多新潮的款式，同時在顏色搭配上下功夫，跳脫傳統的紅、棕、黑等顏色，加入了綠色、藍色、紫色，提升鞋子的搭配性。

李安的成名之作《推手》，描述的便是一位功夫師傅的故事。

朱師傅是一位太極拳師，退休後到美國紐約州投靠兒子曉生。兒子的美國媳婦瑪莎與朱師傅之間存在著世代、文化以及觀念上的差異，兩人生活方式格格不入，處處牴觸磨擦。有一天，老朱在外頭散心時不慎迷路，回不了家。曉生心急如焚，在瑪莎面前大發雷霆。老朱被警方尋回後，決定離開兒子家，獨自生活，在唐人街的餐廳洗碗盤維生。打工過程中，他飽受老闆奚落，遭到解僱。老闆命令手下強行逼迫老朱離開，老朱施展太極拳推手功夫，將來襲的人撂倒。此事驚動警方前來，老朱也被帶回警局。最後老朱婉拒曉生接回同住的好意，仍堅持獨居在外，以教太極拳為生，過著自在如意的生活。

一雙傳統的功夫鞋，要面對潮流的衝擊、文化的磨合與新舊世代交替的挑戰；或許身處現代的我們，也要靠那份「致虛極，守篤敬」的修養，才能圓融的調和時代裡紛雜的浪潮。

永盛帆布行

臺南市中西區中正路 12 號

09：30～21：30

永盛帆布的前身是創立於一九二〇年的來福帆布行，當時主要的工作是縫製並修補牛車和卡車上的篷布，而製作的材料多半來自二手軍用品，顏色往往只有卡其和軍綠兩種。後來開始製作帆布袋給水泥工、木工裝載工具，因此永盛帆布的傳統就是實在、厚重、耐磨耐刮，用十幾年都不會壞。當日本政府興辦教育，學校開始採用我們熟悉的、方方正正的書包，永盛也開始製作純棉帆布書包。

而現在時代風潮改變，包包不再只是實用，還兼具了裝飾美化的功能，永盛也開始因應客人的需求，製作各種時髦的包款。樣式雖然變了，但永盛的特質不變，這裡的帆布總是特別厚重，特別耐用。隨著時光與人情在帆布上留下的痕跡，帆布袋也會展現出不同的風貌，用越久越耐人尋味。

店裡的老闆親切地對我們打了一個招呼，也熱情地介紹著這裡的書包，他說：「連臺南知名的大導演李安到現在偶爾也會回來幫兒子、朋友買小書包呢！」

永盛帆布行織出來的布袋非常堅固，不易損壞，就算壞了送回來還會幫忙修補。

李安就讀高中的時候，他所背的書包就是永盛訂作的，用了很久還依舊強韌，令李安印象深刻。回到臺南老家時，他特地來到永盛買了一個帆布書包，要送給在美國的兒子。他要讓兒子看看爸爸以前用過的東西，體會父親過往經歷磨練的求學歲月與樸實淳厚的生活態度。

二〇〇三年李安為了金馬獎返臺，再度造訪永盛，他特別在一個白色的提包上簽下大名。這個提包一直懸掛在店家的櫥窗裡，成了鎮店之寶。

臺南縣知事官邸

臺南市東區衛民街 1 號

為裕仁太子打造的和式房間。

臺南縣知事官邸建於一八九九年，官邸原本有和、洋兩館，和館目前尚待整修，洋館則於二〇〇九年整修完畢，開放參觀。

官邸洋館是兩層樓高的磚造建築，建材採用福建所製造的燕子磚，這種磚在燒製過程中會在紅磚磚面上留下黑色燕尾般的痕跡，因而得名。整棟建築採用了大量的拱圈設計，所以也被稱作拱廊之屋。正面多角造形，不採平面式的設計，而有凹凸變化，增加建築工法上的難度，也營造了多變的視覺效果，這就是官邸的講究之處。

臺南縣知事官邸曾於一九二三年接待過來臺參訪的裕仁太子。太子入住之處必須是全新的，因此特別為了他，而在二樓加蓋了一間木造和式空間。裕仁皇太子就是後來的昭和天皇，來臺之前曾訪問歐洲，愛上了網球運動。當時的臺南縣知事為了迎接皇太子，還特別蓋了四座網球場。網球場大約就在現在博愛國小的位置。

在二次大戰後，日本離臺，知事官邸便理所當然的被國民政府所接收，用途不斷改變，一度荒廢，直到二〇〇〇年才正式列為市定古蹟，重修之後內部則有咖啡店及書店經營著。在古蹟裡閱讀，聆聽音樂，喝杯咖啡，讓自己也過一天貴族的享受。

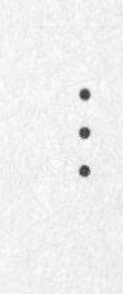

大南門

臺南市中西區南門路（南門公園內）

臺南市在清領時期曾是臺灣府的府城所在，最初築有木柵城，後來在城邊種植刺竹以加強防禦。林爽文事件後，開始建築堅固的土城，除了城牆外，前前後後一共蓋了十四座城門。

日治時期，臺南逐步現代化，城牆被認為失去防衛價值並且阻礙都市發展，因此大量遭到拆除，現在還保存下來的城門只有大東門、大南門、小西門以及兌悅門四座。

其中的大南門又稱寧南門，初建於一七二五年，一七八七年曾改建。現在的城樓是重簷歇山式的建築，內門上刻有寧南門，外門上則刻有大南門三個字。城樓外有城牆環繞，牆外則是枝葉茂盛的公園樹木。

大南門原先築有月城，呈彎月形，用以加強防禦。一九七七年依原樣重建，現在月城內的空間常用來舉辦音樂會或各種藝文活動。

美勝珍蜜餞

臺南市中西區中正路 235 號

11：30 ～ 23：30

　　圓拱形的城門、泛黃的方磚、斑駁的石牆與城門紅色的屋簷，襯托著蔚藍的天空與蒼翠的樹木。夜色降臨時，城樓邊浮現一彎明月，時而有流動的雲影掠過。舊城或許不再具有軍事防衛的功能，但曾受它影響而塑造的庶民生活形態，仍隱隱伴隨著我們的脈搏跳動。

　　位在中正路與國華街口的美勝珍蜜餞，雖然只是轉角處一間小小的店面，卻已有超過八十年的歷史，為許多人的年少時光增添了甜蜜的味道與豐富的色彩。

　　老闆說，店的對面以前就是電影院，許多少男少女攜手走進電影院前，都會先來這裡買幾包蜜餞。這酸甜的滋味似乎與青春時光最為契合。如今，當年的少男少女已成了爸爸媽媽，或是阿公阿嬤，仍會回來光顧，挑選昔日喜愛的口味，也重溫過去的青澀時光。

　　店裡陳列著數十種蜜餞，在玻璃臺上像是成串的琉璃珠一般閃爍著。有些蜜餞是季節限定，例如蜜漬草莓，只有冬天來

阿娟肉粽魯麵

臺南市中西區國華街三段 87 號

魯麵 10：30 開賣

鹹粥 11：30 開賣，至賣完為止

才有。而有些則是店家自己手工醃製的，例如糖漬芒果乾。先將芒果洗淨，削皮切片後以南臺灣熾烈的日光晒乾。接著得熬煮焦糖漿，先將蔗糖炒出焦色，熬煮出稠度，放入芒果乾拌勻後就完成了。芒果乾還帶有些許酸味，外層包覆的褐色糖漿甜甜蜜蜜，令人想把手指上沾染的每一滴蜜汁都吸吮乾淨。這種糖漬芒果乾是以前農家裡常常自製的小零嘴，前庭就晒著芒果乾，逗引著小孩的遐想。李安南一中的學長葉石濤，曾有一篇小說〈林君的來信〉，提到在林君的龍崎老家，秋婆也會自己用砂糖醃製芒果。當裝芒果漬的玻璃罐打開時，「帶有芳香的既酸又流出淡淡甜香味全都飄散在整個房間上頭」，柳村和春娘兩人一同品嚐著芒果蜜餞，而青澀的情意也在這甜蜜的滋味中逐漸濃郁。

對府城人而言，魯麵是一道帶著喜慶氣氛的料理。早期臺南人在女兒文定時，男方會排開隆重的陣仗送來聘禮，沿途鑼鼓喧天，喜氣洋洋。送聘的隊伍跋山涉水，抵達女方家時，往往已是飢腸轆轆。此時，貼心的女方家就會煮好熱騰騰又用料豐富的魯麵，答謝男方親友。直到現在，許多臺南人遇有婚嫁或是喜慶時，也還會把魯麵分送親朋好友，分享喜氣。

國華街上的阿娟肉粽魯麵，就是一間人氣爆表的店家，店裡只賣魯麵、鹹粥和肉粽三種料理，卻總是大排長龍，早早就搶購一空。

招牌魯麵每日十點半開賣，常常不到十二點就賣光了。魯麵裡每一樣食材都有著吉祥的寓意，例如菜頭象徵好彩頭，要切成丁才有添丁的意思，紅蘿蔔象徵紅財寶，包心白菜象徵永結同心，長長的麵條象徵長命百歲。除此之外，還有魚漿、肉絲、金針、蝦米、高麗菜、香菇、木耳、蛋花等，如果用料不豐富的話就顯現不出臺南人的熱情。

另一項熱賣的食品鹹粥，則是每日十一點半開賣，賣完一鍋後得再等五十分鐘才有下一鍋。鹹粥每日不同，週一、週五是芋頭粥，週二是高麗菜粥，週三是菜頭粥，週四是筍絲粥，全都是用大鍋費時熬煮，不會為了節省時間而使用壓力鍋，破壞了米粒的完整性。

鹹粥這道料理有個奇妙之處，不用大鍋就煮不出好味道，所以一般人在家裡用小鍋小碗很難做出像店裡那樣的滋味，也難怪那麼多人寧可在大太陽下晒一、兩個小時，也要排隊來買。

店家在對面的大樹下設置了桌椅，方便顧客等待與用餐。在榕樹垂落的氣根下，就著古樸的木桌享用傳統的魯麵，別有一番樂趣。

國家圖書館出版品預行編目（CIP）資料

府城文學地圖. 1, 舊城區 / 臺南一中105級科學班撰文. --
二版. -- 臺北市：遠流，2015.05
面；　公分. --（綠蠹魚叢書；YLK82）
ISBN 978-957-32-7624-1(平裝)

830.86　　　　104005622

綠蠹魚叢書 YLK82

府城文學地圖 ① 舊城區

策　　劃｜林皇德
作　　者｜臺南一中105級科學班
王貞元、王敏齊、江翊瑄、吳興亞、李廷威、阮昱祥、林杰民、侯品睿、洪家威、張恆維、連盟家、郭宇軒、郭哲毓、陳彥年、陳紹銘、陳揚善、陳逸婷、陳翰霆、曾子嘉、黃勝洋、黃鼎鈞、詹雨安、蔡振廷、鄭丞傑、蕭博哲、駱佳駿、謝岫倫、嚴詠萱、蘇奕達、蘇琬婷
照片提供｜臺南一中105級科學班
攝影協力｜黃彥霖（臺南一中103級攝影社）、黃清淵
繪　　圖｜郭哲毓、陳逸婷、駱佳駿

出版四部總編輯｜曾文娟
資深副主編｜李麗玲
責任編輯｜江雯婷
企劃｜廖宏霖
封面暨內頁設計｜黃寶琴、優秀視覺設計

發行人｜王榮文
出版發行｜遠流出版事業股份有限公司
地址｜臺北市南昌路二段81號6樓
客服電話｜（02）2392-6899　傳真｜（02）2392-6658
郵撥｜0189456-1
著作權顧問｜蕭雄淋律師
輸出印刷｜中原造像股份有限公司

2015年5月1日　二版一刷
定價 新台幣360元（缺頁或破損的書，請寄回更換）

ISBN 978-957-32-7624-1